戻り舟同心 夕凪

長谷川 卓

祥伝社文庫

目次

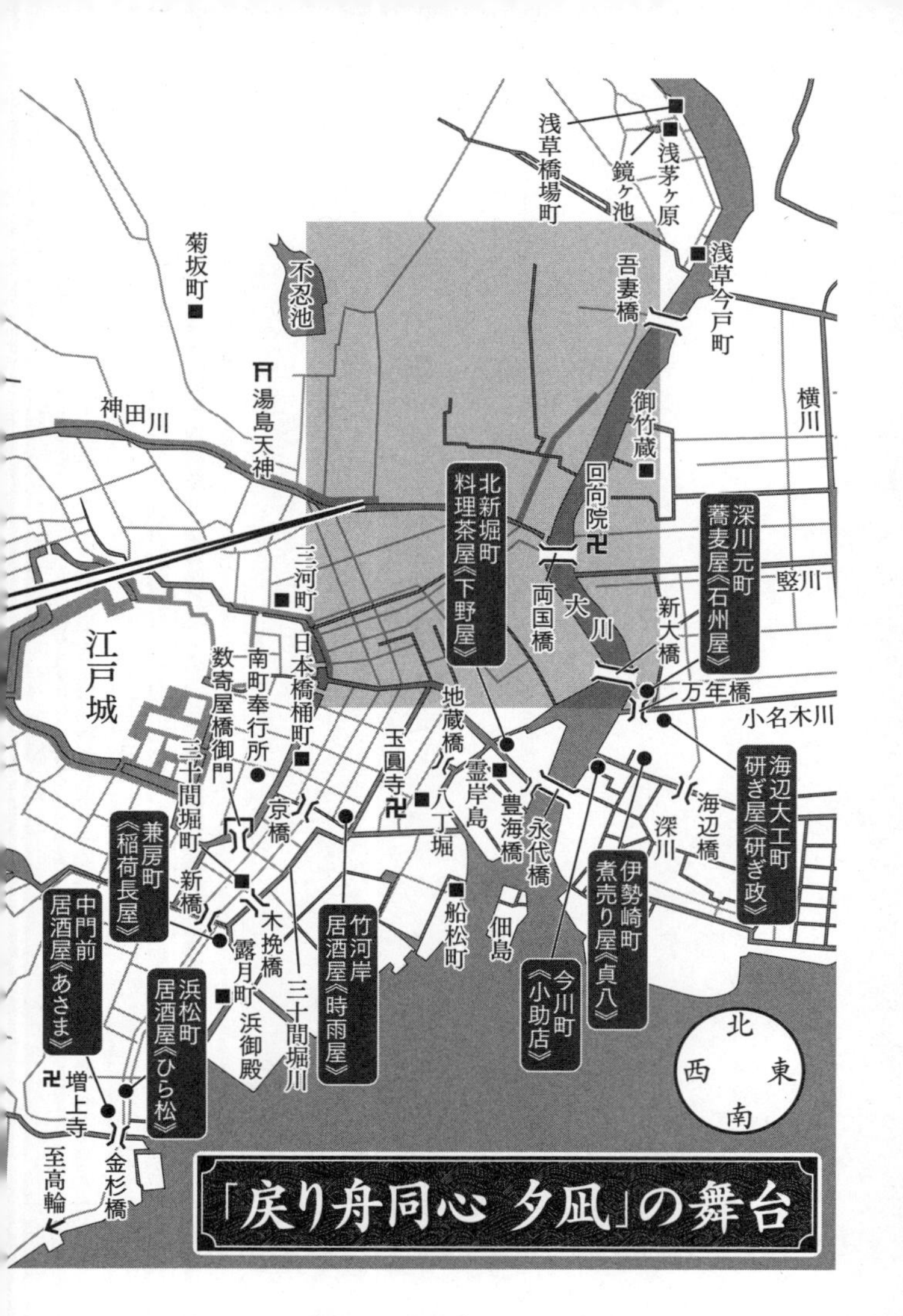
「戻り舟同心 夕凪」の舞台
浅草橋場町
浅茅ヶ原
鏡ヶ池
浅草今戸町
吾妻橋
菊坂町
不忍池
湯島天神
神田川
御竹蔵
横川
回向院
北新堀町
料理茶屋《下野屋》
深川元町
蕎麦屋《石州屋》
竪川
三河町
両国橋
大川
新大橋
万年橋
小名木川
江戸城
数寄屋橋御門
南町奉行所
日本橋桶町
地蔵橋
玉圓寺
霊岸島
豊海橋
八丁堀
永代橋
深川
海辺橋
海辺大工町
研ぎ屋《研ぎ政》
三十間堀町
京橋
兼房町
《稲荷長屋》
新橋
木挽橋
竹河岸
居酒屋《時雨屋》
船松町
佃島
伊勢崎町
煮売り屋《貞八》
今川町
《小助店》
中門前
居酒屋《あさま》
露月町
浜御殿
三十間堀川
浜松町
居酒屋《ひら松》
増上寺
金杉橋
至高輪
北
西
東
南

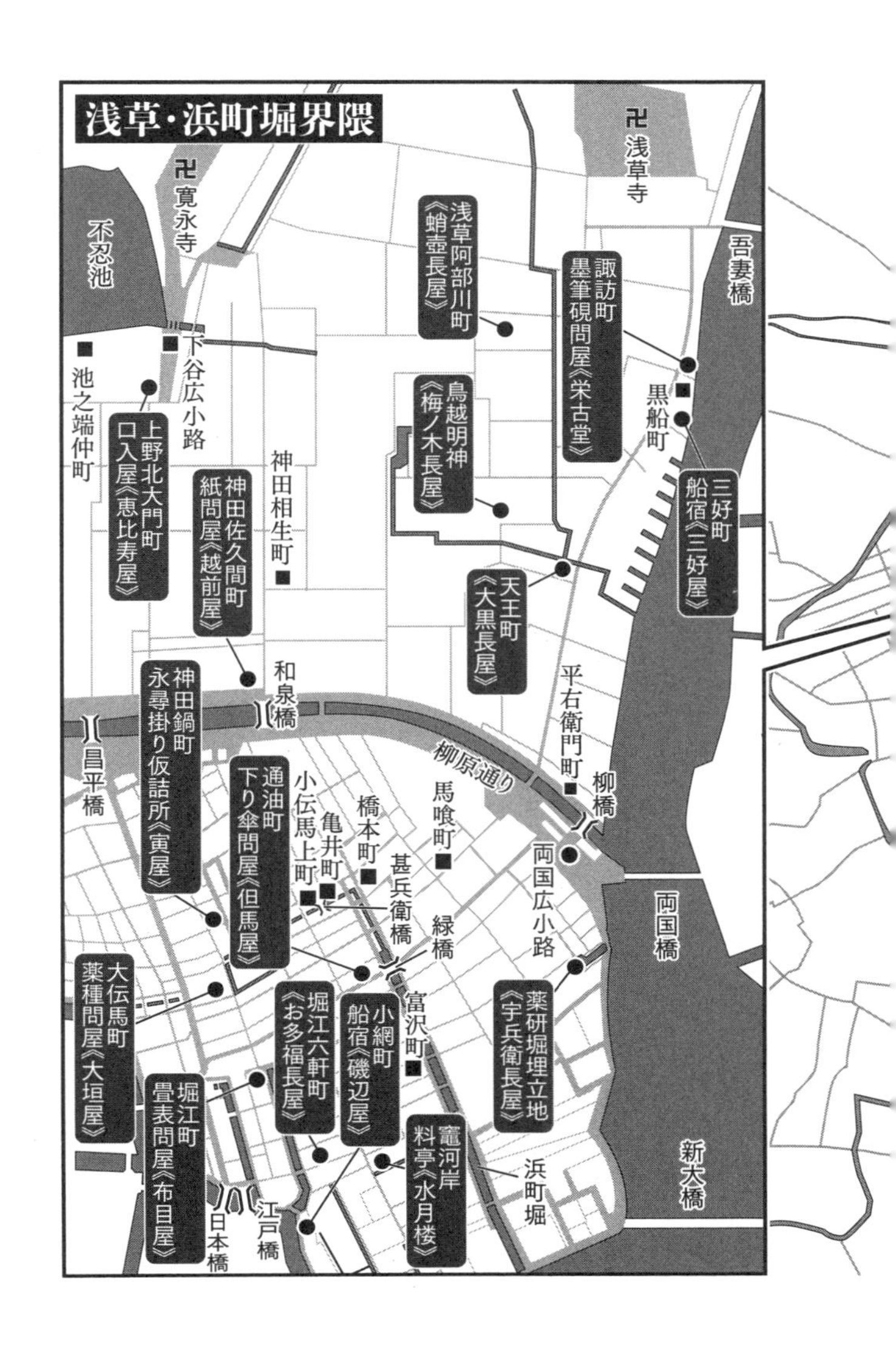
浅草・浜町堀界隈
浅草寺
寛永寺
不忍池
吾妻橋
浅草阿部川町《蛸壺長屋》
諏訪町 墨筆硯問屋《栄古堂》
下谷広小路
池之端仲町
上野北大門町 口入屋《恵比寿屋》
鳥越明神《梅ノ木長屋》
黒船町
三好町 船宿《三好屋》
神田相生町
神田佐久間町 紙問屋《越前屋》
天王町《大黒長屋》
平右衛門町
和泉橋
神田鍋町 永尋掛り仮詰所《寅屋》
昌平橋
柳原通り
柳橋
通油町 下り傘問屋《但馬屋》
小伝馬上町
亀井町
橋本町
馬喰町
甚兵衛橋
両国広小路
両国橋
緑橋
大伝馬町 薬種問屋《大垣屋》
堀江六軒町《お多福長屋》
小網町 船宿《磯辺屋》
富沢町
薬研堀埋立地《宇兵衛長屋》
堀江町 畳表問屋《布目屋》
竈河岸 料亭《水月楼》
浜町堀
新大橋
日本橋
江戸橋

第一話 《布目屋》お近

一

文化二年（一八〇五）五月一日。明け六ツ（午前六時）。

月番となった南町奉行所の大門が、音高く開かれた。

非番の一月間、大門は町奉行が寄合に出るなどの特別な場合を除き、閉じられている。与力・同心、そして中間・小者に至るまで、この間は右の潜り戸から出入りをしなければならない。

二ツ森伝次郎は、十年前、妻の和世の病死を機に、一子・新治郎に家督を譲った。その伝次郎を、永尋掛り同心として再出仕するように望んだのは、南町奉行・坂部肥後守氏記だった。二度目の町奉行職を拝命した坂部は、己が初めて町奉行となった頃、定廻(じょうまわ)りとして活躍していた伝次郎のことを覚えていたのである。永尋とは、次々と起こる新たな事件のために調べを棚上げされている事件のことを言った。言わば、迷宮入りのことである。

着流しに三(み)ツ紋(もん)付きの羽織(はおり)を纏(まと)い、二度と通ることはないと思っていた奉行所の大門を、永尋掛り同心として潜ったのは二月前のことだった。

二ツ森伝次郎は、定廻りとして市中に飛び出していた昔から、この大門を背にして立つと、ぐいと空を見上げる癖(くせ)があった。

「奉行所を背負って立つという気概の表れよ。そこんところが、今の若い奴らにはねえんだな」

「旦那、欲張っちゃいけませんや。あっしらは、今の若え奴(わけ)とは作りが違うんでやすからね」

悟(さと)ったようなことを言ったのは、神田鍋町(かんだなべちょう)の御用聞き・寅吉(とらきち)、通称鍋寅(なべとら)だった。鍋寅は七十二歳、伝次郎は六十八歳。人の話に耳を傾(かたむ)けるより、己ひとりの思い込みで突っ走ることが多く、陰で偏屈(へんくつ)だとか意固地(いこじ)だと言われるふたりであった。

鍋寅には、十手(じって)持ち仲間と上手(うま)く付き合おうとする気持ちはなかった。それでも、腕の確かさと、これは、と見込んだ者には面倒見がよかったせいか、それなりの人望はあった。そんなところは、俺とおっつかっつってとこか、と伝次郎が酒の席で言ったことがあったのだが、鍋寅は返事をしなかった。

伝次郎の方が嫌われている、と言いたいらしい。年を取ると、頑なになるものなのだ、とよく分かった。以来伝次郎は、このことをあまり話題に取り上げないようにしている。

もう十日もすると、江戸は梅雨に入る。ぬかるんだ道は好むところではなかったが、市中を見回る足枷にはならなかった。つまりは、骨の髄まで同心なのよ、と言いたいのだが、歩き回るのが好きなだけだと思われているらしい。

空を見渡しても、雨の気配はどこにもなかった。空っ梅雨になるのだろうか。

「いつ頃、お見えになるのでしょうね」と鍋寅が言った。

鍋寅が誰のことを言っているのかは、直ぐに分かった。

かつて同心随一と言われた剣の達人・一ノ瀬八十郎の養女・真夏のことだった。

八十郎は、七十歳。十五年前に、同心株を返上して組屋敷を出てからは、内藤新宿から二里二町（約八キロメートル）、甲州街道の下高井戸で百姓相手に剣を教えながら、研鑽を積んでいた。

その八十郎を永尋掛りに誘ったのは、伝次郎が心を許した友・染葉忠右衛門だった。

達人としての腕を見込んだのである。八十郎のお蔭で刺客の襲撃を躱し、伝次郎らは永尋となっていた一件を解決に導くことが出来た。だが、ともに永尋掛りとしてやってみないか、という誘いには首を縦に振らなかった。自分の代わりに娘の真夏を来させよう。それが八十郎の答だった。

その一ノ瀬八十郎が帰ったのは、四月の二十七日だった。それから、まだ四日しか経っていない。

「そう簡単には来ねえだろうよ。まあ来月ってところじゃねえか」

「のんびりされていると、こちとら病弱なんで、くたばっちまいやすよ」

ぷっと、ふたりの手下が噴いた。隼と半六である。隼は鍋寅の孫娘でもある。

隼は十七歳。祖父と亡き父の跡を継ぎ、女だてらに御用聞きを志していた。髪を男髷風に結い、腹掛けに股引、単衣の着物を尻っ端折ったところなどは、柳のようにしなやかで、町娘から付け文が届けられたこともあった。

「何がおかしいんでえ」鍋寅が振り向きざまに怒鳴った。

「まあまあ、父っつぁん。そう怒るな」

「いくら旦那だろうと、旦那に父っつぁん呼ばわりされる覚えはありやせんぜ」

僅(わず)か四つ違いだ。無理もない。

「笑うな」

伝次郎も怒鳴ってやった。若いうちは、怒鳴られるのも修業のうちだ。

「どっちに参りやす？」鍋寅が、嬉(うれ)しそうに訊(き)いた。

「そうよな……」

町回りをしなければならなかった。町回りは、永尋掛りの重要な役目のひとつだった。同心としての長年の経験を生かして、密(ひそ)かに舞い戻っている追放刑を言い渡された者を探し出し、追い払うか、捕えるのである。

「東北(うしとら)だ」

鬼門である。迷ったら人の嫌がる鬼門に向かう。それが、町回りをする時の伝次郎の心得だった。

「やっぱり」

鍋寅が隼と半六に目配せをした。

読まれているとなると、臍(へそ)が曲がりそうになったが、迷いを見せたくなかった。ぐっと堪えて足を踏み出した。

六ツ半（午後七時）、伝次郎は八丁堀の組屋敷の木戸門に手を掛けた。軋んだような音を立て、木戸が開いた。そっと動かしたつもりでも、軋んでしまう。何やら仕掛けでもしてあるのではないか、と調べたり、直したりしたこともあったが、根が不器用な質なのか、一向に音は消えない。

伝次郎は庭に建てた隠居部屋にひとりで寝起きをしている。小さな土間に竈と流しを備えており、簡単なものなら作って食べられるようになっていた。これは伝次郎が大工に注文をして作らせたものだった。しかし、一度湯を沸かしただけで、飯など炊いたことはなかった。母屋に住む息子の嫁の伊都が、細かく気を遣ってくれるからだった。

有り難いことであり、感謝もしていた。だが、ひとつだけ困ることがあった。息の新治郎も伊都も、異様に耳が鋭かった。伝次郎が帰って来た気配を逸速く聞き付けると、隠居部屋に現れ、言いたいことを言って帰って行くのだ。

この日――。

伝次郎は、木戸の軋みを耳にした途端、嫌な予感を覚えた。待ち構えられているのかもしれない。今日は組屋敷を出る時に、夕餉(ゆうげ)は外で摂(と)ると伝えてあった。夕餉に関しては、文句を言われる筋合いはない。では、何か。思わず身構えてしまう己に、隠居の侘(わび)しさが忍(しの)び寄って来た。

隠居部屋の戸を開け、土間に入ると、母屋の戸の開く音が聞こえた。飛び石を伝って来る。案(あん)の定(じょう)である。

「父上、よろしいでしょうか」

新治郎だった。新治郎は四十二歳。三年前から定廻りの役に就(つ)いている。

「おう、上がれ」

新治郎は、庭から濡(ぬ)れ縁(えん)に上がり、障子(しょうじ)を開けて入って来た。

「どうした？　何かあったか」

「それを伺(うかが)いに参りました」

「言ってることが分からんぞ」

「実は……」

明日昼四ツ（午前十時）に年番方(ねんばんかた)の詰所まで出向くように、と年番方与力の百(もも)井亀右衛門(いかめえもん)から伝言を頼まれたのだと知れた。

「そんなことか」

「そんな、ではございません。父上、何かなさいましたか」新治郎が大真面目な顔をして訊いた。

「いや、目立ったことはしておらぬ」

「目立たぬことは？」

「ちらほらと」

「何を？」

「太え奴がいてな、逃げようとするので、六尺棒を投げたら、すっ転んで足を折りやがった」

「それだけですか」

「生意気な口を利くんで、ぶん殴ってやったら顎が外れちまった。それとな」

「もういいです。父上、正次郎の手前もございます。出来るだけお控えくださいますように」

「分かっておる」

「本当ですね」

昔は、このようなくどい物言いはしない男だった。嫁をもらった頃から始まったように覚えている。嫁の口癖が移ったのだろうか。本当デスネ。新治郎がやり込められている姿が目に浮かんだ。

「何がおかしいのですか」

知らぬ間に笑っていたのかもしれない。頬を引き締めたが、遅かった。

「明日は私も同道いたしますので、刻限前に私の詰所にお越しください」

付いて来る気でいる。俺は餓鬼か、と怒鳴りたかったが、そう思われているらしいので止めた。


五月二日。昼四ツ（午前十時）少し前。

伝次郎は、永尋掛り詰所の普請場にいた。詰所は、中間小屋や蔵が建ち並ぶ一角への通り道に建てられていた。

「頼んだぜ」

棟梁の松五郎に言い、刻限ぎりぎりに定廻り同心の詰所に向かった。

新治郎は伝次郎の姿を見ると同時に立ち上がり、参りましょう、と言った。

「茶は出ぬのか」

「飲みたければ、どうしてもそっと早くいらっしゃらないのですか」

新治郎の顔に苛立ちが浮かんだ。

「今の今まで、どこで、何をしておられたのです？」

「見てたのだ」

「何を、でございますか」

「俺たちの詰所だ。建て前中の」

「………」明らかに怒ったらしい。新治郎は、俄に荒々しく足を運び始めた。

（相手は、たかが泥亀じゃねえか。そんなにぴりぴりするな）

泥亀とは、その昔伝次郎が百井亀右衛門に付けた渾名だった。

（今では威張ってくれているが、出仕し始めた頃は、箸にも棒にも掛からなかった奴だぞ）

それが、いつの間にか、年番方与力という町奉行に次ぐ地位にまで昇り詰めている。

おどおどと伝次郎の目を盗み見ながら采配を振っていた頃のことを思い浮かべると、口にしたくはないが不愉快だった。

「失礼いたします」新治郎が、年番方与力の詰所の前で、膝を突いた。

「二ツ森新治郎、父の伝次郎を伴い参上しました」

「入るがよい」

「父上」新治郎が、突っ立っている伝次郎を促した。

「おう……」

新治郎に続いて詰所に入り、形式的に手を突き、尋ねた。

「お呼びと承りましたが」

「覚えておるか、二十七年前に起こった、大伝馬町の薬種問屋《大垣屋》の番頭殺しを？」

忘れるものではなかった。真面目一筋にやってきた番頭が、ようやく許されて通いとなった頃、言葉巧みに近付いて来た男があった。土地の破落戸であった鎌吉という男だった。鎌吉は番頭を殺し、有り金を奪って逃げた。ようやく塒を突き止め、捕縛に向かった時には、既に行方を晦ました後だった。

「居所が知れた。昨日、駿府町奉行所より知らせが届いたのだ」

「駿府……、ですか」

遠かった。そんな遠いところの居所が知れたからと言って、何が嬉しいのか。この手で取っ捕まえてこその捕物じゃねえか。相変わらず使えない男だと思っていると、表情に出てしまったのか、百井が、話には先がある、と言った。

「どうやら江戸に向かっているらしいのだ」

「確かなのですか」

　父上、と新治郎が伝次郎の膝を小さく叩いた。気付かぬ振りをして、百井を見た。

「駿府の御城下で盗っ人がひとり殺された」

　その盗っ人が死に際に、鎌吉に殺された、奴は江戸へ向かった、と言い残したのだそうだ。

「どうして鎌吉とやらは、駿府で殺しをしたのですか。仲間割れでしょうか」新治郎が訊いた。

「そこまでは、分からぬ」

「若い時は」と伝次郎が、ふたりに言った。「分別をなくして殺し、老いると気短で殺す。そんなものだ」

「それでは若くも年老いてもいない時は、何ゆえに殺すのですか」

「お前は、人というものが何も分かっておらぬ」伝次郎があっさりと言い放った。「憎いからだ」

「…………」新治郎の肩が、背が、一瞬固まった。

　百井が咳払いをして言った。

「顔を見知っている者が誰もおらぬのだが、其の方は覚えていようか」

「一度見た悪党の面は、四、五十年経っても忘れるものではありません」

「流石だ。どのような面相をしておった？」

「これといって目立つものはありませんが、額に私は悪です、と書いてあるような面です」

「………」新治郎が何か言い掛けて止め、改めて、品川から、と言った。「来るのでしょうか」

「身延道から」と百井が、したり顔で言った。「甲州街道に抜ける方法もあるが、ここは東海道であろうな」

「決まっています。まさか己の面を見覚えている者がいようとは、思いもしないでしょうからね。しかし、東海道とは悪い料簡だな」伝次郎が顔を顰めた。

　新治郎は、百井と目を見交わしてから、訊いた。

「どうして、ですか？」

「悪党にも少しは遠慮ってものがあるだろう。せめて裏街道を使うくらいの謙虚さがほしいじゃねえか」

「どこに網を張る？」

伝次郎の物言いを無視して、百井が訊いた。

「お任せくださる、ということでしょうか」

「任せぬのなら、呼ばぬ」

「何をしに江戸に来るか分からないのですね」

「そうだ」

「順当なところで墓参りですが、人をふたりも殺したような者が、そんな殊勝な心掛けでいるはずもない。では、誰かに会うために来るのか、恩義を返しに来るのか、ひょっとすると、またぞろ誰かを殺しに来るのか。そこんところは何も分かっていない、ということですな」

「そうなる」

「仕方ありません。高輪の大木戸辺りで待ち伏せますか」

何ゆえ高輪の大木戸なのか、と新治郎が尋ねた。品川宿近くでもよいのではないか。

「高輪の大木戸ってのは特別なのよ。万一、二十七年振りに江戸の土を踏むのであれば、尚更な」

品川宿から半里（約二キロメートル）。日本橋まで一里半（約六キロメートル)。高輪の大木戸は江戸の入口に当たった。
「袖ヶ浦の海を眺め、大木戸に着く。江戸だ。江戸に着いたのだ、と安堵の息を漏らす。そこが高輪の大木戸よ。あそこを通らねえと、くしゃみを途中で止めたようにむずむずするんだよ」

「父上は、江戸を離れたことは?」

「ねえよ」

「………」新治郎が黙った。

「頭数は、足りておるのか」百井が訊いた。

「手間は掛からないでしょう」

「では、頼んだぞ」

新治郎は伝次郎とともに年番方の詰所を出ると、怒ったような顔をして定廻りの詰所に入ってしまった。

板廊下を玄関の方へ歩いていると、正次郎らしい後ろ姿に気付いた。

「何をしている?」

この日は、三日に一度の非番の日のはずだった。朝、父親を見送っている声を隠居部屋で確かに聞いていた。

「組屋敷に持ち帰って目を通しておくように言われていたのに、忘れてしまいまして、それを取りに来たのです」

正次郎が、手にした風呂敷包みを持ち上げて見せた。そんな殊勝なタマではなかった。

（様子を見に来たのか……）

祖父を案じてではなく、何をやったのか探りに来たらしい。可愛らしげはなかったが、やがて同心になる者は、それくらいの方がよいだろう。

「ここはお前の家屋敷じゃねえ、勝手にふらふらするな」

「勝手ではありません。早く一人前になろうと必死なのです」

口答えするのは二十年早いが、壺を心得た言い訳ではあった。

「早く帰っておれ。今夜の父上の機嫌は悪いぞ」

正次郎の目が少し輝いた。いかぬ。伝次郎は心の中で額に掌を当てた。此奴は間違いなく、俺の血筋だ。

駿府と江戸は四十四里二十六町（約百七十六キロメートル）。急ぎ旅ならば、四日の行程である。

駿府からの飛脚は二日。昨日飛脚が着いたとなれば、明日には鎌吉は品川に着くはずだった。のんびりしている暇はなかった。

　染葉と鍋寅らに話さなければならない。

　奉行所を出、《寅屋》に向かった。

二

　神田の鍋町は、西横町、北横町、東横町に分かれており、その東横町と不動新道が丁の字にぶつかったところに、《寅屋》はあった。

　十三年前までは鍋寅の女房と倅・吉三の嫁とで仕出し屋をしていたのだが、相次いで没したのを機に店を畳んだ。御用聞きの跡を継いだ吉三も既に亡く、今では鍋寅と隼がふたりで住んでいた。

「お誂え向きだぜ」

　伝次郎は、《寅屋》を永尋掛りの詰所が出来るまでの仮の詰所としていた。

「何の御用でございやした？」

　《寅屋》の敷居を跨ぐなり、鍋寅が、一歩遅れて半六が、飛び出して来た。奥で染葉が首を伸ばしている。

新治郎が出仕した後で染葉の屋敷に出向き、百井に呼ばれたことを話し、《寅屋》で待ってもらっていたのだ。

「お小言ではなかったぜ」

「当ったり前でございやすよ。あっしらには、褒められることはあっても、叱られる謂れなんぞ、これっぽっちもありやせんや」

片袖をたくし上げた鍋寅を、半六が宥めている。

「旦那、どうぞ」

隼が湯飲みを差し出した。水が注がれていた。湯飲みが冷たい。

「ありがとよ」

伝次郎は一口で飲み干し、唸った。美味え。隼が、口許を綻ばせた。

「どこの水だ？　譲の井か」

隼の奴が、桶を持って買いに行ったんでさあ。鍋寅が、胸を張った。

江戸も中期以降になると、上方から最新式の井戸掘り機が運ばれて来て、各所に井戸が掘られた。日本橋桶町の譲の井は、それらに先駆けて掘られていた名水で、椀一杯一銭で売られていたのである。隼は譲の井まで足を運んで買い求め、砂糖を落として伝次郎に供したのである。

「いい嫁になるぜ」

「おれは、男は嫌いです」

「そいつは困ったな」

湯飲みを返し、刀を腰から抜き取り座敷に上がるのを待って、染葉が訊いた。

「百井様の話は、何だったのだ？」

「それをこれから話すんだ。集まってくれ」

染葉に鍋寅、隼と半六が伝次郎の前に居並んだ。これに、正次郎と、染葉がかつて手先として使っていた稲荷橋の角次が揃えば、全員であった。

伝次郎は、二十七年前に起こった番頭殺しの一件を話した。

「鎌吉は、当時三十一歳。今は、五十八歳になっている」

博打となると見境の付かなくなる男でな、その日の売上を掻っ攫って博打を打っているうちは、まだよかったのだが、そのうちに悪い仲間と付き合い始め、果ては他人の金に目を付けるようになったって訳だ。

「鎌吉の女房の腹が、でかかったように覚えてやすが」

鍋寅も、鎌吉に逃げられて伝次郎とともに地団駄を踏んだ口だった。

「あの後生まれていれば、もういい年だ……」

だが、女房も子供もどこに住んでいるのかは分からなかった。

「どうして今頃になって帰って来る気になりやがったんだ……」

「置き去りにした女房か子供が病気になったとか」

隼が言った。

「殺しておきたい奴がいるとか」

半六が言った。

「考えたって、分からねえ。取っ捕まえるのが先だ」

ぞろり揃って高輪に向かった。

日本橋、京橋、新橋と渡り、浜御殿を東に、増上寺のこんもりとした木立を西に見ながら金杉橋を越え、潮風に吹かれながら東海道を道なりに行くと高輪の大木戸に出る。《寅屋》を発って、一刻（約二時間）の行程だった。

大木戸の手前、田町九丁目にある茶屋を見張り所に借り受けることにした。老爺と倅夫婦が茶の他に、うどんや餅などを供している小体な店だった。鎌吉の顔を知っている伝次郎と鍋寅、そして染葉が、交替で葦簀の陰の縁台に座り、通りを見張ることになった。

昼餉は奥で摂った。うどんの汁が薄かったが、文句を言う筋合いではなかった。

昼八ツ（午後二時）の鐘が鳴ったところで、

「今日は、もう着きそうもねえな」

伝次郎は奉行所と八丁堀の組屋敷に半六を走らせた。染葉と自身は見張り所に泊まり込むため、今夜は戻らない、と知らせたのだ。

隠居の身分ならば、いつどこに泊まろうが勝手は利いたが、奉行所に使われる身分となった以上、無断の外泊は許されなくなる。

——忘れずにてめえのおっかさんにも知らせるんだぞ。心配するといけねえからな。それとな……。

夜食用の稲荷鮨（いなりずし）を買って来るようにと、一朱金を渡して、半六を送り出した。

一刻が過ぎ、さらに半刻が経ち、半六が油の染みた包みを持って、帰って来た。茶屋は夕七ツ（午後四時）を回った頃には店仕舞いをしており、念のためにと見張りの番をしていた鍋寅と染葉が、丸めて束ねた葦簀の脇に隠れていた。

「お知らせして参りやした」

「ご苦労だったたな」染葉が、中にいるぞ、と指さした。

半六は脇の潜り戸から店に入った。縁台に伝次郎と隼が座っていた。半六はもう一度同じことを口にした。

「新治郎に会えたか」

「はい。町回りから戻っておられましたので」

「何と言っていた？」

「承知した、の一言だけでした」

「そうかい」

愛想のねえ男だ、と腹の中で悪態を吐いたが、まあ、そんなものだろう、と思いを改めた。

隼が包みを受け取ってから、茶を淹れ、半六に渡した。半六が片手で拝んで飲んでいる。

半六が隼に、いつまで見張るのか、小声で訊いた。隼が、いつまで見張りましょうか、と伝次郎に訊いた。

「もう半刻（約一時間）も見張ったら止めるか」

「では、そのように表に伝えて来ます」

「頼む」

隼が潜り戸から外に出ようとしたところで、小さな叫び声を上げた。

「どうした?」

伝次郎が訊くよりも早く、隼が後退るようにして戻って来た。潜り戸を見ると、包みを持った若侍が腰を屈めて入って来るところだった。

「ひどいなあ。そんなに驚くことはないでしょう?」

正次郎だった。隼の頭が腹に当たりそうになったらしい。

包みを解いた。重箱が現れた。煮染めと握り飯が詰まっている。

「これは沢山あるな。お前も食べていくか」

「勿論です。明日は、ここから出仕しろと命じられておりますので」

「新治郎がそう言ったのか」

正次郎がはい、と答えた。伝次郎は新治郎の仏頂面を思い描いた。正次郎を寄越すなら、そうすると半六に言えばよいではないか。素直じゃねえな。しかし、そうは言わなかった。

「助かるぜ」

「今夜は、私が起きていますので、皆さんは明日に備えて眠るようにとのことです」

「相手の顔を知らぬお前が見張っていても、役に立たぬであろうが」

「そうですね……」ははっ、と短く笑って、正次郎が頭を搔いた。

「俺たちは寝るから、お前は帰れ」

「そうは参りません」

毅然として言い放った。そのような柄ではない。思い当たることがあった。

「また小遣いをもらったのか」

伝次郎が刺客に付け狙われていた時、一晩お供をすると一朱の小遣いをもらっていたことがあった。

「ほんの、少しです」

「二ツ森の家はお前で滅ぶぞ。何に使うのだ？」

「専ら食べることですね」

「何か美味いものでもあったか」

「へへへっ」と正次郎が笑った。

「気持ちが悪い奴だな。何だ？」

「泥亀汁ってのを見付けました」

「実か」

「《甲州屋》という一膳飯屋の当たりなんですが、これが美味いんですよ」

「名前がいいな」

「でしょう。そう仰しゃると思いました」正次郎がにんまりした。

「お前、ひょっとして知ってるのか。泥亀ってえのが誰の渾名なのか」

「百井様でしょう。夜烏一味の一件の時、先達が騒いでいたではないですか、庭で」

二月前になる。確かに、庭先で口にしていた。

「妙なことだけは、耳聡い奴だな」

「何を仰しゃいます。名同心と言われるお方は、皆、耳聡い方ばかりと聞いております」

「そんなことばかり知ってやがる」

伝次郎は、煮染めと稲荷鮨を、奥の老爺と倅夫婦に裾分けするように隼に言った。隼が、それらを重箱の蓋に取り分けて、土間伝いに奥へと進んだ。

程無くして、鍋と丼を手にして戻って来た。

「うどんをいただいてしまいました」

「いやあ、豪気ですね」

正次郎が手を擦り合わせている。そのような仕種は、組屋敷内では見たことがなかった。恐らく、奉行所の同輩がしているのを見て身に付けたのだろう。今度、何か憎たらしいことを言ったら、母親に言い付けてやろう。

「折角だ。夕餉にしよう。染葉と鍋寅を呼んで来てくれ」

正次郎に言った。そしてな、暫くの間、お前が見張っていろ。

「でも私は、誰が来るのを見張っているのか、知りませんが」

「誰でもいい。品川の方から男が来たら、教えろ」

「残しておいてくださいよ」

正次郎が渋々と潜り戸から外へ出て行った。


誰かが遠くから呼んでいる。聞き覚えのある声だった。誰だ？　思い出せそうで、思い出せない。唸っていると、誰かが肩の辺りを揺すった。

不意に目が覚めた。目の前に隼の顔があった。

あっと言って、思わず笑い掛けた正次郎に、

「朝でございますよ」

と言って、隼は行ってしまった。

正次郎は、ふたつに折った敷布団から抜け出し、伸びをした。既に皆、起き出

していた。

「眠れやしたか」鍋寅だった。

今何刻になるのか、尋ねた。七ツ半（午前五時）少し前になりやしょうか、と鍋寅が平然とした顔で答えた。

いくら何でも早過ぎるのではないか、と言いたかったが、誰もそのように思っていないらしい。動きがきびきびしている。

正次郎は敷布団を片付けてから、枕許に畳んでおいた袴を着けた。

「起きたか」伝次郎が座敷に上がりながら言った。「顔を洗って来い。手拭と塩は、裏にある」

裏へは、潜り戸を出たら右に行けばよい。半六が用意してくれた。会ったら、礼を言うのだぞ。

正次郎は脇差だけを差して、裏に回った。井戸の近くには誰もいなかった。

顔を洗ってから、指に塩を付け、歯を磨いた。

「正次郎様」

隼の声がした。

顔を起こすと、朝餉の仕度が出来ました、と言って、表の方へと帰って行った。

大急ぎで口を漱いで、隼の後を追った。

茶屋の板戸が開き、丸めた葦簀が片隅に立て掛けられている。

伝次郎らは、座敷の奥で食事を始めていた。

「お先にいただいておりやす」鍋寅に合わせて、隼と半六が頭を下げた。

「寝坊した私がいけないのです。一緒に始められなくて申し訳ありません」

正次郎は、続けて半六と隼に礼を言った。

「手拭と塩を、ありがとうございました。また、起こしてくれてありがとう」

半六と隼が、うどんの丼を置いて、再び頭を下げた。

「早く食え。間もなく捕物だぞ」伝次郎が言った。

「間もなく、ですか」

「俺の勘だ」伝次郎が表の通りを顎で指した。

正次郎は、殆ど嚙まずにうどんを吞み込み、丼を空にした。

「早いな。食う早さは、一丁前の同心並だぞ」染葉がまだ半分も食べていない丼を持て余しながら言った。

伝次郎の丼には、汁の一滴も残っていなかった。

朝餉を終えて、既に半刻（約一時間）が過ぎた。

間もなく、ではないじゃないか。こんなことなら、もっとゆっくりうどんを味わって食べればよかった、と鍋寅の脇に立って見張りながら、正次郎は思った。

「見逃すなよ。奴は朝のうちに通るぞ」

伝次郎が、囁（ささや）くように言って、縁台に腰を下ろした。

人通りが多くなってきた。旅に出る者、品川宿へ出向く者、逆に江戸に商いに入る者や長旅の果てに江戸に着いた者。それらがてんでに行き交っていた。

出仕の刻限に遅れないためには、そろそろ茶屋を出なければならなかったが、言い出す機を逸（いっ）してしまっていた。

こうなれば、取っ捕まえて、捕物の手伝いをしておりましたので遅れました、と言うしかあるまい。正次郎は腹を据（す）えた。出仕しても、やることは分かっていた。書庫の整理と、傷んだ調書（しらべがき）の繕（つくろ）いだった。ここで捕物をしている方が余程面白い。性に合っているような気もした。

「年は五十八。長旅の者だ。見掛けたら、俺か鍋寅に教えるのだぞ」伝次郎が言った。

「任せてください」

正次郎の返事に、鍋寅が目を潤ませた。

「若も、捕物がお好きなんでございやすね。それでこそ、二ツ森のお跡継ぎで」

正次郎は身体中がむず痒くなるのを我慢して、改めて目を凝らした。

男が来た。

脚絆の汚れは、長旅を物語っていた。菅笠で顔の半ばが隠れていたが、年の頃は見て取れた。若くはなかった。

「あの男は、どうです?」鍋寅に訊いた。

鍋寅が近付いて来る男に目を遣った。

「若、あれは違いやす。心にやましさのない、素直な歩きをしているでしょう」

どこがどう素直なのか、分からなかったが、頷いてみせた。

「年の頃はぴったりでした。また、これぞってのが通ったら教えてやっておくんなさい」

何人かが行き過ぎた。それらしい男はいなかった。

こんな見張り方で分かるのか、といささか飽きが来たところに、急ぎ足の男がやって来た。菅笠は真新しく、脚絆に汚れもなかった。長旅とはとても思えなかったが、年回りが鎌吉に近いので、鍋寅を呼んだ。鍋寅は食い付くように見詰めてから、若、と言った。

「お手柄ですぜ」次いで、伝次郎に囁き掛けた。「旦那、鎌吉でございやす」

「来たか。二十七年振りか」

伝次郎が太刀を腰に差している間に、鍋寅が染葉らに知らせた。染葉は隼と半六を連れて、鎌吉の後ろに回った。

伝次郎は、鎌吉に向かってずんずんと歩き出した。着流しに黒の絽の羽織を着し、裏白の黒足袋に雪駄を突っ掛けている。一目で八丁堀の同心だと分かる姿である。

鎌吉は菅笠の縁を摑んで顔を隠し、先を急いだ。

「待ちな、鎌吉。そう邪険にするもんじゃねえぜ。折角、出迎えに来ているんだからよ」

鎌吉が立ち止まり、驚いて見せた。

「お人違いでございます」

「それはねえだろ。てめえ、まさか、俺の面を見忘れたとでも言うんじゃねえだろうな」

鎌吉の目が素早く動き、伝次郎を見た。

「………」

「すっかり老けちまったな」

鎌吉が背後を窺った。染葉らが通りを塞いでいる。

「手前の名前は太兵衛と申します。手形もございます。どなたかと似ているのかもしれませんが、本当にお人違いでございます」

「鎌吉、往生際が悪いぜ。俺はな、一度見た面は忘れねえんだ」

「………」

鎌吉は、伝次郎を凝視した。やがて、溜息を吐きながら、肩から振り分け荷物を下ろした。

「何で、旦那が、まだ捕物をしていなさるんで。もう、いいお年のはずじゃねえですか」

「俺が待ち構えていようとは夢にも思わなかったか」

「旦那は、まだ家督を継がせてねえんですかい？」

「倅は定廻りの同心をやっているよ。こいつは、孫だ」

伝次郎が正次郎を顎で指した。

「一度は辞めたんだがな、てめえどもに呼び戻されたのよ。今では戻り舟同心と呼ばれている有様よ」

「ぬかりやした……」

「逃げ道はねえぜ。孫は、目録をもらっている剣の達人だ。逃げようとしたら斬るように言ってある」

「旦那はお幸せなんでございますね。身内の衆に囲まれて」

正次郎が咳払いをした。

伝次郎が目を逸らした瞬間だった。投げ付けた振り分けの陰から、匕首を腰に矯めた鎌吉が伝次郎に体当たりを食らわせた。

一瞬ふたりの身体が重なったかに見えたが、身を反らすようにして躱した伝次郎が鎌吉の手首を手刀で打ち据えた。

膝を突いた鎌吉に鍋寅と半六が飛び掛かり、早縄を打った。

「長い間堪えてきたってのに……」鎌吉が歯噛みした。

「寝惚けたことを言うな。てめえに殺された番頭のことを思い出せ」

「………」

「何のためにお江戸に戻って来たんでえ。訳を言え」鍋寅が縄をぐいと引いた。

「止めておけ。つまらねえ用でもあったんだろうよ。俺らの知ったことじゃねえ」

なおも言い募(つの)ろうとする鍋寅を伝次郎が制した。

「てめえのことだ。何か企(たくら)んでいたんじゃねえのか」

鎌吉は顔を背けた。

「染葉、済まねえ。大番屋まで送り届けてくれねえか」

鎌吉の目尻から涙が落ちた。気付いた鍋寅が、驚いて伝次郎を見上げた。

「心得た」

「正次郎、奉行所まで走れ。後で言い訳に行ってやる」

「ご心配なく。日頃の行いがよいので、上役にも同輩にも信頼されております」

「ならば、行かぬぞ」

「いえ、少しなら、上役も喜びましょう」

「それが剣の達人と言われた者の言葉か。言って損したな」

「あれは気持ちのよいものでした。もっとも、掛かって来られたらどうしようかと思いましたが」

「お前は男の癖に口数が多い。行け」

はい、と答えた時には、駆け出していた。後ろ姿がひどく若かった。妬ましくなる程の若さが、遠退いて行った。

二十七年か。

あの頃は、自分も鎌吉も若かった。が、鍋寅はその頃から老けていた。何か美味いものでも食わせてやるか。鍋寅の後ろ姿を見詰めた。女房を亡くし、倅夫婦を亡くし、孫と捕物をしているのだけが生き甲斐の男だった。その背が、ひどく小さく見えた。

伝次郎は茶屋に戻り、一晩厄介になった礼を言い、心付けを置いた。

通りに出ると、隼が待っていた。

「親分に、旦那に付いていろと言われましたので」

「ありがとよ」

品川の方から弾んだ声が聞こえてきた。道中をともにした者同士が、無事、江戸に辿り着いたことを喜び、はしゃいでいるのだろう。

「行くか」

伝次郎は奉行所へ足を向けた。年番方に首尾を報告しなければならなかった。

三

五月四日。

昨夜の酒が、まだ頭の芯に残っていた。鎌吉の一件が片付いた祝いにと、竹河岸の居酒屋《時雨屋》で酒宴を開いたのだ。

伝次郎は、夜具に横たわりながら染葉の言葉を思い返していた。

──覚えているか、と染葉が言った。塩谷要助を。

元定廻りの同心だった。伝次郎より五歳程年下になる。

──仲間になりたいと言うて来ているのだが、どうだ？

──永尋掛りにか。

──他に何がある。

──駄目だ。

伝次郎の答は明快だった。

──あの男は好かねえ。

──そう簡単に言うな。八十郎の時も、最初はよい返事をしていなかったではないか。

――塩谷はな、何かの時に、面倒臭いと答えたことがあった。俺は骨惜しみする奴とは組みたくねえんだ。

――いつの話だ？

――俺たちが四十くらいかな。鎌吉の一件が起こった頃だ。

――それだけ年数が経てば、人も変わるさ。

――鎌吉は変わっていたか。

――涙を流していたぜ。見ただろ？

とにかく一度会ってみてくれ。今直(す)ぐでなくてもいい。事件(めんどう)を抱えているから、片付くまで待つように、と言ってあるからな。

塩谷か、と口に出して呟(つぶや)いてみた。選(よ)りに選って、つまらねえ奴が来たもんだ。

「義父上(ちちうえ)」庭の方から伊都の声がした。「もう起きていらっしゃいますか」

新治郎の嫁の伊都は、三十九歳になる。

「いや、まだ寝ておった」

「お加減でも、お悪いのでしょうか」

言う間に、障子に伊都の影が映った。濡れ縁から上がって来るつもりらしい。障子が開き、滑るようにして部屋に入って来た。

「いや、飲み過ぎたのだ。心配掛けて済まぬな」

「多分、こうなるだろうと正次郎が申しておりました」

「口の軽い奴だ。どのようなことを言っておった？」

「どれ程御酒（ごしゅ）を飲まれたかなど、詳しく」

「あの裏切り者めが」伝次郎は、一頻（ひとしき）り唸ってから訊いた。「今、何刻になろうか」

「そろそろ五ツ（午前八時）でございます」

《寅屋》に集まる刻限だった。

起きるぞ。夜具を跳（は）ね上げた。

「着替えたら出掛けるのだが、味噌汁（みそしる）はあるかな？」

「ございます。それも飛び切りのが」

「何だ、飛び切りとは？」

「泥亀汁でございます」

伊都が、悪戯（いたずら）っぽい目をして笑った。嫁いで来て以来、滅多に見せたことのない顔だった。

「正次郎か」

「はい。作り方を教えてもらいました。《甲州屋》なる店に引けを取らぬ味に出来たとか」

「新治郎は、知っておるのか」

「勿論、名は伏せておきました」

「そうか。急いで顔を洗って着替えるでな。温めておいてくれ」

「承知いたしました」

伊都が、臀部を揺らしながら障子の向こうに消えた。

泥亀汁は、茄子の味噌汁であった。茄子を四つに切り分け、飾り包丁を網目に入れてから胡麻油に潜らせ、味噌汁に落とす。ぐらっ、と沸く寸前に擂り胡麻を大量に加えれば出来上がりだ。泥水の中から亀の甲羅が覗くような塩梅になる。

「美味いな、これは」

胡麻の風味が、酔いの残った頭に心地よかった。

もう少しで《寅屋》というところで、染葉忠右衛門と御用聞き・稲荷橋の角次に出会った。

「済まん」と染葉が片手を上げた。「ちいと動きがあってな、行かねばならんのだ」

捕縛のために力を借りていたのである。謝るのは伝次郎の方だった。それに遅参もしている。

「こっちこそ済まなかった。情けねえことに、昨夜の酒が残っちまっていたんだ」

右と左に分かれ、伝次郎は急いで《寅屋》へ向かった。鍋寅らが待っていた。遅れを詫びてから、鍋寅に訊いた。

「宿酔（ふつかよ）いは？」

「そんなもの、したこたァござんせん」

鍋寅の方が、伝次郎よりも飲んでいたはずだった。あれらの酒は、身体のどこに消えてしまったのか。

「酒なんざ、小便すれば抜けちまいやすよ」

もっと早く気付くべきだった。鍋寅と俺とでは、身体の出来具合がまるで違うのだ。

「そろそろ行きやすか」と鍋寅が訊いた。見回りに出るか、と訊いているのだ。

伝次郎も染葉同様、永尋の控帳の中から、これは、と思う事件（もの）を選んで取り掛からなければならなかったが、何にするか決めかねていた時に、鎌吉の一件を頼まれたのだった。それを落着させてしまった今、取り敢（あ）えず町回りをすることが任務であった。

江戸市中には、月番の奉行所の定廻り六名と、非番の奉行所の定廻り六名が、常に見回りに出ていた。見回る場所が重ならないように、予（あらかじ）め取り決めておいて回るのだが、広大な江戸市中に僅か十二名である。永尋のふたりが加わるだけでも、微力ながらも戦力にはなったのである。

「今日は、どちらの方に？」鍋寅が訊いた。

北東（うしとら）の方にでも行くか、と言い掛けて、南東（たつみ）の方だと言い直した。

神田堀（かんだぼり）を通り、浜町堀（はまちょうぼり）を越え、両国広小路（りょうごくひろこうじ）辺りへと向かうことになる。

この方角を選んだことで、伝次郎らは思いも掛けぬ一件へと導かれることになったのである。

鎌倉（かまくら）河岸の東、竜閑橋（りゅうかんばし）から始まる神田堀には、橋本町（はしもとちょう）までに、乞食橋（こじきばし）、主水（もんど）

橋、今川橋、東仲橋、地蔵橋、火除橋、九道橋、甚兵衛橋と九つの橋が架かっている。

小伝馬町の牢屋敷を神田堀の向こうに見ながら、伝次郎らは堀沿いに東へと歩いた。

九道橋を渡らずに通り過ぎ、次の小伝馬上町と亀井町の境に架かる甚兵衛橋を北から南へと渡った。

橋の南詰のたもとに乞食がいた。細身の老婆である。乞食と見たのは、筵に座っていたからだった。しかし老婆は、顔を伏せようともせず、通る人の顔を食い入るように見ていた。身形も垢じみたものではなく、背筋もぴんと伸びている。その姿には気迫のようなものすら感じられた。

伝次郎は通り過ぎてから、鍋寅に訊いた。

「あれは、何なんだ？　ただの乞食とも思えねえが」

「旦那としたことが、ご存じないんで？」

「知らねえから、訊いているんじゃねえか」

「《布目屋》のお近でございやすよ……」

伝次郎に覚えがあるのかどうかを読み解こうとしているのだろう、鍋寅が探るような目付きをした。《布目屋》という屋号には、聞き覚えがあった……。

「押し込みのあったお店だったな」

「あの時の、ただひとりの生き残りでございやす」

十八年前の、季節は今頃になる。堀江町の畳表問屋《布目屋》に盗賊・鬼火の十左一味が押し入り、《布目屋》の家族、番頭、手代ら十一人を殺した上、有り金一千三百両余りを盗んで、まんまと逃げ果せたという一件があった。

「その頃内儀のお近はまだ四十一、二で、袈裟に斬られて血達磨になっておりやしたが、身の内に力があったからか、ひとりだけ助かったんでさあ。可哀相に、その時の傷が元で、左腕は動かないようでやすが」

そうだった、と伝次郎は腹の内で頷いた。近が一命を取り留めたお蔭で、鬼火一味の総勢が五名であることも分かったのだった。

「そのお近が、何ゆえ乞食の真似をしているのだ？」

近は、かつて《布目屋》に奉公していた者に是非にと乞われ、甲州街道府中宿に移り暮らしていた。しかし、年を経るに従い、もう一度だけ江戸を見ておきたいと、一年半前に江戸見物に出て来たのだという。

「その江戸で、忘れもしない鬼火一味の男を見掛けたっていうんですよ」

「場所は？」

「両国広小路でさあ」

その男は、姿形からして堅気のお店者、それも店の主のように思われた。見誤りではないのか。しっかりと見据えた。確かに鬼火一味の男、それも自分を斬った男だ、と近は確信した。叫ぼうと身構えた。だが、その時には、男の姿は雑踏に紛れて見えなくなっていた。その日から近は変わった。

府中宿を後にし、薬研堀埋立地の裏店を借り、ひたすら男の姿を探し始めたのだ。

「もう一年近くになるはずでございやす」

「知らなかったぜ。どうして教えてくれなかった」

「相済みません。知っていなさるとばかり思っておりやしたので」

一年半前だとすると、隠居暮らしの無聊を慰めようと、市井の揉め事によく首を突っ込んでいた頃だった。知っていてもおかしくはない。何か別のことに心を奪われていたのだろうか。

「奉行所は、どうして取り上げなかったんだ？」

鬼火の十左一味の悪事は、十八年前の《布目屋》の一件を最後にぷつり、と途絶えていた。

近が見たお店者が、間違いなく鬼火一味の者だとすると、奴どもは盗んだ金を使い切るまで鳴りを潜めていたのではなく、その金を元手に商いを始め、まんまとお店の主に納まり返っていたのだ。人殺しで得た汚い金で、ぬくぬくと生きてきた、ということになる。

「お調べがなかった訳じゃあございやせん」鍋寅が答えた。「人相書を作って、それらしい者がいねえか、と躍起になって探したという話なんでやすが、結局何も分からず仕舞いで、そんなこともあって、今では誰も関わってはいないという訳で」

「分かった。が、お前はどうしてそんなに詳しいんだ？」

「卯之助から聞いたんでさあ」

卯之助は、鍋寅の許で捕物の修業をした御用聞きだった。今は、伝次郎の息・新治郎の手先として脂の乗った働きを見せている。卯之助の話ならば、信用出来た。

「いつも、ああやって座っているのか」

「そのようでございやす」

「場所は?」

「十日程で移るとも、歩き回ることもあるとも聞いておりやす」

「どうして、その男を見失ったという両国広小路で探し続けねえんだ?」

「随分とそこにいたそうですが、結局現れなかった、と聞いておりやす」

「お近は、移る先々で評判になっているのか」

「評判って程ではございやせんが、目聡い連中には知られておりやす」

俺は目聡くねえってことか。聞き返したかったが、止めた。何も気付いちゃいねえ。悪気のねえ奴程、始末の悪いものはねえ。いつか説教してやろう。

「ってことは、当の鬼火一味の男も、噂を聞き付けて、やきもきしているかもしれねえな」

「恐らくは」

「よし、決めた。暫く様子を見よう、あの婆さんの」

「婆さんって、あっしらより若うございますよ」

「お前より年下で、俺より年上だろうが」

「そんなことはございやせん。勘定してご覧なさいやし。十八年前、四十ちょいだったんでやすから、まだ六十になったばかしくらいですぜ」

「気に入らねえな」

「何がでございやす」

己の年が六十八になってしまったということが、納得出来なかったのだ。せめて、四十五、六で止まってほしかった。だが、口にする訳にはいかない。

「お近から何も彼も奪った奴どもが、だ」

「まったくで」鍋寅が洟(はな)を拳(こぶし)で拭(ぬぐ)った。

「旦那、よろしいでしょうか」半六だった。

「何だ?」

「これから毎日見張るのは、無駄のように思えるんですが。いいえ、見張るのが嫌だなんて思っている訳ではございやせん。ただ、何か起こりそうになってからでも間に合うんじゃねえか、と」そう思いやして、と小声になりながら言った。

隼も小さく頷いた。

「あの婆さんはな、俺たちが高輪で交替でやっていたことを、ひとりでやろうとしているんだ。あの年で、しかも、片っぽの腕の具合も悪いのにな。ここで手を貸さなければ、江戸っ子の名折れじゃねえか」

伝次郎の言葉を引き取って、鍋寅が続いた。

「半公、十手持ちに無駄ってぇ言葉はねえんだ。何もなかったら、それは上々の吉なんだ。隼、てめえも覚えておけ」半六と隼が、首を竦めながら、僅かに頷いた。

それだ、それを俺は塩谷要助に言いたかったんだ。流石、鍋寅だ。伝次郎は鍋寅の肩に手を置き、俺たちは年だ、と言った。

「ここは若いのに任せ、ちょいと茶屋で休もうじゃねえか」

「あの」と今度は、隼が言った。「どうして直ぐに声を掛けてやらねえんで？」

「婆さんには済まねえが、鬼火を炙り出すにはこうするしかねえんだ。俺たちが付いているとなれば、態度に出ちまうからな」

「するってえと、襲われるなんてことも？」

「今は様子を見ているだけだと思う。だが、婆さんが、お近が、目当ての男を見付け出し、跡でも尾けた日にゃあ、黙っちゃいられねえだろうよ」

「お近を襲うとなると、昼日中とは思えねえですから、夜でやすね。長屋にも誰か張り付かなければなりやせんね」鍋寅が言った。

「となると、茶屋に入ってもいられねえな」伝次郎は鍋寅に、茶はお預けだ、と言った。「半六を連れて薬研堀に行ってくれ。お近の長屋を見付けたら、家主に渡りを付けて、空いている借店を押さえるんだ。長屋の者には、家主の親戚筋とか何とか言ってな。今夜から交替で見張るぜ。俺は奉行所に戻って、一年半前の調書を見てくる」

「承知いたしやした」

鍋寅が、年を感じさせない身軽さで走り出した。半六が、慌てて付いて行く。

「今日が四日ってことは、明日は五日か」

伝次郎がにんまりと笑った。隼が尋ねた。

「正次郎の奴、明日は非番なのだ。今夜の張り番は奴だ」

えっ、と叫ぶ正次郎の顔が目に見えるようだった。隼も思い浮かべたらしい。白い歯を覗かせた。

調書には、鍋寅が話した以上のことは書かれていなかった。

四

五月五日。七ツ半（午前五時）。

薬研堀埋立地にある《宇兵衛長屋》の一日が始まろうとしていた。

寝ずの番を言い付かっていた正次郎は、入口の土間に、漬物の明樽を逆さに伏せ、それを腰掛け代わりに使っていた。近の借店で動きがあれば、直ぐに動ける体勢だ。どこかで戸を開ける音がした。腰高障子の隙間から、外を窺った。魚の棒手振の借店だった。明け六ツ（午前六時）前には長屋を出、日本橋の魚河岸へと走るのだろう。

近が住んでいる隣の借店は、まだ暗くひっそりとしていた。

正次郎は、大きく伸びをした。

代わりやしょうか、と鍋寅が言った。

「今から寝れば、一刻（約二時間）は眠れやす」

正次郎は既に夜四ツ（午後十時）から夜八ツ（午前二時）まで寝ていた。もう一刻近く眠れば、計三刻は眠ったことになる。

「そうしてやっておくんなさい」

奥の壁際で、隼がふたつ折りにした敷布団に包まって寝ていた。

「なあに、あっしのような年寄りは、これっくらいになると、もう眠れないんでございやすよ」

手下の半六は、今夜の見張りに備えて北新堀町の長屋に帰っていた。これで伝次郎が現れたら、朝のうちからこき使われることになるだろう。

勧めに従うことにした。正次郎は袴を脱ぐと、丁寧（ていねい）に畳んで枕許に置き、敷布団に包まった。初めての時は、己の身体が柏餅（かしわもち）のようになった気がしたものだったが、慣れると寝心地がよいものだった。

包丁を使う音で目が覚めた。気が付くと、敷布団の上に大の字になって寝ていた。

正次郎は、着物の乱れを直し、袴を穿（は）いた。

「お早（はよ）うございます」

胡瓜（きゅうり）を刻む手を止めて、隼が頭を下げた。

「お早う」

と正次郎も慌てて手を止めて、挨拶（あいさつ）を返した。隼は切った胡瓜に塩をまぶしている。

「よく寝ておいででしたよ」

鍋寅が、明樽から腰を上げて言った。

「様子は、どうです？」正次郎は向かいの借店を指さした。

「起きておりやす。今、飯を炊いているところです」

外で足音がした。鍋寅が覗くまでもなく、声が聞こえた。

隣の借店の女が、近に煮物を届けているらしい。女は、一頻り天気の具合などを並べ立てて帰って行った。外が静かになった。

「若、朝餉の前に、顔を洗って来ておくんなさい」

鍋寅が桶と手拭に添えて、塩の入った小皿を差し出した。

井戸端に行き、顔を洗い、指に塩を付け、歯を磨いた。長屋の女どもが、交替で挨拶をしていく。すべてに返事をしているので、なかなか歯が磨けない。

長屋の者には、家主の遠い親戚筋に当たる正次郎が、江戸に逗留する約一月の間、借店に住まうということにしてあった。代わる代わるに現れる鍋寅らは、正次郎の知り合いである。そんな話を信用するものなのですか。尋ねた正次郎に、伝次郎は笑って答えた。人ってものはな、悪いことをして追われている者以外、他人様のことなんぞ、あまり気にしていねえもんだ。

家主に繋がりがあるという触れ込みなので、気安く近付いては来ない。それも伝次郎が言っていたことだった。昨夕から、成程、と唸りっ放しの正次郎であった。

借店に戻ると、隼が塩揉みした胡瓜を水で洗い、小鉢に盛り付け、醤油を掛けていたところだった。

「出来ました。おれたちも食べてしまいましょう」

隼が、箱膳に飯茶碗と青菜の味噌汁、胡瓜の塩揉みを並べて正次郎の前に置いた。鍋寅と隼は、薄縁（うすべり）の上に直接置いている。

正次郎は懐（ふところ）から懐紙を出して、ふたりの前に敷いた。紙の折敷（おしき）である。

「何だか立派になりやした」鍋寅が言った。隼が小さく笑った。

静かな朝餉が始まった。

濃いめの味噌汁とさっぱりとした胡瓜が気持ちよかった。

美味（おい）しいですね。正次郎は瞬く間に飯のお代わりをした。

「こいつの作ったものがお口に合いやしたか」鍋寅が、不思議そうに尋ねた。

「何だよ、その言い方は」隼が口を尖（とが）らせた。

仲がよいのだな。正次郎は、鍋寅と隼を交互に見ながら箸を動かした。また飯がなくなっていた。どうしよう。味噌汁の青菜を摘（つま）んでいると、隼が箸を置いて、お代わりは？　と訊いた。いただきます。正次郎は勢いよく茶碗を突き出した。

朝から三杯も食べてしまったが、横になる訳にもいかなかった。正次郎は壁にもたれて、隼が器を洗う水音を聞いていた。鍋寅は、明樽に腰掛けて外の様子を探っている。

（一日が始まるのか）

だが、苦痛ではまったくなかった。どこかで颯爽としたところを見せられないものか、と考えているうちに眠ってしまった。


肩を揺する力が強い。誰だ、と思って目を開けると伝次郎だった。

「朝から三杯飯食らって居眠りとは、大した孫だぜ」

伝次郎は羽織なしの着流し姿だった。絽の黒羽織は風呂敷に包んで持っていた。

髷は小銀杏に結ってはいるが、髪の量が減っている分、目立たなくなっているので、八丁堀の同心というよりは浪人か隠居のようにしか見えない。黒羽織を脱いでいれば、長屋の者に見られても、正体に気付かれる心配はなさそうだった。

朝五ツ（午前八時）。近が筵を小脇に抱え、長屋を出た。鍋寅と隼が直ぐさま跡を尾け、一呼吸置いて伝次郎と正次郎がその後を追った。

近は米沢町から横山町、馬喰町へと抜け、橋本町に入った。

行き先は、昨日座っていた甚兵衛橋の南詰と知れた。今日も一日筵に座り、鬼火一味の者が通らぬか、見詰め続けるのだろう。

伝次郎らは、目立たぬようひとりずつ、半刻（約一時間）毎に交替で見張ることにした。

やがて日は中天を過ぎ、西に傾き始めた。

この間、近は小用を足すために近くの裏店の雪隠を借りに立った以外は、水も食べ物も口にせず、ただひたすら通る者を見据えていた。

夕七ツ（午後四時）の鐘を潮に、近は立ち上がろうと筵に手を突いた。昨日も見た光景だった。

近は固い地面で強張った膝と臑を右手で摩ると、筵を丸め、ゆるゆると歩き始めた。

伝次郎らは三々五々、近との間合を保ちながら、その後に続いた。馬喰町を過ぎたところで、先頭を歩いていた隼が二番手に下がり、正次郎が先頭に立った。

近は、どこにも寄らずに、《宇兵衛長屋》に戻って行った。

木戸を抜け、溝板を避けるようにして歩き、借店に入る。

水瓶の蓋を取る音に次いで、柄杓を取り落とす音がした。片手では、何かと不自由なのだろう。

隼が振り向いて、直ぐ後ろにいる鍋寅を見た。鍋寅も音に気付いたらしい。しかし、してやれることは何もない。隼と鍋寅は黙って腰高障子を開け、見張り所にしている借店に滑り込んだ。遅れて、正次郎と伝次郎が着いた。

隼が袖で目許を拭っているのを見て取った正次郎が、伝次郎に目で尋ねた。伝次郎も見逃してはいなかった。

「どうした？」伝次郎が隼に訊いた。

「何とかしてやれねえもんかと。それを考えていたら、悔しくて」

「気持ちは分かるが、今は関わっちゃならねえ」伝次郎は首を横に振った。

「…………」

「何とかしてやりてえと思っているからこそ、雁首揃えて見張っているんだろうが。辛抱しろい」鍋寅が隼に言った。

「あの……」

正次郎が、ためらいがちに言葉を挟んできた。

「若、何でございやす？」

「向かいの婆さん、帰りにどこにも寄らなかったですよね」

「それが、何か」鍋寅が訊いた。

「煮売り屋にも寄らなかったってことは、今夜、何を食べるんだろう?」

「何か買い置きのものがあるとよいのですが」隼が言った。

「ここはお向かいです。何か差し入れをしてやっても構わないんじゃないですか」

正次郎が隼を見てから言った。隼の目が、きらきら輝いている。

「俺たちはな、ここに物見遊山(ものみゆさん)で来ているんじゃねえ。見張りに来ているんだ」伝次郎が小声だが、きつい口調で言った。「万が一にも見張っていると鬼火一味に気付かれたら、婆さんのこれまでの苦労が無駄になっちまうだろうが。俺たちは、まだ顔を見せねえ方がいいんだ」

「しかし」正次郎が食い下がった。「あの身体で懸命に憎い仇(かたき)を探している婆さんに、向かいの者が少しばかり差し入れをしたからと言って、罰(ばち)は当たらないのではないでしょうか」

「面白くねえな」

「駄目ですか」

「そうじゃねえ」正次郎、と伝次郎が言った。「婆さん、婆さんと言うな。俺や鍋寅よりは若いんだ」

鍋寅が、口を丸く開けて、伝次郎を見た。

「では」と正次郎が訊いた。「元《布目屋》の御内儀と言えばよいのですか」

「お近でいい」

「正次郎様が仰しゃることに、おれも賛成です。あんなに疲れている姿を見ては、放(ほう)っておけません」

「分かった、分かった。ここは、俺が折れてやる。その代わり、明日からは跡を尾ける時、後ろに回すが、それでいいな？」

「はい」正次郎と隼が声を揃えた。

「どっちが差し入れるんだ？」

正次郎と隼が顔を見合わせた。

「旦那、隼にしろ、若にしろ、ちいと若過ぎやすよ」と鍋寅が言った。「ここは、年寄りに任せてもらおうじゃござんせんか」

「年寄りってのは、俺も入るのか」

「あっしのことですよ」

「お前が差し入れると言うのか」

「何か不都合でも」

「それはねえが、どうしてお前なんだ？」

「旦那、あのお近でやすが、なんだかあっしの死んだ連れ合いに似ているんでございやすよ……」

　鍋寅の目尻が下がっている。しかし、伝次郎の覚えている限りでは、似ていなかった。鍋寅の女房は、細身ではなく、だいぶゆったりとした身体付きをしていた。

　伝次郎がその思いを口にすると、隼も力強く頷いた。鍋寅は、隼を横目で睨(にら)んでいたが、口の中で何やらぶつぶつ呟きながら引き下がった。

「正次郎、やはりお前だ」

　非番の日にしか尾行出来ない正次郎が、近に気付かれる恐れが一番なさそうだった。

「食べ物と言っても、何を差し入れればよいでしょうか」正次郎が訊いた。

「この近くで美味いものと言えば、米沢町二丁目は《上総屋(かずさや)》の小魚の甘露煮か、二丁目は《福富屋(ふくとみや)》の卵焼きでございましょうか」鍋寅が、口の端に唾(つば)を溜(た)めながら言った。

「やけに詳しいじゃねえか」伝次郎が雑ぜ返した。「卵焼きってのは、《鮫ノ井》のより美味しいのか」

「あそこまではいきやせんや。《鮫ノ井》は別格でございやすからね」

「よし、急いで甘露煮と卵焼きの両方を買って来い」

伝次郎が正次郎に小銭を渡した。

「場所が分かりません」正次郎が掌の小銭を見詰めた。

「おれが行って来ます」

隼が正次郎の掌から小銭を摘み取り、借店から走り出た。

私も行きましょう、と正次郎が言おうとした時には、隼は戸口の外に駆け出していた。

待つ間もなく、隼が包みを手に駆け戻って来た。隼は素早く小鉢に移すと、正次郎に手渡した。

「いいか、つまらねえことを話すんじゃねえぞ」

「器は、その場で返してもらっておくんなさいよ。お返しを持って来られては、困りやすんでね」

伝次郎と鍋寅の声を背にして、正次郎は近の借店の戸を叩いた。

借店の中で、ひそと息を潜める気配があった。誰なのか、と考えているらしい。怯えているのかもしれない。正次郎は再び戸を叩くと、向かいの者だと名乗った。

近が留めていた息を吐き出した。戸が開いた。近の顔が目の前に現れた。皺は深く、髪の半ばは白いもので覆われていたが、若い頃はさぞや評判の美形であっただろうと思わせるものがあった。近が目で尋ねた。正次郎は小鉢を持ち上げた。

「余分に求めてしまったので、持参した。お口に合うかどうか分からないが」

「そのようなことをしていただく訳には……」

「一月ばかり向かいに住むことになってな、その挨拶でもあるのだ。受けてくれ」

「大家さんから、家主さんのご親戚の方が入ると伺っておりましたが、お武家様でしたか。分かりました。ありがたく頂戴いたします」

「そう言ってくれると、持って来た甲斐がある」

押しいただいている近に、済まないが、と正次郎が言った。小鉢を空けてくれるか。手持ちの数が少ないのでな。

近が流しの脇に小鉢を置き、棚から平皿を取っている。右手だけでやっているので、てきぱきとは進まない。正次郎は、借店の中をそっと見回した。僅かな荷物がまとめて置いてあるだけで、これと言う調度品も見当たらなかった。

「何か」と近に言った。「力仕事で手が必要な時は、遠慮なく言ってくれよ。力だけはあるからな」

近の目尻に光るものを認め、正次郎は慌てて、外に目を遣った。向かいの腰高障子の隙間から、六文銭の旗印のように六つの目が覗いていた。まるで真田だな、と正次郎は思った。

近が洗って返してくれた小鉢を手にして、正次郎は見張り所に戻った。

「お上手でございやしたね」鍋寅が言った。

「こいつは口から先に生まれてきたからな」伝次郎だった。

「参ったな」と正次郎は、隼に言った。

翌朝、正次郎が奉行所に出仕した後、近は甚兵衛橋のたもとに出向いたが、夕方には身体を引き摺るようにして長屋の木戸を潜った。

冷や飯に温めた味噌汁を掛けて食べ、泥のように眠り、起き出す。飯を炊き、味噌汁を作り、食べて出掛ける。その繰り返しだった。

二日後、近は座る場所を変えた。

神田堀に架かる橋を、西に三つ移った地蔵橋の北詰だった。この界隈は古着屋が軒を連ね、人通りが多かった。

その翌日、いつものように筵に座った近は、かすかに眉を顰めると膝をずらし、筵の下を探り始めた。小石でも挟まっていたらしい。

俯いている近の横顔に目を留めた者があった。橋の南詰を行き掛けた男である。

男は、供の小僧を先に行かせると、暫く近を探るようにして見詰めていたが、やがてゆったりとした足取りで行き過ぎて行った。目だけが針のように光っていた。

翌日から梅雨の走りの雨が、そぼ降るようになった。だが、近の外歩きは続いた。町を歩き、寺社の山門で行き交う人を見詰めるのだ。

そして、四日が過ぎた。

五

五月十四日。六ツ半（午前七時）。

この日は正次郎にとって、三日に一度の非番の日であった。

五月四日の夜から《宇兵衛長屋》に駆り出されて十日が経っていた。昨夜は伝次郎から、組屋敷に戻ってぐっすり眠るようにと、丸々一日休みをもらっていた。

「今日も父上の手伝いをするのか」新治郎が、朝餉の席で訊いた。

「はい。すっかり当てにされてしまっておりますので」

「捕物はな、面白がっていると怪我をするぞ。いや、怪我なら日にちが経てば治るが、失敗は取り返しが付かぬからな。心して掛かれよ」

「決してうわついた心ではおりませぬ」

ちら、と隼の顔が浮かんだが、茶碗で顔を隠して誤魔化した。

「前の時は、義父上が刺客に狙われましたが、そのようなことはないのでしょうね」

菓子舗《大和屋（やまとや）》の女中が殺された、三十五年前の一件を調べている時のことだった。伊都が、心配そうに尋ねた。

「ないと思います。何しろ」

と正次郎は、伝次郎が追っている事件について掻い摘んで話した。

「とてもその婆さんが、《布目屋》のお近と言うのですが、鬼火一味の者を見付け出せるとは思えないのです」

「鬼火一味とはな」

と新治郎が伊都に言った。

今から二十数年前に江戸市中を荒らし回った盗賊でな、一家皆殺しの上、有り金すべてを奪うという極悪非道の一味なのだ。一味は、十八年前、堀江町の《布目屋》に押し入り、奉公人と家族ら十一人を殺した上、一千三百両余りを盗んで行方を晦まし、以来ぷっつりと消息を絶っている。正次郎の言ったお近は、そこの御内儀でな、一味に斬られたのだが、命を取り留めたたったひとりの生き証人なのだ。

給仕をする手を止めて聞いていた伊都が、息を呑み、

「それでは」と言った。「義父上の血が騒ぐのも、無理のないことなのかもしれ

ませんね」

「無理と言うのならば、無理の利かぬ年でもあるのだ。伊都が、そのようなことを言ってどうする？」

「申し訳ございません」

「父上が無茶をしそうになった時は、正次郎がお止めするのだぞ」

「とても聞くとは思えませんが」

「駄目だと思っても止めるのだ。たまさかには、聞くかもしれぬからな」

「分かりました」

正次郎は朝餉を終えると、直ちに近の住む《宇兵衛長屋》へと向かった。近が出掛ける前に、長屋に着いていなければならない。駆け足で、薬研堀埋立地へと急いだ。

「変でございやすね」と隼が、伝次郎に言った。

先頭に立っていた半六も、戸惑っているのだろう、振り返っている。伝次郎は黙ったまま頷いて見せた。行け。

近が地蔵橋に向かわず、柳原通りを筋違御門の方へと歩いているのだ。しかも、いつも抱えるようにして持っている筵を持っていない。

「今日は座らないんでしょうか。それとも、場所替えの下見に行くとか」

地蔵橋に移って、まだ六日しか経っていない。見切りを付けるのには早過ぎるように思えた。

「どこに行くかは」伝次郎が言った。「婆さんが教えてくれる。付いて行くしかあるめえ」

近は、軒を連ねる古着屋には目もくれず、しっかりとした足取りで土手道を行き、やがて和泉橋(いずみばし)で神田川を北へ渡った。少し西に行けば下谷御成(したやおなり)街道があり、街道を北に進めば下谷広小路、不忍池(しのばずのいけ)へと続く。

「誰か知り合いでもいるのでしょうか」正次郎が訊いた。

「いるのか、そんな奴が」伝次郎が鍋寅に訊いた。

「聞いている限りではございやせんが、ひょっとすると昔の奉公人がいるとか」

「いてもおかしくはねえが、行き来しているとも思えねえな」

「世話になった者で、小金がある奴なら、離れか寮を貸すくらいのことは、しそうなもんでやすね」

「そういうことだ」

近は、神田佐久間町から八軒町、相生町と抜けて下谷御成街道に出、北に折れた。

町屋が切れ、大名の中屋敷と上屋敷が並び、再び町屋になる。近は、下谷広小路には向かわずに、手前の上野新黒門町で西に曲がると、通りを縫うようにして池之端仲町に出た。不忍池に接するこの辺りは、出合茶屋が建ち並ぶ一帯でもあった。近は、池に沿って尚も歩いた。町屋が尽きようとしていた。その先は、寺社が通りの両脇を埋めている。

町屋の外れに、小体な茶屋があった。縁台に絵筵を敷き、座布団を置き、葦簀で囲っただけの腰掛茶屋である。不忍池辺りを散策し、一休みするにはお誂えの場所にあり、店の隅では切花も売っていた。墓参の客が、供えの花として買い求めるのだ。

近も、そのひとりであるらしい。近が花を初めて買うのではないことは、迷いのない歩き方で知れた。真っ直ぐに茶屋に向かうと、中の女に声を掛け、花を指さした。

女は愛想よく笑うと、先に銭を受け取ってから、火を点けた線香と花を近の右手に握らせている。

近は礼を言って茶屋を出ると、通りを更に進み、土塀に囲まれた寺に入って行った。

「訊いて参りやしょうか」鍋寅が寺の方を見てから言った。

「そうしてくれ」

「茶屋の方は、いかがいたしやしょう？」

「帰りに寄るかもしれねえから、後にしてくれ」

「承知いたしやした」

鍋寅が隼と半六に、庫裡に行くように命じた。ふたりは近に気付かれないように遠回りをして、境内を奥に走った。

近は墓所に着くと、線香を立ててから、井戸に行き、桶に水を汲んでいる。花挿しの水を替えたいのだろう。両手で一度に運べない分だけ、手間が掛かっている。

隼と半六が、物音を立てぬよう、伝次郎らにそっと近付いて来た。

「分かりやした」と隼が言った。「今日は、亡くなった《布目屋》の方たちの月命日でございやした」

あっ、と叫んで伝次郎が額をぴしゃり、と叩いた。

「そうだった。《布目屋》が襲われたのは、十四日だ。来月が祥月命日になる」

伝次郎は思わず舌打ちをした。「済まねえな。調書を読んだばかりなのに、俺も焼きが回ったようだ」

「よくあることでございやすよ」

「あるのか」

「小便に立ったのはいいんでやすが、行き掛けに水飲んだら、何をしに立ったのかすっかり忘れて戻っちまったなんてのは、しょっちゅうでさ」

「それはひどいな」

「…………」

気を悪くしたらしい。鍋寅は返事をしようともせずに、近に目を遣った。近は墓を見詰めたまま、動かない。

「墓参りには、毎月来ているようだな」

「そのようでございやした」

鍋寅も茶屋の女の応対を見逃してはいなかったらしい。

「怖え(こえ)だろうな……」伝次郎がぽつりと言った。

鍋寅と隼が顔を見合わせた。

「何が、ですか」正次郎が、ふたりに代わって訊いた。

「婆さんじゃねえ、鬼火の奴どもが、だよ。あの様子だと、死ぬまで奴らを探し続けるだろう。その執念を見せ付けられているんだ。無頼な奴らも怖気をふるっているに違いねえだろうよ」

近が立ち上がっている。膝に付いた塵を払い、桶を手にして、井戸の方へと向かった。

桶と柄杓を水で洗い、逆さに伏せると、寺の門を潜り、来た道を引き返して行く。

人通りはない。間合を余分に空けた。隼と半六が行き、その後ろから伝次郎と鍋寅、そして正次郎が続いた。

突然、茶屋の陰から、単衣の着物を纏っただけの遊び人風体の男が通りに現れた。懐手をしたまま、顔を斜め横に向け、ぶらぶらと近の方へと歩いている。

近が顔を伏せた。男は、その瞬間を捉え、銜えていた楊枝を吹き飛ばし、地を蹴った。臑毛に覆われた黒い足が、悪鬼を思わせた。

「正次郎、走れ」伝次郎が叫んだ。

素早く事態を見て取った正次郎が、鯉口を切りながら飛び出した。隼と半六が、その先を走って行く。

男が懐から匕首を抜いた。刃が光った。

間に合わねえ。鍋寅の咽喉から悲鳴のような息が漏れた。

いかぬ。伝次郎にしても、為す術はなかった。

その時だった。黒い小さなものが飛燕のように飛び、男の顎を鋭く打った。男は顔をぐしゃりと捩じ曲げたまま、その場に膝から崩れ落ちた。

駆けながら伝次郎は飛礫を投げた者を探した。

不忍池のほとりに旅装束の若侍の姿があった。右手を伸ばした残身から、飛礫を投げたのがその若侍であることが知れた。若侍と男との距離を目で測った。およそ十五間（約二十七メートル）はあった。若いに似ず、恐ろしい手練れだった。若侍は、一点を見据えながら、池のほとりから通りに上がろうとしている。

（何を見ているんだ？）

仲間か。畜生、俺としたことが。

伝次郎が隼と半六に、若侍が見ている方を指し、走るよう命じていると、若侍が町屋の並びの中程にある、松の古木を指さした。

「あそこに、男がいました」

若い女の声だった。よく見ると、男にしては、身体の作りが華奢(きゃしゃ)で、たおやかな風情があった。

「分かった」

伝次郎が答えた時には、隼と半六は駆け出していた。

白目を剝(む)いて、昏倒(こんとう)している男を見下ろした。年の頃は三十前後。飛礫によって、顎が打ち砕かれていた。

鍋寅が、男の手から匕首を取り上げ、近に尋ねている。

「お怪我は？」

「お蔭様で、何も」

「危ねえところだったな」

伝次郎に答えようとして、近は顔を上げた。取り囲んでいる者の中に、見覚えのある正次郎の顔を見付け、近は思わず口を押さえた。

「済まなかったな。実を言うと、お前さんを見守っていたんだ。こんなことが起きるんじゃねえか、と思ってな」

伝次郎は奉行所の者であることを告げ、さらに鍋寅と正次郎の正体を明かした。

「この男に、見覚えは？」

「ございません」

「鬼火に頼まれた殺しの請け人だろうな」

「鬼火の一味ってことは？」正次郎が訊いた。

「年が合わねえ」伝次郎が言った。「鬼火が《布目屋》を襲ったのは十八年前だ。その頃、こいつは幾つだ？　まだ餓鬼だろうが」

正次郎が頷いているところに、通りの両側から若侍と隼らが着いた。

「駄目でした」と隼が言った。「逃げられやした」

「はっきりと見た者はおりやせんでした」半六が付け加えた。

「……年の頃は、五十半ばを超えたくらいでしょうか。身形はお店者。身体付きに際立った特徴はありませんでしたが、動きから察するに、昔は侍であったかもしれません」

若侍姿の女に、気負いや衒いはなかった。見たことを見たまま、冷静に話しているのだ。その落ち着き振りは、一驚に値した。

「すごい」鍋寅が、唸った。「あの最中に、そこまでご覧になっていたとは、大したお方でございやすね」

「大助かりだぜ。飛礫といい、礼の言いようがねえ」伝次郎が、頭を下げてから改めて訊いた。「差し支えなければ、御名を聞かせてもらいたい」

若侍は、目の前の者たちの顔を見回し、はっきりとした口調で答えた。

「一ノ瀬、真夏と申します」

「一ノ瀬……」

あっ、と伝次郎と鍋寅が叫び、次いで隼と半六が、正次郎と顔を見合わせた。

「するってえと、一ノ瀬さんの娘さんかい。こいつは、奇遇だ」

「父をご存じということは、まさか、永尋の？」

「そうよ。俺が二ツ森伝次郎だ」

「でも、どうしてここに？」鍋寅が訊いた。

「今朝、神田鍋町の《寅屋》に伺ったのですが、閉まっていたので、市中を見物していたのです。父が浅草寺と不忍池は見ておけ、と申しましたので」

「流石だ。偉え親父殿だ」

倒れている男の身体がピクリと動き、口から流れ出た血が地面に滴り落ちた。

「やり過ぎたようですね」真夏が言った。

「顎が砕けちまってるからな」伝次郎が、男の口許を見下ろした。「言いたかかねえが、腕とか、手の甲とか、狙えなかったのかい」

「切羽詰まっていたので、顔の方が的が大きくて狙い易かったのです」

伝次郎が笑い声を立てた。

「あの親の娘に間違いねえ。一ノ瀬さんと同じ考え方だ」

よしっ、と伝次郎が皆に言った。こんなところにいても仕方ねえ。皆、動いてくれ。

半六には、自身番に走り、大八車と手隙の店番を連れて来るよう命じた。男を自身番まで引き立てた足で奉行所まで走ってもらわなければならなかった。新治郎を呼び出すためである。伝次郎には自身番で取り調べることは出来ても、大番屋での尋問や入牢証文を作成する権限までは与えられていない。新治郎に後始末を頼む必要があるのだ。医者は、と訊かれたが、後でいい、と答えた。半六が駆け出した。

隼には真夏を連れて《寅屋》へ行くように命じた。汗を掻いただろう。湯屋に案内してやれ。すっきりしたら、《宇兵衛長屋》の見張りに加わるように言った。

正次郎には近を長屋まで送り届けるよう命じた。また狙われるかもしれない。ぴったりと付いていろ。後で絵師を連れて行く。

「どうして絵師を？」

「お近が見たと言う鬼火一味の似顔絵を描いてもらうんだよ」

人相書なら、一年半前に書かれていた。

「あれでは駄目なんで？」鍋寅が訊いた。

「似顔絵の方が分かり易いだろうが」

人相書は、身の丈〇尺などと書かれているだけで、似顔絵は付いていない。

「それにな、絵師に話すことで、新たに思い出すこともあるはずだ。お近、それでいいな？　俺たちにお前さんの助太刀をさせてくれ」

「ありがとう、ございます」

近は、肩を震わせ深く頭を下げた。

「鬼火の尻には、今火が点いていやがる。だからこそ、襲ってきたんだ。この機を逃す手はねえぜ」

隼と真夏、正次郎と近を見送っていた鍋寅が、それぞれの姿が遠くなるのを待って、伝次郎に言った。

「真夏様でやすが、一ノ瀬の旦那に見た目が似てなくてよかったでやすね」

「そりゃあな、養女だそうだから、顔は似てねえよ。お前、まさか、また亡くなった女房に似ているとか言い出すんじゃねえだろうな」

「いえ、その、横顔なんか、ちょいと」

「似てねえ。あの顔立ちの整い方は、俺んとこの和世に似ていらあ」

「ねえ、旦那」

「文句があるってのか」

「そうじゃなくて、真夏様の塒ですが、どこかお心づもりでも?」

何も考えていなかった。

「でしたら、あっしんとこはどうでしょう。部屋にはゆとりがございやすし」

「そう願えるか」

「お任せください。賑(にぎ)やかになって、隼の奴も喜びやすでしょう」

鍋寅の顔に老いが走るのを、伝次郎は見逃さなかった。しかし、何も口にせず、十年前に亡くなった妻の面影に思いを馳(は)せた。

六

同日。昼九ツ(正午)。

薬研堀埋立地にある《宇兵衛長屋》に戻った正次郎は、近の借店で伝次郎らを待つことにした。

「どうぞ」近が言った。

薄縁を踏み、借店に上がった。奥に文机（ふづくえ）があり、その上に位牌が四つ並んでいた。差し入れをした時には気付かなかった。

「あれは？」正次郎が訊いた。

「両親（ふたおや）と、亭主と娘でございます」

水と飯が供えられていた。

正次郎は位牌の前に進み、掌を合わせた。種火（たねび）を熾（おこ）し、湯を沸かしていた手を止め、近が薄縁の端に座った。

「ありがとうございました」

振り向いた正次郎に礼を言い、また小さな竈の前に戻った。

手持ち無沙汰（ぶさた）になった正次郎は、そっと借店の中を見回した。目に付いたのは、行灯（あんどん）に柳行李（やなぎごうり）、文机ぐらいのものだった。長屋暮らしでは、そんなものかもしれなかったが、かつては大店の御内儀である。ここでひとり、ひたすら仇を求め、毎日を過ごしているのか。胸に迫るものがあった。

枕屏風があった。隙間風を防ぐのと、畳んだ夜具を隠す役目を担っている。その枕屏風の脇に、折り畳んだ紙があった。摺り物であるらしい。

それが何であるのか訊きたかったが、余りに不躾（ぶしつけ）な気がして、正次郎は違うことを口にした。

「お腹が減りましたね。飯でも、食べませんか」

「申し訳ありません。ここには、若様に召し上がっていただくようなものは、何もございません」

「何か買ってきますよ。お好きなものは？」

「私は結構ですので」

長屋に戻る道すがらでも一度誘ったのだが、近は首を横に振っていた。

「身体によくありません。何か召し上がらなければ、保（も）ちませんよ」

近は暫く黙っていたが、やがて背を向けたまま、

「私、お茶碗が持てないのです……」

と言った。近の頬から、光るものが落ちた。

「とても、お見苦しくて、ご一緒には……」

「それならば、握り飯にしましょう」正次郎はひとりで頷いて、右手を上げて見

せた。「手に持って食べればいいではないですか」

「それは、そうですが……」

　正次郎は借店を出ると、井戸端を見た。かみさんがふたり、声高に話しながら洗濯をしている。

「済みません、頼まれていただけないでしょうか」

　かみさんたちの手が止まった。

「何でございましょう？」

　かみさんのひとりが余所（よそ）行きの声を出した。

　正次郎はひとりに煮売り屋に行き、総菜を求めて来るように、もうひとりには飯を炊き、握り飯を作ってくれるように頼み、過分の駄賃を与えた。

　ふたりは洗濯を放り出して、それぞれの役目に走って行った。

「少し待ってください。直ぐですから」近の借店に戻り、正次郎が言った。

「……若様は、いずれは同心になられるのでございますか」近が訊いた。

「多分、そうなると思います」

「お若いのに、人を使い慣れていらっしゃるようですね」

「そうですか？」

人に使われたことは何度もあったが、人を使ったことはなかった。ただ、伝次郎が人を使うところは何度も見ていた。

「どなたかに教えを受けられたのですか」

「いえ、特には」

「人を上手く使うと、何倍もの働きが出来ます。若様は、いいお役人様になられると思いますよ」

「初めてです。そのように褒めていただいたのは。さっき一緒にいた同心、私の祖父なのですが、いつも叱られてばかりいます」

「まあ」

近が、笑顔を見せた。見張りに付いてから初めて見る笑顔だった。

鉄瓶の湯が沸いた。白湯が湯飲みに注がれている。

正次郎は、たった今、摺り物に気付いた風を装い、尋ねた。あれは、何ですか。

「つまらないものです。お気になさらずに」

「摺り物のようですが」

「ご覧になりますか」

「よろしければ」

立ち上がろうとする近を制して、正次郎が取って来た。摺りが透けて見えた。江戸図であった。

「私が座ったところを印してあるのです」

江戸図を広げた。両国広小路と浜町堀の一帯と、神田川に沿ったところが、紅の点で埋め尽くされていた。夥しい数だった。

「このすべてに座ったのですか」

「はい……」近が左手を摩りながら答えた。

「必ず捕まえましょう」気付いた時には、声に出して叫んでいた。「私たちは皆、お近さんの味方です。何としても、鬼火一味を見付け出してお縄にしましょう」

「ありがとうございます」近が、片手で顔を覆った。

借店の外が騒がしくなった。

子供たちの声と、それを追い払おうとする女親の尖った声がしている。声は、近の戸口の前で止まった。

腰高障子が開いた。かみさんがふたり、大きな盆を手に入って来た。山のような握り飯と、卵焼きに昆布や浅蜊の佃煮などが載っている。

「すごいな。美味そうですね」

かみさんの脇から子供が数人、首を伸ばして盆のものを見ている。

「皆も手伝ってくれたのか」正次郎が子供らに訊いた。

ふたりの子が恥ずかしげに顔を引っ込め、別のふたりが頷いた。

「よし、皆にもご褒美をやろう。手を出せ」

正次郎は子供らの広げた手に、握り飯をひとつと卵焼きを一切れずつのせた。

子供らが歓声を上げて、走り去って行った。

「使い立てをして申し訳ありませんでした。助かりました」

正次郎は膝に手を置き、丁寧に頭を下げた。近が続いた。かみさんふたりも相次いで、頭を下げた。

遅い昼餉が始まった。握り飯を頬張り、卵焼きを食い、佃煮を口に放り込む。白湯を飲み、息を継ぎ、また握り飯に手を出す。

「いつも」と近が、食べる手を止めて訊いた。「そのように沢山召し上がるのですか」

「大体、こんなものでしょう」

「お腹が苦しくならないのですか」

「そんなことはありませんが、気持ちよくなって寝てしまいます」

近が、また笑った。

食べ終え、白湯で咽喉を潤していると、長屋の木戸の辺りから伝次郎の声が聞こえてきた。

正次郎は、急いで入り口の戸を開けた。

絵師を連れた伝次郎らと、隼と真夏が、木戸で来合わせたのだと知れた。

「ご苦労だった。変わりはねえな？」

伝次郎は正次郎の答を聞く前に、近の借店に上がり込んで来た。

絵師が近に細々と尋ね、筆を奔らせている。その間に正次郎は、殺しの請け人らしい男が何か吐かなかったか、訊いた。

「駄目だ。雇い主を見ちゃいねえらしい」

「あの者を責め問いに掛け、殺しの仲介をした者を割り出し、その線から追ってはどうでしょう？」

伝次郎は、それを新治郎に頼むつもりでいたが、正直、望みは薄かった。請け人には請け人の掟があり、仲介した者の名を吐けば、裏切り者としてこの世にいる限り追われ、消される。小伝馬町の牢獄であろうと、島送りにされた絶海の孤島であろうと、安心できる場所はない。

「吐かねえだろうよ」

「……そうですか」

似顔絵はまだ仕上がっていない。絵師は黙々と描き続けている。

「腹、減っただろう。食い物を持って来たぞ」

いいえ、今食べ終えたところで、と言おうとしているうちに、伝次郎が言い足した。

「真夏と隼が、向かいで食ってる。お前も早く済ませてしまえ」

「分かりました」

行こうとして、真夏もこの一件に加わるのか、訊いた。

「当たり前じゃねえか。八十郎の代わりだし、鬼火のひとりと目される男を見ているのは、俺たちの中では真夏だけだからな」

「そうですよね」

正次郎は、壁に立て掛けておいた刀を摑むと、そそくさと向かいの借店に向かった。

「旦那」と鍋寅が、正次郎の後ろ姿を見送りながら言った。「若もいよいよ、捕物に身が入って来なすったようでございやすね」

「だとよいのだがな」

満腹になり、正次郎は思わず知らず眠ってしまったらしい。目を覚ますと隼も真夏もおらず、借店の中にひとりぽつんと取り残されていた。

飛び起きて、近の借店を覗いた。伝次郎らの姿はあったが、絵師はいなかった。似顔絵を描き終えて帰ってしまったらしい。

頭を掻こうとして、近の姿が見えないことに気が付いた。小声で隼に尋ねた。

「盆を返しに行ってます。正次郎様は、握り飯も召し上がったそうですね」

「参ったな」

月代に手を当て、借店に上がり、絵師の描いた似顔絵を見た。どこにでもいそうな、これと言った特徴のない男の顔だった。

「近の話によると、役者にしたい、とまではいかねえが、顔立ちが整っている男だってことだ」

「松の木陰にいたのは、このような男でしたか」

正次郎が真夏に訊いた。

「どことなく似ているような気はしますが、はっきりとは言い切れません」

「これでは、役に立ちそうにありやせんね」

鍋寅が首を横に振った。

「そうとも言えねえぞ。見ただけではとても悪党とは思えねえ、男っぷりのいいのが、鬼火一味ってことだ」

「そんなのは、ごまんとおりやすぜ」

「ひとつ、絞れる。昔は二本差しだったかもしれねえってところだ。真夏が見た男と同じ奴かどうかは分からねえが、その辺のことを引っ掻き集めれば、朧げに見えてくるんじゃねえか」

「大店の主風体で、男っぷりがよくて、とても悪党に見えず、元侍かもしれない奴でやすね」

「探すんだよ。意地でもな」

「へい」

思わず目を泳がせた鍋寅に、伝次郎が言った。

「何、難しいことじゃねえ。向こうから来てくれる」

「また、でやすか」鍋寅が懐から匕首を抜き出す真似(まね)をした。

「多分、もっと腕のある奴だろうな」

「大丈夫なので……」

「心配するな。俺たちには、偉え(えれ)強え(つえ)仲間がいるじゃねえか」

「そりゃ、仰しゃる通りでやすが……」

鍋寅が途中で言葉を切った。近が戻って来たのだ。

近の身体の動きを見ていた真夏が立ち上がり、隅へと誘って(いざな)いる。真夏は暫くの間、近の左の袖口から両の手を差し込み、傷痕(きずあと)を調べていたが、得心が行ったのか、「先達」と伝次郎に言った。孫の正次郎が伝次郎を呼ぶ時に使う言い方だった。八十郎に聞いたのだろう。

「どうしたい？」

伝次郎が真夏に聞いた。

「お近殿の腕ですが、元のようにとは言えませんが、物を持つくらいには動くようになると思いますが」

「本当か」伝次郎と鍋寅が、真夏に詰め寄った。近は、目を瞠って(みは)いる。

「筋の辺りが大変に硬く強張っていますが、完全には断ち切られていないように思われます。よく温め、根気よく揉みほぐしていけば、何とかなると思われます」

「あのぉ、真夏様は、お医者様の心得もおありなんで？」隼が訊いた。

「鍬や鎌で怪我をした人の治療をしたことがあるのです。刀のようにざくりと斬れますからね」

「是非お願いしやす」鍋寅が、項が見える程に頭を下げた。「治せるものなら、治してやっておくんなさい」

「出来る限りのことはしてみましょう。お近殿、着物を寛げさせていただきますよ」

真夏は隼に湯を沸かすように頼んでから、伝次郎と鍋寅と正次郎に家を出るように言った。

七

五月十五日。朝五ツ（午前八時）。

《宇兵衛長屋》を出た近は、地蔵橋のたもとに筵を敷き、腰を下ろした。

真夏と隼はいつでも飛び出せるように間合を詰め、近くの切石に腰掛け、伝次郎らは少し離れたところで見張ることにした。

ともに男装をしている真夏と隼は、目立った。行き交う人たちが、一度ならず振り返っている。

「駄目だな。隼を下げるか」

伝次郎と鍋寅が話し合っているところに、懐手をして両袖を奴(やっこ)のように翻(ひるがえ)しながら走って来た男が、真夏を見て立ち竦んだ。

真夏がにっこりと笑い掛けている。男が慌てて駆け出した。

「何でがしょう？」

鍋寅が言った。伝次郎に、分かる訳がない。

隼が訊いているらしい。真夏が腹を指さして、何か答えている。

隼が立ち上がり、男の駆け出した方を睨んでから、鍋寅を見た。

鍋寅が隼を手招きした。急ぎ足になって、隼が来た。

「何があった？」

「掏摸(すり)だそうです」

「あの野郎が、か」

「はい」

「掏摸がどうした？」伝次郎が訊いた。

「昨日、真夏様の懐を探ったのだそうです」

「それで？」

「江戸では、そんな妙なことをするのが流行っているのかな、と思われたそうなのですが、巾着に触れたので、腕を捩じり上げ、尻を蹴飛ばしたとか」

「流行りとは、恐れ入ったな」

「八十郎の旦那が世間知らずだと仰しゃってやしたが、掏摸を知らねえとは魂消やしたね」


明けて十六日も、鬼火の刺客らしい者は現れなかった。

宵五ツ（午後八時）、夕方から降り出した雨が本降りになった頃、《宇兵衛長屋》の見張り所の戸を叩く者があった。

誰何するより早く腰高障子を開け、黒羽織の男と単衣の着物を纏った男が水しぶきとともに土間に入り込んで来た。

明樽に腰を掛けていた半六と框にいた正次郎が、飛び退くようにして後ろに下がった。

黒羽織は、伝次郎の息・定廻り同心の新治郎であり、単衣の男は手先として使っている江尻の房吉であった。

立て掛けた二本の傘の下に水溜りが広がった。

鍋寅と半六は乾いた手拭をふたりに手渡すと、薄縁の隅に下がり、居住まいを正した。

「あの男が何か吐いたのか」伝次郎が訊いた。

「いいえ。今日は痛みで、満足に口も利けぬ有様です」

「なら、どうした？」

「鬼火の十左一味でございますが、房吉が面白いことを探り出してきたもので、一刻も早くと思い、お知らせに参上しました」

「おう、早く聞かせてくれ」

「房吉」新治郎が促した。

「大旦那が鬼火を追っているとお聞きして、何かお手伝い出来ねえか、と思っていたところに、街道筋に顔の利く野郎と出会しやして、そいつが言うには、鬼火は皆、股の内っ側に《鬼》の一文字を仲間の印として彫っていたそうでございます」

「その話、間違いはねえな」

「へい」

「疑う訳じゃねえが、お前さんにその話をした街道筋に顔の利くって奴は、何でそんなことを知っているんだ？」

「鬼火のひとりだって奴を、知っていたそうなんでございやす」

伝次郎は房吉に話を続けるように言った。

「そいつの名は、それが本当の名かは分かりませんが、仲三と申しやして、卒中で倒れ、身動き出来なくなっていた鬼火一味の者を看取ってやった。その鬼火が、死ぬ間際に昔のことを話したのだ、と言っておりました」

「死んじまったのか？」

「十二、三年前だそうです」

「他の仲間のことは？」

「何も話さなかったと」

「大助かりだぜ。これで、鬼火らしい奴を見付けたら、内股を調べりゃいいって訳だ」

「そうなります」新治郎が、頷いた。

「歩く張りが出来やした」鍋寅が、房吉に礼を言った。

「お役に立てて何よりでございやす」

新治郎と房吉は、湯の一杯も口にすることなく、雨の中、長屋を後にした。


五月十七日。夜来の雨が、夜明け前に止んだ。

昨夜から泊まり込んでいた正次郎が、明け六ツ（午前六時）の鐘と同時に起き出し、顔を洗った。

「張り切っておられやすが、どうかなさいやしたんで？」

鍋寅が、ふたつに折った敷布団から首をもたげた。

「奉行所で、虫の食ったお調書の補修なんぞさせられていると、身体中がむず痒くなりましてね、ここに来るとほっとするんですよ」

「やはり、大旦那のお血筋でございやすね」

「馬鹿言うな」と伝次郎が、跳び起きた。「俺は、これも務めだと、喜んで補修をしたものだぞ」

「聞きましたよ、先達」正次郎が勝ち誇ったような顔をして言った。「補修させたら、前よりひどくなった、という武勇伝が残っているそうですよ」

「誰が、そのような根も葉もないことを言いやがったんだ。どうせ、泥亀辺りだろ。あの野郎に、何か逆捩じを食らわせてやらんと気が収まらねえな」

「旦那は、本当にやっちまうからな。おっかなくて、困りやすよ」

嘆いている鍋寅に、半六が朝餉の仕度が出来たと告げた。

隼と真夏のふたりは、向かいの近の借店で、見張り方々寝泊まりをしていた。

「急いで顔を洗って参りやす」

「俺も、付き合うぜ」

鍋寅の背を押すようにして、伝次郎が井戸に向かった。

半六の作った味噌汁と漬物だけの朝餉が済んだ頃、近が筵を抱えて長屋を出た。真夏と隼が後ろに付き、少し遅れて伝次郎らが長屋を後にした。

近の足取りは軽やかだった。しっかりとした味方がいるのだという支えと、鬼火が己を恐れて刺客を放ってきたという手応えが、心に張りを与えているのだろう。米沢町を通り、横山町、馬喰町と抜け、橋本町で西に折れた。神田堀沿いに亀井町、小伝馬上町と行けば、地蔵橋に着く。

人通りが絶えたのは、近が神田堀越しに牢屋敷を望む堀沿いの土手道を歩いている時だった。

突然、降って湧いたように三人の浪人風体の者が、通りに飛び出して来た。

言葉をなくして立ち竦んだ近に真夏が駆け寄り、伝次郎が続いた。

近の目の前で抜き身が光った。伝次郎が近に叫んだ。

「屈んで、下がれ」

近の頭上で、真夏と浪人の刀身が噛み合い、火花が散った。

回り込もうとした残りの浪人のひとりを、返す刀で牽制している間に、伝次郎がもうひとりの浪人と斬り結んでいる。

真夏が両手を鶴翼の形に広げ、ふたりの浪人を威圧し押し返した。

ひとりが強引に斬り掛かった。真夏の太刀が逆袈裟に跳ね上がり、切っ先三寸で浪人の胸を斬り裂いた。即死だった。

「誰に頼まれた？」真夏が、もうひとりの浪人に訊いた。

「笑止。答えると思うて訊いておるのか」

「いいや、斬り捨てる口実だ。生かしておいても、何の益もないと示さねばならぬ」

「殺さんでくれ」伝次郎が、残るひとりと睨み合いながら叫んだ。「責めれば、何か白状するかもしれねえ」

「面倒ですよ」真夏が答えた。

「八十郎がお前さんに何を教えたかは知らねえが、人には慈悲の心をもって接しなければならん」

「本心でしょうか」

伝次郎が、二、三度足踏みをしてから答えた。

「……まさか」

「では、本心を」

「白状すれば、医者に診せてやる。さもなくば、息絶えるまで野晒(のざら)しにしてくれる」

「それでこそ、父から聞いた、二ツ森伝次郎様です」

「そうかい、そんなこと言ってたのかい」

「あいつは野獣だとも」

「そりゃあ、お前の親父の方だ」

「何をごちゃごちゃ吐(ぬ)かしているんだ」

浪人が真夏目掛けて、太刀を叩き付けた。その脇を掻い潜った真夏が、振り向こうとした浪人の手首と肩に峰打ちを食らわした。浪人が前のめりに倒れた。

真夏は、直ぐさま身を翻すと、伝次郎を見た。袖口が斬られ、ぱっくりと口を空けている。手間取っているのが見て取れた。

「あの……」

「何だ？」伝次郎が答えた。

「其奴を、私にくれませんか」

「何？」

「ちょっと立ち合ってみたいのですが」

「駄目だ。此奴は俺の玩具だ。お前にはやらん」

しかし梃摺っている。真夏は、そっと小石を拾い上げると、大声で指示した。

「踏み込みは大胆に。引き足は、波のように素早く」

「そんなに上手くいくか」

一声叫んで、伝次郎が飛び掛かった。浪人は、待ってましたとばかりに、伝次郎の胸に鋭い突きをくれた。

あっ、と正次郎や鍋寅らが息を呑んだ瞬間、真夏の投げた小石が浪人の額に命中した。

切っ先が波打ち、剣が中空を泳いだ。伝次郎の太刀が、浪人の腕をざくりと斬った。

「余計なことをするな」伝次郎が刀を鞘に納めながら怒鳴った。

「と思ったので、小さい石にしたのですが」

「そうではない。投げたことを言って……」

もう、いい。伝次郎は、話を打ち切ると、鍋寅らに言った。

「ふん縛ってくれ」

鍋寅と半六がふたりの浪人を縛っている間に、隼が真夏に斬られた浪人の懐を調べた。巾着の他には、何も持っていなかった。

鍋寅と半六も、縛った浪人の懐を探ったが、殺しを頼んだ者や、仲介をした者に関わる手掛かりは何も見付からなかった。

伝次郎は半六を南町奉行所へ走らせている間に、執拗に問い質したのだが、浪人どもは頑として口を割らなかった。

やがて半六が、定廻りの筆頭同心である沢松甚兵衛を連れて戻って来た。沢松は、かつて伝次郎が町回りのいろはから鍛え上げた同心だった。

伝次郎は手短に経緯を話し、大番屋で締め上げるように頼んだ。

「何か吐いてくれたら、めっけものだからな」

八

　五月十八日。朝五ツ（午前八時）少し前。

《宇兵衛長屋》の見張り所の戸を、江尻の房吉がそっと叩いた。

　昨夜遅くまで取り調べたが、浪人どもは口を割らなかったという知らせを持って来たのだ。沢松から新治郎に伝えられ、それが見張り所に送られてきたのである。伝次郎は、どこかで何か美味いものを腹に入れてくれ、と房吉に一朱金を握らせようとしたのだが、

「二ツ森の旦那から十分いただいておりやす。二重にいただく訳には参りやせんので」

　房吉はきっぱり断ると、長屋を飛び出して行ってしまった。

「気持ちのよい男でございやすね」鍋寅が言った。

「そうだな」伝次郎が頷いた。

　使われている者を見れば、使っている者の器量が知れる。新治郎は、伝次郎が知らぬ間に同心として大きく成長しているのだ。それに比べて孫の正次郎は、ど

こかに同心としての片鱗は見えるものの、まだまだ心許無かった。今頃は、欠伸(あくび)を噛み殺しながら拭(ふ)き掃除でもしているのだろう。

「そろそろ出掛ける頃でやしょう」

鍋寅が向かいの様子を窺いながら言った。

その日も、翌日も、その次の日も、何も起こらなかった。

そして五月二十一日になった。

近は米沢町、横山町と歩いて、いつもならば馬喰町に向かうのだが、この日は緑橋(みどりばし)を越えて通油町(かよいあぶらちょう)を西へと進んだ。

この町名は、旅の者に灯油(とぼしあぶら)を売る店があったことに由来する。

空の宿駕籠(やどかご)が伝次郎らを追い越し、隼と真夏を抜き、近の背後に迫った。

近が、駕籠に押される形で通りの端に寄った。

その近の行く手を遮(さえぎ)るように、駕籠が大店の前で止まった。伝次郎は、下り傘問屋と記された看板を見た。屋号は《但馬屋(たじまや)》だった。

通りに水を打っていた小僧が、お店に入り、駕籠が来たと知らせている。主なのだろう、渋好みに決めた銀鼠(ぎんねず)の羽織の男が、番頭や手代に見送られて店先に現れた。

男が、ふと通りを見、近を見た。

近も男を見た。近の足が止まった。

男が近から目を逸らした。顔から血の気が失せ、白蠟（はくろう）のようになっている。

「どうしたんでやしょう？」鍋寅が伝次郎に言った。

「………………」

近の右手がゆるゆると上がり、震える指で男を指した。

男が近を無視して、駕籠に乗り込もうとしている。

「あいつだ」伝次郎が鍋寅と半六に言った。「鬼火を見付けたんだ。行くぞ」

「へい」

伝次郎らが走り、真夏と隼が加わった。垂（た）れが下がり、駕籠の底が地面を離れ、浮いた。

「待て」伝次郎の声が矢のように飛んだ。「その駕籠、止まれ」

伝次郎は、長袢纏（ながばんてん）を着た駕籠舁（か）きに駕籠を下ろすように言うと、近に尋ねた。

「そいつか。間違いないな？」

近が、駕籠を見据えたまま、強く頷いた。握り締めた拳が激しく震えている。

「降りろ」

伝次郎が中の男に言った。

「お役人様、何かのお間違いではございませんか。乗っているのは、手前どもの主で……」

番頭らしい男が、進み出て来た。

「てめえは誰だ？」

「番頭の喜兵衛と申します」

「丁度いい。《但馬屋》は、商いを始めて何年になる？」

「はい、今年で十五年に相成ります」

「そりゃまた、ぴったりだな」

鬼火が最後に押し入ったのは、十八年前だった。暫くの間ほとぼりが冷めるのを待ち、三年後、盗んだ金を元手に商いを始めたとすれば、年の数も合う。

「はあ……？」

伝次郎が何を言っているのか、分からないらしい。喜兵衛が曖昧に作り笑いを浮かべた。

「お前さんは、その頃からいるのか」

「左様でございます」

「お店の場所は、ここか」

「創業以来、ずっとこちらでございますが」

「その前は、どこで何をしていた？」

「手前、でございますか」

「お前じゃねえ。ここの主だ」

「商いの修業をしに、大坂に行っていたとのことでございますが、それが何か」

「もういい。お前じゃ埒が明かねえ」

伝次郎は駕籠の中の男にもう一度降りるよう促した。男がゆるゆるとした動作で、垂れを上げ、駕籠の外に立った。

「何でございましょう？　手前は所用がございまして、出掛けなければならないのですが」

男の顔をじっくりと見た。整った顔立ちではあったが、どこかに険があった。面の皮を引ん剝けば、悪鬼に変わる相と見た。

「てめえ、名は？」

「《但馬屋》利右衛門と申します」

「違うな。そんな名じゃねえよ」

「と仰しゃいますと?」

「もっと別の名があるだろう。てめえが鬼火のひとりだった頃のよ」

お店の者どもの目が、一斉に利右衛門に注がれた。

「……何を仰しゃっているのか、分かりかねますが」

伝次郎は、隼に抱きかかえられるようにして立っている近を顎で指した。

「ここに、てめえに斬られた《布目屋》の元内儀、お近がいる。それでも尚、人違いだと言い張るか」

「はい。とんだ濡れ衣でございます」

「ならば、済まねえが股を見せてもらおうじゃねえか。《鬼》の一字の彫り物があるかどうか、確かめさせてもらおう」

「………」

「どうした? 出来ねえのか」

「お役人様」利右衛門の目が鈍く光った。「手前は、こう申しては何でございますが、公方様のお側近くにお仕えの方々とは、昵懇と言ってもいい間柄にございます。間違いだった、では、済みませぬよ」

近が隼の腕を握り締めた。隼が近を抱き締めながら、正次郎を見た。正次郎が唇をきつく結んだまま頷いて見せた。

「さあ、どうなさいます？　お引き取り願えますか」

「てめえ、誰に言ってる？」

利右衛門の顔に浮かんでいた不敵な笑みが消えた。

「俺は二ツ森伝次郎だ。伊達や酔狂で、この年になってまで同心をやってるんじゃねえ。俺に指図出来るのは、俺だけだ。股を見せろ。さもなくば、俺が着物を引っ剝がしてくれるぞ」

「ここで、でございますか」

「今直ぐ、ここでだ」

「……承知いたしました」

利右衛門が、右の太股を露わにした。彫り物など、どこにもなかった。めくった着物を戻そうとする手を止めさせ、左足も見せろ、と伝次郎が言った。

利右衛門が左の太股を晒した。内股に小判大の火傷の痕があった。

「それは、何だ？」

「子供の頃に、粗相したものでございます」

「俺の目は節穴じゃねえぜ。てめえ、焼き潰したな」

「……何か、証でもございますか」

利右衛門が挑むように睨んだ。

「証を消したのが、証だ。その火傷の下には、《鬼》の字があったはずだ。詳しく調べりゃ、分かるこった。それにな、もうひとつ証がある」

「どこに、でございます？」

「ここだよ」

伝次郎は、利右衛門の胸を指先で突いた。誰よりも、てめえ自身が知ってることだよ。

「鍋寅、縄を」

打て、と言い掛けて、伝次郎は手で鍋寅を制した。本来御用聞きは罪人を縛ることは出来ない。伝次郎にしても、面倒な時は鍋寅らに縛らせていたが、今この場では自らの手で縄を打つことにした。

「てめえは御託を並べそうだからな、後腐れのねえように、俺がふん縛ってくれる」

半六、新治郎を呼んで来い。取り敢えずは、通油町の自身番にいるからな。甚六じゃねえぞ。新治郎だぞ。いいな。

甚六とは、伝次郎が定廻り筆頭同心である沢松甚兵衛に付けた渾名である。

「合点で」

伝次郎は隼に縄尻を持たせ、真夏に近を守らせながら、利右衛門が逃げぬよう見張らせることにした。

「妙な真似をしたら、構わねえ。足の筋を斬ってくれ」真夏に言った。

「逃げはいたしません」利右衛門が言った。

「そうか。真夏の腕がどれ程のものか、てめえ、知っているようだな」

隼らを見送ると、伝次郎は通りに出ていた《但馬屋》の奉公人たちを店に戻した。

「御内儀は？」番頭の喜兵衛に尋ねた。

「おりません。主は、独り身でございますので」

「妾なら、いるだろう」

「はい」

「どこに囲ってる？」

喜兵衛は左右の者の顔色を窺っていたが、意を決したのか、柳橋を渡った平右衛門町だと言った。

「てめえ、俺を歩き回らせてえのか。平右衛門町のどこで、名は何と言う？」

「篠塚稲荷の近くで、お市と申します」

「ひとりだけか」

「以前にはもうひとりおりましたが、病で亡くなりまして、今はお市のみでございます」

「分かった」

伝次郎は、皆に二列で並ぶように言った。

「これから、全員の股を調べる。いいな」

「旦那」と、鍋寅が言った。「女どももでしょうか」

「女は、いらねえ。三十半ば過ぎの男だけだ」

鍋寅が若い手代らと女どもを追い払った。

番頭らの股には、《鬼》の字も、火傷の痕もなかった。

ひと通り調べると、伝次郎は、喜兵衛に主だった者を集めさせて訊いた。

「利右衛門だが、その昔侍だった、と聞いたことがある者はいるか」

いなかった。武家らしい仕種を見た者もいなかった。喜兵衛に案内させ、利右衛門の居室を調べたが、武家であったことを匂わすものも、鬼火であったことを示すものも見付からなかった。

伝次郎は柳橋に向かうことにした。

「あの、お役人様」喜兵衛が、縋るようにして小声で訊いた。「手前どもは、どうしたらよいのでしょう？」

「そうよな。沙汰があるまで、いつも通りお店を開いていても構わないぜ。後で何か言われたら、二ツ森伝次郎にそう言われたと言えば、何のお咎めも受けねえはずだ」

「承知いたしました」

《但馬屋》を離れたところで鍋寅が、背を丸めながら言った。あれでよろしいんで？　旦那が、与力の旦那にいちゃもんを付けられたりするんじゃございやせんか。

「いいんだよ。文句は言わせねえ」

「だって、旦那」

「お店が突然閉まってみろ。すぐに噂が広まるじゃねえか。鬼火の一味は、他にもまだ江戸にいるかもしれねえんだ」

「ですが、旦那。お店の前でふん縛ったんですぜ。二、三日のうちには江戸中に知られちまいやすよ」

伝次郎の眉間に深い縦皺(たてじわ)が刻まれた。

「急ぐぜ」

九

伝次郎は、柳橋に走る途中、横山町の自身番に寄り、通油町の自身番にいる隼への伝言を頼んだ。

「二ツ森伝次郎と鍋寅は柳橋に向かった。後のことは新治郎に任す、と言ってくれれば分かる」

店番に心付けを渡し、再び駆け出した。

横山町の一、二、三丁目を抜ければ、両国の広小路に出る。広小路を突っ切り、柳橋を渡れば平右衛門町で、篠塚稲荷は指呼(しこ)の間にあった。

伝次郎は駆けながら鍋寅を見た。必死の形相をして走っている。

「無理するな。少し休むか」

「あっしは無理なんぞ、しちゃおりやせん。旦那こそ、息が上がったようなら歩くか、休みやしょうか」

「冗談じゃねえ。俺はまだ六十八だ。年寄りに負けてられるか」

「お言葉ですが、こちとら、まだ七十二ですぜ。年寄り呼ばわりは片腹痛えって奴でさあ」

　両国広小路の雑踏を駆け抜け、柳橋を越えた。流石に足が縺れた。

「休むぞ」伝次郎が怒鳴った。「強情な奴めが」

「旦那こそ」

　鍋寅が滝のような汗を流し、肩で息を継いでいる。

「冷やっこいのがほしいな」

「咽喉が引っ付いておりやす」

　伝次郎が脇を通り過ぎようとした男の袂を握った。おい、どこかに水売りがいないか、知っていたら教えてくんな。

　問われた者が、袂を取られたまま、ぎょっとしてふたりを見詰めている。

「何だ、てめえ、あの時の掏摸じゃねえか」鍋寅が、声を上げた。「ほら、旦那。真夏様の胸を探ったとかいう奴でございやすよ」

「胸じゃなくて、懐だろうが」伝次郎が掏摸の袂を放しながら言った。

「そんなことより、真夏様の懐に手を入れた奴ですぜ。ことによると、乳にも」

「今は、許す。だから、水売りを連れて来い」

「そんなこと仰しゃっても、見当たりやせんぜ」掏摸が音を上げた。

「馬鹿野郎、水売りは今が稼ぎ時だろうが。いなくて、どうする？　連れて来たら、暫くの間は目を瞑ってやるぞ」

「本当でござんすか」掏摸が訊いた。

「くどい奴に用はねえ。鍋寅、掏摸だ。縛っちまえ」

「分かった、分かりやしたよ」

連れて来ればいいんでしょう、畜生、と掏摸が叫んだ。水売りの野郎、出て来い。

「この半ちく野郎が」伝次郎が掠れ声で怒鳴った。「それじゃあ水売りが逃げちまうだろうが」

「違えねえ」

掏摸が腰を折り、へこへこしながら、探し回っている。

「旦那、これからは、無理に走るのは止めましょうや」

「お互い、ちいとばかし年だからな」

「そうでございやすよ」

旦那、と鍋寅が浅草御門の方を指した。水売りが天秤棒を担いで、よろよろしながら近付いて来る。水売りの傍らで、掏摸が何か喚いている。

「いやしたね。水売りが」

「ありがてえ」

こっちだ、と伝次郎が手を上げた。

水売りが椀に柄杓で水を入れ、粗目糖を落とした。鍋寅が、一口啜り、椀を揺すって飲み干した。

「美味え。もう一杯くれ」鍋寅が椀を差し出した。

伝次郎も二杯目を空けた。口に残った粗目糖を奥歯で嚙み砕きながら水売りに代金を払い、掏摸に礼を言った。

「地獄に仏ならぬ掏摸とは、おまえのことだ。覚えておこう。名は何と言う？」

「安吉と申しやす」

「よし。付いて来い」

「あっしに、何か」

「用が出来るかもしれねえんだ。損はさせねえよ」

「付いて行きます」

「いい返事だ。だったら、ひとっ走り先に行ってくれねえか」

篠塚稲荷の近くにお市って女が住んでいる。塒を探しておいてくれ。

あっしが、ですか？

他に誰がいる？

安吉が駆け出した。足がしっかりと上がっている。

伝次郎と鍋寅は、安吉の足と己の足を見比べ、そっと溜息を吐いた。


平右衛門町の横町をふたつ通り抜けたところで、安吉が足を揺すりながら待っていた。斜向かいに稲荷の赤い鳥居が見えた。

「見付けたのか」鍋寅が訊いた。

「造作もねえこって」

「上等だ。案内してくれ」伝次郎が安吉に言った。

安吉が、竹垣に囲まれた落ち着いた佇まいの家の側で足を止めた。

市は、利右衛門が付けた老婆と暮らしていた。色が浅黒く、受け口に注した紅がくすんで見える見窄らしい女だったが、すれたようなところは見受けられなかった。物静かな武家の妻女を思わせた。

伝次郎は、少し面食らいながら己の役目を伝え、家を改めさせてくれるように言った。

「でも、旦那様のお許しがないと」老婆が抵抗して見せた。

「利右衛門は、しょっ引かれた。下手(へた)に抗(あらが)うとためにならないが、それでもいいか」

老婆と市が顔を見合わせている。

「利右衛門が、昔侍だったって話を聞いたことは？」

「ございません」市が答えた。

「私もでございます」老婆が言った。

「利右衛門の品があったら、見せてくれねえか」

「奥に、少しだけ、ございます」

「それだ。それを見せてくれ」

伝次郎と鍋寅は、安吉を玄関に残し、家に上がった。

市が居室の押入れから柳行李を取り出し、蓋を開けた。

着替えに手甲、脚絆など、旅仕度一式が、きれいに仕分けして収められていった。

た。底を探った。三百両の金子の入った胴巻と、晒しに巻いた脇差が一振り、あった。

おうっ、と呟いて、伝次郎は脇差を抜いた。

町屋の者の道中差とは、ものが違った。武家の、それもかなりの高禄の者が腰に差す刀であった。間違いねえ。利右衛門は武家上がりだ。

「預からせてもらうぜ」

伝次郎は、安吉に柳行李を担がせ、通油町の自身番に向かった。

「旦那、こんなところを仲間に見られたら、吊し上げを食らっちまいまさあ、この辺で勘弁してくださいよ」

「丁度いい。足を洗え」

「そんな無茶な」

「掏摸でも、四度捕まれば死罪だぞ」

「それほど惜しい命じゃござんせん」

「惜しくなったら、俺の名を出せ。南の二ツ森伝次郎だ。今日手伝ってくれた礼に、一回は見逃してやるぞ」

「運びます」

安吉が肩の柳行季を揺すり上げた。

　通油町の自身番には、利右衛門の姿はなかった。既に新治郎の手によって大番屋に移されていたのだ。伝次郎は安吉を放免し、待っていた半六に柳行季を大番屋に届けるように言った。

「近が不忍池のほとりで襲われた時、密かに首尾を窺っていた者がいる。其奴の風体は、町屋の者のようであったが、武家上がりと思われた。恐らく利右衛門だ。この柳行季は利右衛門の妾の家に隠されていたもので、いつでも逃げられるようにと旅に必要な品々を収めてあった。脇差は利右衛門のものだが、町屋の者の持つ品ではない。以上決め手にはならぬかもしれぬが、伝えておく。そのように言って新治郎に渡すのだぞ」

　覚え切れないのか、半六が縋るような目をして隼を見た。

「おれも行ってもよろしいでしょうか」隼が訊いた。

「おう、そうしてくれ。俺たちは近の長屋にいるからな」

　隼と半六が飛び出して行った。

　伝次郎と鍋寅は、茶を一杯呼ばれてから、真夏とともに近を伴って《宇兵衛長屋》に戻った。

その一刻（約二時間）後、隼が転がるようにして長屋に駆け込んで来た。

「どうした？」鍋寅が身を乗り出した。

「落ちたんでございやす」隼が言った。「利右衛門が、鬼火のひとりだったと、認めたんでございやす」

「本当か」

「お調べはまだ続いておりますが、恐らく仲間のことも話すだろうというお話でございやした」

「お近に教えてやれ」伝次郎が隼に言った。

隼が、向かいの借店に走った。

二言三言ふたりの声がした後、近が顔を涙でくしゃくしゃにして、見張り所に入って来た。

入るなり座り込み、額を土間に擦り付け、背を波打たせている。隼が背を摩り、抱き起こした。

「礼には及びやせん。これがおれたちの務めでやすから。そうだよね、爺ちゃん」

「その通りよ。だがな、俺は爺ちゃんじゃねえ。親分だ。間違えてくれるねえ」

「分かったよ、親分」

「半六は？」伝次郎が訊いた。

「もう少し様子を見てから戻るとのことでした。もっと細けえことを吐きそうなものだったので」

「そうか。待ち遠しいな」

半刻（約一時間）が過ぎ、一刻が経った。

井戸端に屯（たむろ）しているおかみさんたちに応え、正次郎の賑やかな笑い声が響いた。

「あいつには、気を引き締めるってことがねえんじゃねえか」

伝次郎の嘆きに重なって、正次郎と半六の声がした。

隼が急いで戸を開けた。

半六と正次郎が縺れるようにして見張り所に入り込んで来た。

「お知らせいたしやす。今日中に《但馬屋》利右衛門（せど）こと、元但州（たんしゅう）浪人・西垣（にしがき）増次郎（ますじろう）を大番屋から牢屋敷に移し、明日から責め問いに掛けるというお話でした」

「吐かねえのか」伝次郎が訊いた。

「仲間のことになると、どこにいるか知らぬ存ぜぬ、の一点張りだそうで」

「分かった。ご苦労だったな。茶でも飲んでくれ」

隼が茶を淹れている。

「悔しいな」と正次郎が叫んだ。「どうせなら、私が非番の時に見付けてくれればいいのに」

「そうてめえの都合のいいようにいくか」

笑い飛ばした伝次郎が、そうだ、と言って、膝を叩いた。

「俺たちが出来ることは、やった。後は新治郎らに任せるしか手はねえんだ。こうなりゃあ今夜はお近と真夏を囲んで、何か美味いものを鱈腹食おうじゃねえか」

「そいつは豪気でございやすね。で、どこで、やりやす？」

「《水月楼》は、どうだ？」

竈河岸にある料亭だった。ここは、濃い味付けを売り物にしており、伝次郎の贔屓だった。

「あの、《水月楼》は、お近さんには味が濃過ぎるかもしれやせんが」鍋寅が、いらぬ配慮を見せた。

「それじゃあお近、濃いのが好きか、薄味が好みか、好きな方を言ってくれねえか」

伝次郎が訊いた。近が、何と答えようかと思案している。

——私、お茶碗が持てないのです……。

と言って涙を零した近を、正次郎は思い出した。

「先達」と正次郎が、呼び掛けた。「今日のところは、まだ握り飯か何かでよろしいのでは……」

「お前は、しみったれた奴だな。こんな時に、そんなもんで祝う奴があるか。なあ、お近」

言われた近の頬が笑み割れた。

「若様には、まだお話ししておりませんでしたね」

「何を、ですか」

近が右手で取った湯飲みを左手の掌に置いて見せた。湯飲みは傾きもせず、掌にのっている。

「持てるようになったのですか」

「まだ指は上手く動きませんが、これくらいなら」

「すごいじゃないですか」

「毎日真夏様と隼さんが、肩から腕をお湯で温め、摩ってくださったのです。そのお蔭なのです」

正次郎は近を見た。次いで真夏と隼を見た。そして、膝で薄縁の上をにじり寄ると、隼の手を取り、上下に揺すった。真夏の手も取り、同じように揺すり、礼を言いながら、ためらいもなく涙を流した。

「ちゃんと動くようになるまでには、これからが長いのです。嬉し涙は、もっと後でお流しください」と真夏が言った。

「はい」正次郎は、隼が差し出した手拭で目許を拭った。手拭から隼のにおいがした。正次郎は、手拭を目に当てたまま動きを止めた。

「で、どっちが好みなのか、言ってくれねえか。濃い味がいいか、薄味がいいか」

何かを感じ取ったのか、近が四囲の様子を窺いながら、薄味の方が、と言って伝次郎を見た。

「……そうかい」

「《磯辺屋》ってのは、どうです？」鍋寅が即座に言った。

小網町にある馴染の船宿であった。仲居の登紀には、探索の手伝いをしてもらったこともある。

「そうするか」

「決まりですぜ」

半六を先に走らせ、座敷を押さえ、《磯辺屋》に向かった。

登紀と主の金右衛門が玄関で待っていた。

「戻り舟の旦那に親分さん、ようこそいらっしゃいました」

登紀が満面に笑みを湛えて言った。

「嬉しいねえ」

やに下がった鍋寅が真っ先に上がろうとしたところを、

「ほい、御免よ」

と、伝次郎が鍋寅の前にするりと回り込み、雪駄を脱いだ。その夜、江戸の町を雨が濡らした。

十

明けて二十二日。《但馬屋》利右衛門こと西垣増次郎は、責め問いに耐え、頑なに口を閉ざしていたが、翌二十三日、石を抱かされたところで、我慢の糸が切れたのか、白状に及んだ。

牢屋敷で立ち会っていた吟味方（ぎんみかた）から、奉行所にいる新治郎に知らせが飛んだ。

伝次郎らは、普請中の永尋掛り詰所の前にいた。屋根も葺（ふ）き終わり、今は内部の仕上げに掛かっている。

「随分と早いな。ありがとよ」

「何を仰しゃいやす。大恩ある二ツ森の旦那の御城でございやすからね」

棟梁の松五郎が言った。松五郎の下で働いている由吉（よしきち）の義兄の無実を晴らしてくれたことを、今も恩に着ているのであった。

普請場の中から、隼と半六、正次郎と真夏が連れ立って出て来た。

「俺たちも、たまには中に入らせていただけるんでやしょうか」隼が訊いた。

「馬鹿言ってんじゃねえ。ここは、《寅屋》と同じだ。お前らの詰所でもあるんだぜ」

　隼と半六が小さな声で歓声を上げ、入口の柱を摩りに行った。正次郎が、伝次郎と鍋寅に笑い掛けた。

「餓鬼でございやすね」

　鍋寅が言った。自分も、行きたくてうずうずしているのが手に取るように分かった。

　伝次郎が鍋寅に茶々を入れてやろうとした時、正次郎が声を上げた。

「あ、父上」

　伝次郎が振り返ると、新治郎が小走りに近付いて来るところだった。

「どうした？　野郎、落ちたか」

「まさに」新治郎が頷いた。

「話してくれ」伝次郎が言った。「いや、待ってくれ」

　伝次郎は、隼と半六のふたりを手招きし、改めて新治郎に話すよう促した。

「鬼火一味は、ご存じのようにすべてで五人。内ひとりは既に死んでいるので、残るは四人。西垣が白状に及んだところによると、ひとりは病死し、ひとりはどこに消えたか、まったく行方を知らぬ、とか」

「まだひとり残っているな」

「それでございます。そのひとりが、何と鬼火の十左でございました」

鍋寅と半六が唸り声を上げた。隼と正次郎は拳を握り締めている。

伝次郎が抑えた声で訊いた。

「其奴は今、どこで、何をしている?」

三十間堀六丁目に大店を構える、蠟燭問屋《岩倉屋》の主に収まっていた。

「名は、七郎兵衛でございます」

十四年前に突如お店を開いてから、見る間に繁盛を極め、大名家に取り入り、今や江戸でも指折りの大店になっていた。

「引っ捕えに行くぞ」

伝次郎が一同に言った。

「私も参りましょう」新治郎が言った。「正次郎も、行くか」

「勿論ですよ。増次郎を捕える時、ひとりだけ仲間外れにされたんですからね。今回は何があっても参りますよ」

正次郎が憤然として答えた。

伝次郎らに、新治郎とその手先の者三名が加わり、総勢十名が奉行所を出た。

数寄屋橋御門を渡り、南東に下った木挽橋の西詰に、《岩倉屋》はあった。

「よくもこんな近くに店を張りやがったな」

伝次郎が、通りの反対側から《岩倉屋》を見詰めた。

《岩倉屋》の様子は慌しかった。商いの客ではなさそうな者の出入りが激しい。仕出し屋らしいのが、裏に回っている。

「ちいと訊いて参りやしょうか」鍋寅が、意気込んで見せた。

「その必要はねえ。ふん縛るのに変わりはねえからな」

伝次郎が通りを横切った。

店の名を染め抜いた大暖簾が、一陣の風にはた、と揺れた。

店に入った。

「いらっしゃいませ」

手代が出迎えた。八丁堀の同心であると知り、どうあしらえばよいか、言葉を探している。

「主の七郎兵衛はいるか」

「はい、おりますが……」

手代の歯切れが悪い。

「どうしたい？」

伝次郎の目が細くなった。

「失礼いたしました。手前が代わらせていただきます。番頭をしております者でございますが、何か主に」

頭に白いものが目立つ番頭が、手代に代わって頭を下げた。

「七郎兵衛に会いたいのだが」

「もしよろしければ、日を改めていただく訳には参りませんでしょうか」

「ほう。訳を聞かせてくれねえか」

「今日は、内祝いがございまして。長らく患(わずら)っておりました主が、やっと治りましたので、その快気祝いなのでございます。そのため、少々店の内がごった返しておりまして」

「そうか、よかった。病は治ったんだな」

「ありがとう存じます。お蔭様ですっかりと」

「ならば、遠慮なく牢にぶち込めるな」

「はい？」

伝次郎は番頭の肩を押し退けると、ここで待っていろ、と新治郎に言い置き、座敷に上がり込んだ。
「何かあるといけねえ。真夏様、用心棒だ。行ってくだせえ」鍋寅が言った。
「分かりました」真夏が、伝次郎の後を追った。
奥の座敷から、膳部の引っ繰り返る音がし、悲鳴が聞こえてきた。
「父上」
新治郎が飛び込んだ。その後から、正次郎がいそいそと続いた。

第二話　島流し

一

五月二十四日。

鬼火の十左捕縛の翌日、二ツ森伝次郎は、九年前に起きた老爺殺しの一件を永尋控帳から選び出した。

同じ頃に、大店の押し込み強盗と、手代による主殺しが相次いで起こったため、老爺殺しは詳しい調べなどもなく、打ち捨てられていた。そこのところが、伝次郎の癇に障った。

殺されたのは、女房子供に先立たれ、浜松町四丁目の裏店にひっそりと暮らしていた、栄吉という八十三歳の男だった。

「八十三歳とは、よく生きたもんだ」

「あっしらの鑑でがしょう」鍋寅が阿吽の呼吸で応じた。

「しっかり供養してやろうじゃねえか」

「そうこなくっちゃ、旦那じゃねえや」

早速伝次郎は、鍋寅らと計り、老爺殺しの一件を洗い直すことにした。

九年前の十月九日の五ツ半（午後九時）頃、栄吉は、中門前三丁目にある居酒屋《あさま》で酒を飲んだ帰り道、増上寺の東にある中門前二丁目の路上で刺殺されていた。見出人は、浜松町三丁目の長屋に住む紙くず買いの伊助で、伊助もまた酒を飲んでの帰り道だった。

栄吉の巾着には手が付けられていなかったことと、胸許を何度も執拗に刺されているところから、怨恨によるもの、と見られたが、栄吉に恨みを抱く者は探し出せなかったらしい。

八十三にもなる男を、狙って殺す。しかも、巾着を盗み、物取りの仕業に見せ掛けることもしていない。恨みだとすれば、余程深い恨みだったのだろう。

栄吉の住んでいた長屋では、店子も殆どの者が入れ替わっており、栄吉のことを覚えているというのは二軒だけだった。その二軒の者ですら、覚えているのは、そのような老爺がいた、ということだけであった。

大家も、当時の者ではなかった。栄吉がいた時の大家は、栄吉が殺された三年後に病で没し、残された女房は娘に引き取られていた。店子のひとりがその住まいを覚えていたので訪ねることが出来たのだが、大家の女房は店子については何も知らず、書き留めたものもなかった。

また、居酒屋の《あさま》では、その日、格別のことは起こっていなかった。どんよりとした今にも降り出しそうな日であったため、客足は途絶えており、栄吉だけがひとりで飲んでいたらしい。《あさま》の主は、常連に栄吉がいたことは覚えていた。しかし、そのじいさんが栄吉という名であることすら、知らなかった。いつもひとりで、他の客に背を向けて飲む、暗い酒だったと、調べに当たった定廻りに話したということだった。

「これでは、調べようがありやせんね」鍋寅が、肩を落とした。

「そんなことはねえよ」伝次郎が、事も無げに言った。「八十三の爺さんが、五ツ半頃までひとりで飲んでいたんだ。そんな奴の行きつけの居酒屋が《あさま》一軒ってことはねえだろうよ」

「あの辺りを調べてみやす」

「皆で手分けしようぜ」

「旦那、そいつは任せておくんなさい」

「手が足りねえだろ？」

「卯之助のところの者に手伝わせやす」

　卯之助は、鍋寅の下で修業をした筋金入りの御用聞きだった。今は新治郎の手先として十手御用を務めている。

「それでは新治郎が困らねえか」

「ご安心を。何かあった時は、直ぐにお返ししやすんで」

「分かった。そっちのことは任せよう」

　伝次郎は、当座の費えとして一分金と一朱金を取り揃え、合わせて一両の金子を鍋寅に渡した。

「お預かりいたしやす」

　鍋寅らが居酒屋を当たっている間、伝次郎は真夏を連れて市中の見回りに出た。

「いいか。捕えろと言ったら、ぶっ叩いても構わねえが、それ以外の時は見ているだけだぞ」

「逃げようとしたら、いかがいたしましょうか」

「俺が追う」

「逃げられそうになった時は？」

「石をぶつけてもいいが、顎は砕くなよ」

「心得ております」

「本当か」

真夏が袂から小石をふたつ取り出した。

「この大きさならば、大怪我はいたしませぬ」

「手裏剣術も親父殿から教わったのか」

「いいえ。旅の武芸者からです」

下高井戸の道場に長逗留した武芸者が、その礼にと飛礫による手裏剣術を真夏に伝授したのだった。

「奇特な御仁だな。己が技を逗留した道場の者に伝えてくれるとは。なかなか、出来ぬことだぞ」

「はい。立派なお方でございました」

「そんな偉えのは、今どきの若いのには見当たらねえ」

「……実に」

「隼は、男は嫌いだと叫んでいるが、そなたはどうなのだ？」

「腕の立たぬ男は嫌いです」

「腕の立つ男は？」

「心が伴っているならば、あるいは、よいかもしれません」

「果して、いるものかな？」

「いないです。つくづく、いないです。特に、若いのは駄目です」

「そうか。駄目か」

伝次郎は、思わず笑い声を上げた。

「あっ、見付けました」

「なんだ、腕の立つ奴をか」

「いいえ。心根の悪そうなのを、です」

真夏が、雑踏を指さした。着流しの裾を、左手でひょいと摘んだ男が、前を行く羽織の男との間合を詰めている。

「掏摸だな」

「いかがいたしましょう？」

「放っておく訳にもいかねえか」

「私に、いただけますか」

「掏摸をか。構わぬが、どうするつもりだ？」

「懲らしめてやります」

真夏は小石を握り直しながら一歩を踏み出すと、掏摸目掛けてそれを投じた。

小石は空高く円弧を描いて飛び、懐を探ろうと伸ばし掛けた掏摸の指先を上から叩いた。掏摸は指を抱えて跳び退くと、怯えたような目をして頭上を見上げ、人混みの中に飛び込んで行った。

「当たったのか」伝次郎が真夏に訊いた。

「はい」

伝次郎は、掏摸と真夏の間合を計った。十間（約十八メートル）はあった。

「凄過ぎるかもしれねえな、ちいとばかし」

「どういうことでしょうか」

「上手く言えねえ。そう思っただけだ」

「………」

真夏が掏摸の去った方を見詰めている間に、伝次郎は歩き始めてしまった。真夏の額を雨粒が、ぽつり、と打った。


五月二十五日。六ツ半（午後七時）。

伝次郎と真夏は、竹河岸の東隅にある居酒屋《時雨屋》にいた。

小女の春は、真夏を男と思い込み、いつになく口数も少なく、甲斐甲斐しく立ち働いている。

銚釐の酒を傾ける間もなく、染葉忠右衛門が稲荷橋の角次とその手下を引き連れて入って来た。約束の刻限丁度だった。座敷の奥に伝次郎と真夏を見付けると、よっ、と片手を挙げた。真夏が、膝に手を当て、背筋を伸ばしたまま目礼をした。

染葉は角次らに飲んでいるように言うと、ひとり伝次郎らに加わった。角次らは三人で丸くなり、酒と肴を頼んでいる。

「どうだ、そっちの具合は……」

染葉は、十三年前の番頭殺しを調べていた。

「駄目だ。嫌われ者の見本のような奴でな、奴に関わったすべての者が怪しい」

「こっちはな、恨んでいる者の姿が、とんと見えねえ」

「逆か」

「まあな。だが、八十を超えた爺さんがひとりで酒を飲んでいて、その後殺されたんだ。恨み骨髄(こつずい)って風情でな。爺さん、裏で何をしていたか分かったもんじゃねえ。今に驚くことになるんじゃねえか、と俺は睨(にら)んでる」

女将(おかみ)の澄(すみ)が、染葉への挨拶(あいさつ)がてら酒と肴を運んで来た。小魚の甘露煮と茄子(なす)の揚げ浸しが食欲を誘った。

真夏の前の茄子の皿は既(すで)に空だった。

「お口に合いましたですか」澄が真夏に訊いた。

「このように美味(おい)しいものは初めてでした」

「まあ、嬉(うれ)しいことを」澄が、盛大に笑顔を見せた。

「まさに江戸の味、ですね。道場の賄(まかな)いを頼んでいた者が、油を使うことを知らなかったものですから、このような食べ方をしたことはありませんでした」

「茄子を卵で綴(と)じるというのは？」

「卵は口の驕(おご)りだと、茹でた卵を二度ほど食しただけです」

「今までに？」

た。

「まあ、何てことでしょう」

直ぐにこしらえて参りましょうね。澄が、跳ねるようにして座を立って行った。

「内藤新宿から二里（約八キロ）ばかりのところで、そうなのか」染葉が、小さく唸ってみせた。

真夏が暮らしていたのは、内藤新宿から二里二町の下高井戸であった。

「江戸は、驕りの町なんだよ」伝次郎が言った。

「だから腐っているんだな。悪いのばかりだ」

染葉が杯を空けた。

「俺たちが、きれいにすればいい。それだけのことだ」

「元気のいい男だな。どこから、そんな力が湧いてくるんだ」

「お前さんがいてくれるからに、決まってるだろうが」

伝次郎が銚釐を差し出した。

「口の上手い奴め」

染葉は笑って酒を受けた。

「今までに、です」

「父も」と真夏が言った。

「おふたりのように話していたのでしょうか」

「心ではな」と伝次郎が答えた。

「口から出るのは皮肉ばかりだったが」

「父は、そういう人です」

「何度、後ろから殴ってやろうと思ったことか」伝次郎が拳を固めて見せた。

「おやりになればよかったのでは」

「出来るか。躱されて、逆に殴られるのが落ちだろうが」伝次郎が歯噛みした。

悔しいかな、腕が違ったのだ、と染葉が付け加えた。

笑いさざめいているところに、澄が春を連れて、茄子の卵綴じを持って来た。

早速真夏が箸を付けた。

「美味しいです」

真夏が、更に箸を伸ばしている。その所作は、男のものではなかった。

ほらね、と澄が春に目で言った。

「本当だ」春が呟いた。

「何が、本当なんだ?」伝次郎が訊いた。

春は真夏様を男だと思い込んでいたんですよ、と澄が言った。

「錦絵にしたいようなお姿ですからね。岡惚れしちまったんですよ」

真夏が春を見て、ゆったりとした笑みを浮かべた。春は両の頰を押さえて、台所に逃げて行った。

それから半刻(約一時間)程して、染葉らは明日が早いから、と引き上げて行った。

その四半刻(約三十分)後、小雨が降り出すのと同時に、鍋寅が隼と半六を従えて《時雨屋》に現れた。

「遅くまでご苦労だったな。何か分かったか」

「栄吉の行きつけの居酒屋を二軒、突き止めやした」

「それで?」

「申し上げろい」鍋寅が隼に言った。

「見付かったのは、浜松町二丁目にある《ひら松》という小体な居酒屋で、栄吉は四、五日置きに顔を出していたそうです。そこの主が、栄吉は漁師だったんじゃねえか、と言っておりやした」

「訳は、訊いたか」

「へい。魚の名から捌き方まで、何から何まで詳しかった、という話です」

「そうか。どの辺りで漁に出ていたかなんぞは、分からねえか?」

「てめえのことは何も言わなかったらしく、そこまでは」

「ありがとよ。これで、栄吉がどんな野郎だったか当たりが付く」

隼が嬉しげに頭を下げた。

「もう一軒は……」鍋寅に訊いた。

「卯之助んとこの若い者が聞き込んだ話でございやすが、《ひら松》の近くにある《小坪（こつぼ）》という居酒屋の主が、栄吉の肌は、陸（おか）に上がって褪（さ）めちまってはいやしたが、潮焼けの痕（あと）がくっきりと付いていた、と言ったそうでございやす」

「漁師か……」

「何で陸に上がったのかが、鍵のようでございやすね」

「よし、明日からは漁師町を当たるぞ。今度は、俺たちも混ぜてもらうからな」

「お頼みいたしやす」

「こっちの台詞（せりふ）だぜ」

伝次郎は一声叫んでから、手を叩いて澄を呼び、酒と肴、それに飯もついでに頼んだ。その頃から、空の上で太鼓を転がすような音を立てて雷が鳴り始めた。

「まさか、これで梅雨（つゆ）が明けるってことは？」

「ねえだろうが、明けりゃ明けたで暑くなりやがるんだ。どのみち、救いはねえな……」

伝次郎が、憎々しげに言った。

二

五月二十六日。

芝金杉と本芝の漁師町を伝次郎と非番の正次郎、真夏と鍋寅、隼と半六が三組に分かれて調べ、洲崎を卯之助のところの若い者に任せた。

芝金杉と本芝は雑魚場と言われた漁場を抱えた漁村であり、洲崎はその名の通り目黒川から運ばれた土砂が積み重なって出来た洲に、多くの漁師が住み着いて出来たところだった。

落ち合う場所は金杉橋の南詰、刻限は夕七ツ（午後四時）。それまでに、歩ける限り歩き、調べられる限り調べることにして市中に散った。

しかし、栄吉を知る漁師や船頭は、ひとりもいなかった。

「今日回り切れなかったところを明日調べ、それでも分からなかったら、北に飛んで本所、深川辺りを回るぞ」

だが、二十七、二十八日と、雨の降る中、丸二日を費やしたにも拘わらず、本所と深川でも、栄吉を知っているという者は全く現れなかった。

「残っているのは、白魚漁の佃島と小網町の漁師、それと漁師上がりの船頭って線だな」

伝次郎は鍋寅と佃島に渡ることにした。その間、隼と半六、そして真夏と卯之助のところの若い者に、小網町の漁師と大川沿いの船宿を聞き回るよう命じた。

「明日は、七ツ半に《寅屋》で落ち合うぞ」

五月二十九日。

伝次郎は鍋寅と非番の正次郎を加えた三人で、八丁堀の組屋敷を後にした。南東に向かい、稲荷橋を過ぎ、鉄砲洲波除稲荷の前を通る。潮の香が強い。漁舟が波間に見える。佃島に渡るには、船松町から渡し舟に乗らなければならない。東へ海上一町（約百九メートル）程行くと、佃島である。潮風が火照った身体に心地よかった。

舟から下りた正次郎が、その場で足を止め、漁師町を見回している。

家の数は、およそ二百戸。藁葺屋根の軒の低い家々が、肩を寄せ合うように建っていた。その家々の間を、狭く細い小路が走っている。

目聡く八丁堀の同心だと見て取った島の老爺が、小路の奥から這い出すようにして出て来た。慌てて着込んだらしく、色あせた羽織の襟が裏返っている。

「これはこれは、八丁堀の旦那。何か御用の筋でございましょうか」

「お前さんは？」

「漁場の世話役をさせていただいております茂平と申します」

「月末に、厄介なのが顔を出して済まねえな」

「厄介だなどと、とんでもないことでございます」

「そう言ってもらえると助かる。少し訊きたいことがあるのだ」

「承知いたしました。ここでは何でございますから、番屋にどうぞ」

茂平が、家並を指さした。伝次郎の後から鍋寅が行き、正次郎が続いた。

月毎に当番を替わる世話役が月行事である。茂平は今月の世話役なのだろう。茂平に付いて行く三人を、家の戸の隙間から、島の者がこっそりと見詰めている。

正次郎と目が合うと、陰に隠れるか、戸を閉めた。

腰高障子に《番》と書かれた家の戸を、茂平が開けた。中に男がひとり横になっていたが、一行を見て驚いて跳び起きた。

「湯を」と言ってから茂平が「酒を」と言い直した。男が、徳利を持ち上げ、耳を寄せながら振っている。

「水でいい。酒を飲むには、ちと早過ぎる」

はい、と返事をしながら、茂平は男に何か言い付けた。男が裏から飛び出して行った。

「お待たせいたしました」

生温い水を口に含んでいると、駆け付けてきた足音が番屋の前で止まり、羽織を着込んだ男衆が腰を屈めて入って来た。四人いた。残りの世話役の者であるらしい。

伝次郎は、忙しいところを集まってくれた礼を言ってから、栄吉について尋ねた。

「名に覚えがあるかどうか、教えちゃくれねえか」

顔を見合わせていた男衆が、茂平に頷いてみせた。

「お答えいたします」と茂平が言った。「栄吉は、ここにいた漁師でございます」

「やはり、そうだったのか」伝次郎は、さも知っていたかのように振舞いながら、鍋寅を見た。

「睨んだ通りでございやしたね」鍋寅が調子を合わせた。

「栄吉について、隠さずに、話しちゃくれねえか」伝次郎が茂平に言った。

「よろしゅうございます。私どもには隠し立てするつもりはございません」

「そうかい。助かるぜ」

「失礼でございますが、旦那は定廻りか臨時廻りのお方で？」茶の羽織を着た世話役が訊いた。

「永尋掛りと言ってな、古い事件を洗い直す掛りだが、知っちゃいねえだろうな」

あっ、と別のひとりが呟いた。

「聞いたことがございます。戻り舟の旦那とか」

「耳が早えじゃねえかい」鍋寅が、水を不味そうに啜りながら言った。

「それでいらっしゃった訳が分かりました」茶の羽織が言った。「九年前、栄吉が殺された当座は、いつ御奉行所からお調べの旦那が見えるのか、と思っていたのですが、ちっともお見えにならず……。もうすっかり忘れかけた頃になって、こうしてお見えになったものですから、少々面食らっておりましたのでございます」

「旦那」と茂平が言った。「《お目こぼし舟》をご存じでいらっしゃいますよね」

島流しの刑に処せられた者は、小伝馬町の牢屋敷を出ると、縁者に会うことも許されず、流人船に乗せられ、江戸を離れる決まりになっていた。しかし、一目だけでも顔を見て、別れを告げたいと願う縁者は、高い金子で小舟を雇って流人船を追った。護送役の船手同心の温情に縋って、船縁に立つ流人の姿を見、声を聞かせてもらうためである。

この小舟を《お目こぼし舟》と言い、小舟の船頭は、お目こぼしをしてもらうために、常日頃から船手同心に《お届け物》と称して、袖の下を送っていたのである。だから、小舟を雇う代金の多くは、袖の下として船手同心に渡っていたのだとも言える。

「この辺りの漁師は、漁の傍ら《お目こぼし舟》の船頭をしております。栄吉も、そのひとりでございました」茂平は、更に続けた。「若い頃は生真面目で、見送る縁者の方と一緒になって泣いていたものでした。それが、てめえのかかあの薬料に困り、お役人様への《お届け物》をけちるようになり、果ては顔で頼むようになっちまったのでございます。当然、お役人様の扱いは冷たいものに変わりました。栄吉の舟が近付く。『お願いを申し上げます。誰それの縁者でございます。一目、せめて一目だけでも……』。叫んでも、頼んでも、相手にしてくれないようになりました。だから、栄吉には頼むな、とも言えずにいるうちに、とんでもないことが起こってしまったのでございます」

「とんでもないこと？」伝次郎が言った。

「栄吉の舟を雇った女が、会えなかったことを悲しんで、海に飛び込んでしまったのでございます」

「助けなかったのか」鍋寅が訊いた。

「波が高く、とても助けられなかった、と聞いております」

「待て。それはいつのことだ？《お目こぼし舟》から飛び込んだとなれば、覚えがありそうなものなのに、とんとそれがねえんだ」

「三十六年前になります」

「そんなに、前の話なのか」

伝次郎が三十二歳の時である。まだ定廻りにもなっておらず、息の新治郎は六歳だった。

「それで」と伝次郎は、気を取り直して尋ねた。「栄吉はどうした？」

「当時の世話役が話し合いの末、追い出しました。《お目こぼし舟》の船頭をさせておく訳には参りませんでしたから」

「おとなしく出て行ったのか」

「はい」

「病のかみさんはどうした？」

「追い出す前に、死にました。倅も、倅は私どもと、ほぼ同じ年頃だったのですが、舟が転覆して行き方知れずになり……。祟りだなんて、言ったものでございます」

「その後で、会ったことは？」

「栄吉を本芝の辺りで見掛けた者がいましたので、江戸にいることは知っておりましたが、会ったことはございません」

「殺した者に心当たりはねえか？　その、海に飛び込んだ女に身寄りはあったのか」

「旦那、そのことでございますが」

と茂平が、茶の羽織を着た世話役を見てから言った。

「ああいうのを幽鬼とでも言うのでしょうか。九年前、栄吉が殺される半年程前のことです。六十くらいの、ひどく痩せた男がここに来まして、二十七年前に女を乗せた船頭は誰だ、と聞き回ったことがありました」

「その男が島帰りの者であることは、言葉の端々から分かりました」茶の羽織が言った。

「栄吉のことを話すか、隠し通すか、で揉めました。死んだことにしてしまおう、という者もおりました」茂平が口を開いた。「結局、話せばどうなるか分かっていて、男に栄吉の名と、追い出したことを教えることにしました。男を厄介払いするには、それが一番いいように思えたからでございます。その後で栄吉が殺されたことを聞き、心中穏やかではありませんでしたが、身から出た錆だ、と割り切ることにしたのです……。私どもは、間違っていたでしょうか」

「間違っちゃいねえ。それが正しかったのかどうかは、分からねえがな」

「では、どうすればよかったのです？」茶の羽織が言った。

「それを考えるのは、お前さんたちだ。生きるってのはな、出しようのねえ答を考えるってことなんだ。俺には、それしか言えねえ」

「………」

茂平も茶の羽織も、他の世話役どもも、黙りこくっている。

「よく話してくれたな、礼を言うぜ」

伝次郎は鍋寅と正次郎を促して、番屋を出た。　外の小路に、漁師が集まっていた。中のひとりが、背を押されて前に進み出た。

「あの、世話役さんたちは、何かお咎めを受けるのでしょうか」

「いいや」

「だったら、今までのように漁をしたり、舟を出しても……」

「構わねえよ」

小路に歓声が沸いた。漁師どもは、伝次郎らにお辞儀をしながら脇を擦り抜けると、番屋に駆け込んで行った。

渡し舟に乗り、船松町に戻った伝次郎らは、鉄砲洲から霊岸島へ渡り、御船手番所に赴いた。

九年前から十年前にご赦免になった流人を調べるためだった。

船手頭の許しを得、一室を借り受け、恩赦を受けた者の名を記した控書を繰った。この控書は南北両奉行所にもあったが、戻るのが面倒だったのと、万一、年番方与力の百井亀右衛門に出会ったら、頭のひとつも下げねばならぬのが億劫だったので、御船手番所を選んだのだった。原本は、七島支配奉行所である浦賀奉行所に収められている。

控書を繰っていた正次郎の手が止まった。

「ございやしたか」

鍋寅が正次郎に訊いた。

「これらしいですね」

「見せてみろ」

伝次郎が、正次郎の手から控書を取り上げた。

「芳蔵。六十五歳。島に流される前の住まいは、深川は今川町の《小助店》。仙台堀沿いの町屋だな。生業は研ぎ屋。女房の名前は俊。三十六年前の明和六年（一七六九）に、誤って人を殺した廉で、八丈島に遠島。喧嘩して相手を突き飛ばしたら、打ち所が悪くて死んでしまったらしい。九年前にご赦免になり、名を丈吉と改めている」

間違いねえ、こいつだ、と伝次郎は言うと、正次郎に一緒にご赦免船に乗って来た者の元の名と今の名、年回り、そしてかつての塒の在り処を書き留めさせた。島帰りの者は名を改めるのが決まりとなっていた。

「誰かと連んでいると、お考えでございやすか」鍋寅が訊いた。

「島帰りだと知られたくはねえはずだ。お江戸の土を踏んだら、金輪際島の者とは関わりなんぞ持ちたかねえだろうよ。だがな、船の中でずっと黙りこくっていた訳じゃあるめえ。これからどうするとか、どこに行くとか、話したかもしれねえじゃねえか。俺が聞きたいのは、そこなんだ。が、居所を摑むのは……」

　容易なことではなかった。陸に上がれば、どこに行こうが勝手である。

「取り敢えず、どこから始めやしょう？」鍋寅が訊いた。

　そうよな。伝次郎は、控書を写し終えた正次郎に尋ねた。

「多分、芳蔵がやった、と俺は思う。だが、まだ当人が白状した訳ではねえ。まずは身柄を押さえることだ。正次郎、お前ならどこから当たる？」

「今川町の《小助店》に行きます」

「その訳は？」

「船から下りた足で《小助店》に向かったと分かれば、島では女房の死を知らなかった、ということになります。死んだことを知っていたとすれば、女房のいない長屋なんぞに用はありません。行かなかったと思います。また死んだ訳まで知っていたとすれば、女房の仇を討とうと考えていたはずです。どこから足が付くか分かりませんから、船の中で同じ島帰りの者と口など利かなかったでしょう。

同じ島帰りの者に訊いても無駄足になる、ということです。まあ、十中八、九、長屋には立ち寄らなかったと思いますが、他にどこという当てもありませんし、ここは行くなら《小助店》かと」

「どうだ？」鍋寅に訊いた。

「理に適ったお考えでやす。いや、大したもんでございやす」

「よし、ここは正次郎の旦那のご指示に従おうじゃねえか」

正次郎の顔が、ほこほこと崩れた。それを見て取った伝次郎の口が、三角に尖った。

「一度褒められたぐらいで、締まりのねえ顔をするんじゃねえ」

御船手番所を出た。風が、少し強くなっていた。海が白くささくれ始めている。

「まだ《寅屋》に戻るには間がある。《小助店》に行くぞ」

松平越前守の下屋敷をぐるっと回って霊岸島を南から北に抜け、豊海橋を渡る。豊海橋の北詰を東に折れると船番所があり、その先は長さ百二十八間（約二百三十三メートル）の永代橋である。

永代橋を渡れば、《小助店》のある深川だった。更に歩を進めようとした時、

「あれは」と鍋寅が、切石に腰を下ろしている老爺に目を遣ったまま呟いた。

　老爺は、船番所の木の柵の外側にある切石に座り、凝っと海を見ていた。ご赦免船を待ち侘びている縁者のように見えた。

「見知っているのか」

「確かなことではねえんですが、二、三十年前羽振りを利かせていた、天神下の多助に似ておりやす」

　その名には覚えがあった。南北の両奉行所の同心のみに止まらず、火付盗賊改方の同心にまで顔が売れていた御用聞きだった。

　だが老爺には、その頃の多助の面影はなかった。行き場を失い、途方に暮れている老人にしか見えない。

「見間違いじゃねえか」

「……そうですかねえ」

「近頃、多助の名を聞かねえが、まだ稼業を続けているとしたら、いい年だろう」

「あっしより五つ六つ年上でしたから、七十七か八になるはずでございやす。そう言えば、ここ十四、五年ばかし、名を聞きやせんですね」

「気になるのなら、近くに寄って見て来たらどうだ？」伝次郎が言った。

「それには……」

鍋寅は、顔の前で手を横に振ると、先に立って永代橋の方へと歩き出した。

「こっちを片付けるのが先でさあ」

「そうか」伝次郎が頷いた。

伝次郎と鍋寅の口から、昼餉の二文字が出る気配はまったくなかった。正次郎は、額の汗を拭いながら、ふたりの背中を睨み付けた。

三

永代橋を渡り、北へと折れる。中の橋を越し、上の橋の手前で仙台堀に沿って東に下ると今川町だった。

《小助店》は、仙台堀から油堀へと折れた横町の裏にあった。小助の名は、長屋を差配していた初代の大家の名であった。

当代の名は伍助。十二年前から、家主に雇われて大家の職に就いていた。

「九年前のことになる。年は六十五。芳蔵、あるいは丈吉という名の者が、三十六年前にいた倭という女を訪ねて来たかどうか、覚えちゃいねえか」

「名は忘れてしまいましたが、その方ならば、確かに来ました」

伍助が即答した。

「九年前のことだぜ。よく覚えていたな？」

「家に来るなり、『今、島から帰って来たところだ』と言われ、婆さんと跳び上がって驚いたので、よく覚えているのでございます」

「芳蔵だが、女房が死んだことは？」

「知っておりました。弔いを長屋の者が出してくれたから、と、その礼を言いに寄ったという話でございました」

「女房のことは誰から聞いたと言っていた？」

「さあ、それは……。ですが、昨日今日知った、という風ではございませんでした」

「どういうことだ？」

「この三年、先に逝っちまった女房のことを思っては、ご赦免になるよう念じていた、と言っておりましたので」

「芳蔵が来た時に、三十六年前にいた店子はここにまだいたのかい？」

「おりませんでした」

「すると、礼を言うって話はどうなった？」

「相手がおりませんので……」

「引っ越し先を当たるとかは？」

「何も訊かなかったので、そのようなことはしなかったと思います」

「九年前から、ここにいる者は？」

「手前と左官の庄助夫婦でございますが、庄助たちはあの男とは会っておりません」

「お前さんの女房はどうだ。話を聞かせてくれねえか」

「生憎でございます。二年前に亡くなっておりまして」

「では、芳蔵に会ったのは？」

「手前だけでございますね」

「そういうことになるか。どこかに行くというようなことは言ってなかったか」

「覚えが……」

「ねえか」

「申し訳ございません。お役に立ちませんで」

伍助が、ひどく申し訳なさそうな顔をした。

「そんなことはねえ。助かったぜ」

《小助店》を出て、油堀沿いに歩きながら、伝次郎は正次郎に言った。

「お前の見立てとはちいと違っていたな。どう思う？」

「女房が死んでいると知っていながら、長屋に足を向けるとは思いも寄りませんでした。人の動きは分からないものだな、と……」

「そうだ。分からねえものなんだ。だからな、相手の心を読むことは大切だが、それに縛られると見誤るってことも覚えときな」

「先達は、行ったと思っていたのですか」正次郎が訊いた。

もしそうであるならば、褒められてほこほこしていた己を見て、何と思っていたのか。

「いいや。どっちだという自信はなかった。だから、確かめに来たんだ」

「若、口幅ったいことを申しますが、あっしどもの勤めは歩くことにあるんでございやす。歩いて、ひとつひとつ確かめて、違っていたら潰していく。もし真実って奴があるのなら、最後に残っているもんだ、と信じて歩くんでございやすよ」

「正次郎、鍋寅の年まで歩けば分かるぞ」

同心の家を継ぐということは、これから五、六十年も歩き続けるということなのか。

（そんなことは、考えたこともなかった……）

正次郎は目眩に似たものを覚えた。

「もう少し、歩くか」伝次郎が、正次郎と鍋寅に言った。

「今度は、どちらへ？」

「研ぎ屋だ」

「どこの研ぎ屋ですか」

正次郎が訊いた。遠くだったら、今後のことを考え直す必要があると思ったのだ。せめて父に言い、非番の日の手伝いだけでも、月に数度くらいにしてもらわなければ、身体が保たない。

「この辺りだ」

「ここ、ですか」正次郎が足許を指さした。思わず頬が緩みそうになるのを堪え、辺りを見回した。

深川は、木場千軒と呼ばれる程数多くの材木商が集まっていた。そこはまた、小刀や包丁から鋸の目立てまで、刀剣を除くあらゆる研ぎものをする研ぎ屋が点在する町でもあった。

「芳蔵は、必ずどこかの店で修業していたはずだ。寝起きをともにした朋輩や親方になら、何か話しているかもしれねえからな」

「成程」正次郎が頷いている間に、伝次郎と鍋寅は歩き始めていた。

伝次郎らは今川町の自身番に行き、研ぎ師を生業としている者の名と住まいを聞き出した。今川町だけでも、三人以上の弟子を抱えている親方がふたりいた。

深川全体となると、何人いるのか、見当も付かなかった。

「今日のところは、この二軒を当たって、《寅屋》に戻るとするか」

伝次郎と鍋寅は、自身番の者に礼を言ってずんずんと歩き出してしまった。

(何て元気なんだ。年を忘れているんじゃないのか)

正次郎は、飲み残していた茶を咽喉の奥に流し込むと駆け出した。

今川町のふたりの研ぎ師は、芳蔵を知らなかった。

「仕方ねえな」

明日から、隼と半六らを加え、深川から本所の研ぎ師をすべて洗うことになった。

「あの、私は勤めがありますので」

「心配するな。残しといてやる」


六月一日が過ぎ、二日になった。

この日、半六と組んだ隼は、小名木川に沿った海辺大工町を調べていた。二軒目を終え、三軒目の研ぎ師を訪ねるところだった。鋸の目立てでは深川で三本の指に入るという政五郎、通称《研ぎ政》の店だった。当代の政五郎の下に四人の弟子がいるという。開け放たれた腰高障子の奥から、鋸の歯を研ぐ忙しない音が聞こえてきた。

「御免なさいよ」

隼が勢いよく店に入った。弟子なのだろう、一番手前にいた若い男が手を止めて、隼を見た。

「お手を止めさせて、相済みやせん。政五郎さんはいなさるでしょうか」

「はい。どちら様で？」

「神田鍋町の寅吉のところの者でございやすが、ちとお尋ねしたいことがありやして伺った次第で。お取り次ぎ願えやすでしょうか」

男が答えるより早く、奥でひとりの男が立ち上がった。

「何をお知りになりたいのでしょう？」

「政五郎さんですかい？」

「へい」年の頃は六十代の中頃だろうか。政五郎はきっちりと膝を揃えた。

隼はもう一度名乗ると、今川町の《小助店》にいた芳蔵という名に覚えがないか、と尋ねた。

「古い話になりやすが、三、四十年程前、研ぎの修業をしていた者でございやすが」

政五郎は、凝っと隼を見据えてから、はい、と答えた。

「よっく存じております」

政五郎は、芳蔵とともに先代の許で修業をした朋輩であった。先代は、二十年近く前に亡くなっていた。

「では、芳蔵のことは？」

「八丈に流されたことまでは、存じておりますが」

「ご赦免になって、戻って来たって話は？」

政五郎は、知らなかった。

「いつのことでございます？」

「九年前になります」

「もし芳蔵が江戸にいるのなら、この九年の間に一度はあっしを訪ねて来たはずです。来ないということは、江戸にはいないのではないでしょうか」

「どこにいるか、心当たりは？」

「これと言って、ございません。何しろ年数が経っておりますので……」

隼と半六は礼を言って《研ぎ政》を出ると、二手に分かれた。伝次郎と鍋寅に知らせるためである。鍋寅は真夏とともにいた。

半刻の後、伝次郎らは、深川元町(もとまち)の蕎麦(そば)屋《石州屋(せきしゅうや)》の二階で落ち合っていた。

隼と半六の話を聞いた伝次郎は、暫(しばら)く考えてから《研ぎ政》を見張ろう、と言った。

「何かご不審な点でも、ございやしたか」鍋寅が訊いた。

「おれには、どこが怪しかったか、分からないっす」隼が半六に目で尋ねた。半六も首を捻(ひね)っている。

「ねえ旦那、どうなんで？」鍋寅が責付(せっ)いた。

「勘だ。ここまで調べてきて、芳蔵を知っていたのは、たったひとりしかいなかった。だったら、芳蔵が頼るのも、そいつしかいねえってことじゃねえか」

「少し強引な気もしますが」真夏が言った。

「分かっている。だが、せめて十日だけ見張ってみてえんだが、付き合ってくれねえか。果して芳蔵が生きているのかどうか。それすら分からねえが、もし生きているのならば、江戸にいる。江戸にいるならば、政五郎と通じている。そんな気がしてならねえんだ」

「旦那の鼻を信じやしょう。否やはねえな」鍋寅と半六に訊いた。

「ございやせん。十日の間に、政五郎が動いてくれるよう祈りたい気分でございやす」

「俺もだ」

言ったところに蕎麦が来た。蕎麦汁ではなく、大根の卸し汁に味噌を溶いたものを蕎麦汁代わりにして食べるのが、《石州屋》の趣向であった。季節によって、柚子や茗荷などを卸し汁に添えるらしい。この日は、梅肉と摺り卸した生姜であった。さっぱりとした風味が咽喉に心地よかった。

「いけるじゃねえか」

「美味しいですね」と真夏が答えた。

見張り所を決め、鍋寅と半六を残して、伝次郎らは深川を出た。

四

六月三日。六ツ半（午前七時）。

正次郎は、膳を前にして祖父の伝次郎が離れから渡って来るのを待っていた。

新治郎は、早朝に定廻りの打合せがあるために、既に出仕してしまっている。

腹の虫がぐうと鳴った。遅い。何をぐずぐずしているのか。

指で蕗の煮物を摘み、ぽいと口に放り込んだ。母の伊都好みの薄味であった。

それは蕗の色を見れば分かった。元の茎の色が、鮮やかに残っていた。

祖父が好むのは、蕗ならば真っ黒になるまで醬油で煮込んだ味だった。

それではお身体に障りますから、と言う母に父が味方すると、祖父はよく臍を曲げる。それにしても、と正次郎は、また蕗を摘んでは、しみじみと思う。

（何かにつけて、あれほど臍を曲げる者も珍しいのではないか）

人として生まれた以上は、もっと人に好かれなければならないのではないか。

うん、とひとりで頷いているところに、伝次郎が現れた。

「待たせたな」

「いいえ」

下手（したて）に出た。伝次郎に頼むことがあった。非番の日毎に手伝うのではなく、三度に一度にしてもらえないか、と切り出したかったのだ。

伊都が、ご飯と温めた汁を運んで来た。

伝次郎は蕗の手前で箸を泳がせると、

「約束通り、残しておいてやったぞ」と言った。「手伝え」

「そのことですが、実は、私……」正次郎は、箸を置いて、手を膝にのせた。

「何だ。何か思い付いたことでもあるのか」

「いいえ。そうではなくてですね」

「話の遅い奴だな。さっさと要点を言え。今日はな、隼と一緒に見張り所に詰めてもらいたいのだ」

「私が、ですか」正次郎は聞き返した。

「他に誰かいるか」

「いいえ」

「任せたぞ」

「心得ました」

手伝いを休んだからといって、取り敢えずやることは何もなかった。だったら、手伝うべきであろうと自らを諭した。

「お任せください。見張りは得意とするところですから」

「それで、何だ？」

「何が、ですか」

「面倒な男だな。先程、何か言い掛けたであろうが」

「あれは間違いです。お忘れください」

「寝惚けてたのか」

「多分……」

正次郎は、へへへ、と笑って、茶碗の飯を掻き込んだ。

「お調べの、目処が付かれたのでしょうか」

伊都が伝次郎に訊いた。

「新治郎に訊いておくように言われたのか」

「……はい」

「そうか。それでは答えるが、付かぬのだ」

「でも、見張り所を設けたと、今……。でしたら」

ねえ、と伊都は正次郎に同意を求めるような仕種をした。

「勘なのだ。これというものがある訳ではない」

「それを見張れと?」正次郎が訊いた。

「嫌か」

「いいえ」

「何かお作りしましょうか」伊都が伝次郎に訊いた。「昼餉のお結びでも、いかがですか」

「頼めるか」

「御菜は、有り合わせのものですが」

「構わねえ。どうせ、食うのはこいつらだ」

「まあ」伊都はほころび掛けた口許を袖で隠しながら、台所に急いだ。

伝次郎は蕗の煮物を正次郎の鉢に移すと、小蕪の煮物と味噌汁で飯を食べ終えた。

見張り所は、《研ぎ政》から西へ十間（約十八メートル）程離れたところにある小間物屋の二階に設けられていた。

　そこからは、《研ぎ政》と同時に、御船手組の組屋敷も見張ることが出来た。小間物屋の主夫婦には、組屋敷に出入りする者に、ちと問題があるのだ、と言い繕ってあった。

《研ぎ政》を見張っていると悟られては、政五郎に漏れることもあるだろうし、漏れなくとも後で、見張られていたという悪評が立ち、周りから白い目で見られるかもしれない。政五郎自身に咎がある訳ではないのだ。

　伊都に持たされた重箱を下げ、勇んで見張り所に乗り込んだ正次郎だったが、隼は半六とともに鍋寅に命じられた調べものに走っており、日中の大半を伝次郎とふたりで過ごすことになった。せめて真夏がいてくれたら、何か面白い話を聞かせてもらえるのだろうが、鍋寅に付いて市中を歩いている。

　細く開けた障子から、十間先の《研ぎ政》を見張っているのも疲れたが、交替して番を待っている間は暇だった。四畳半の部屋には、気を紛らわせるものなど何もない。

「退屈ですね」と言っては睨まれ、「腹、減りませんか」と言っては叱られ、夕刻になった時には、壁に凭れて眠ってしまっていた。

「で、どうだった？」

伝次郎の声が、どこか遠くから聞こえてきた。誰かが答えている。鍋寅であるらしい。その周りで人の気配がしている。誰だ……？　何を楽しげにしているのだ？

薄目を開けると、隼と半六と真夏の背が見えた。

寝てしまったことに気付いた正次郎が、慌てて姿勢を正していると、三人が同時に振り返り、

「お目覚めですか」と訊いた。

「目覚めんでもいいぞ」

伝次郎が一声叫ぶと、鍋寅に話すように促した。

「政五郎は、大層評判のよい男でして、先代の政五郎の娘をもらって代を継いだそうでございます。ふたりの間には、男男女と子供が三人おりやして、倅たちは研ぎ師、娘は弟子に嫁がせております。倅ふたりについても、娘と婿についても、誰ひとり悪口を言う者はおりやせん」

「おれの方も同じでございます。居酒屋や木場での聞き込みですが、浮ついた話

はひとつもございませんでした」隼が口を添えた。

「聞いていて、真夏はどう思った？」

「人を殺めた者を匿うような者ではないと思うのですが」真夏が言った。

「正次郎の旦那は？」

「木場には、材木泥棒を見張るための小屋などがあちこちにあります。誰が持ち主か分からないものも少なくないと聞いています。誰かをこっそり隠すには、打ってつけだとも言えるのではないでしょうか」

おっ、と声には出さずに、皆が正次郎を見た。正次郎は、瞼を大きく見開いて、皆を見返した。

「てめえひとりの考えか」伝次郎が訊いた。

「勿論です……と言いたいところですが、実は……」

正次郎は、『御仕置裁許帳』の綴じ糸を繕っていた時、暇潰しに覗いた本文に、数年にわたって小屋に隠れ住んでいた泥棒についての記述があったのだ、と種を明かした。『御仕置裁許帳』は、事件の経過や処罰を書き記しておくもので、よく使われるため、直ぐに傷んだ。そこで、例繰方に配された本勤並の者が、繕い作業をさせられているのである。

「よく覚えていたな。偉えぞ」

「流石でございやすね」

正次郎は、胸を張った。

「寝ているように見えてもですね、頭の中は火のように燃えているのですよ」

隼が思わず噴き出しそうになった。

「芳蔵は」と伝次郎は、正次郎を無視して言った。「近くにいる」

「どこかの小屋に隠れているのでしょうか」半六が訊いた。

「いいや、小屋ならば九年近くも隠れちゃいられねえ。一軒家だ。それも、ぽつんと離れて建っているようなのだ」

「一年中ひとりぼっちにさせておく訳にもいかねえでしょうし、政五郎が通えるところというと深川、本所。遠くて浅草。そんなところでやすかね」鍋寅が顎を撫でた。

「それでも、広そうですね」真夏が遠慮勝ちに言葉を差し挟んだ。

「大丈夫でございやすよ。政五郎を見張っていれば、そのうち案内してくれやすよ」

「あっ、成程」と言って、真夏は大きく頷いた。

それから二日の間、政五郎は一歩も外出せずに、終日鋸の目立てをして過ごした。

三日目に、降り出した雨の中を、弟子を連れて材木問屋に顔を出したが、一刻程で家に戻ると、そのまま仕事場に入ってしまった。

翌日も翌々日も、雨に降り込められたかのように、仕事だけの日だった。

「よく働く男でやすね」鍋寅が、《研ぎ政》に目を遣りながら言った。

「芳蔵の気配なんぞ、毛程もねえな」

「本当に、政五郎は焦(あせ)っているんでしょうか」

「まだ六日目だ。焦るんじゃねえよ」

「……へい」

「よく働いているように見えるが、それだって一日か二日、身体を空けるので、その分の仕事をしちまおうってことなのかもしれねえじゃねえか」

「ってことは、もしかすると？」

「この二、三日のうちに、動くかもしれねえぜ」

「あっしは、それに賭(か)けやす」

「俺もだ」

伝次郎と鍋寅が目を合わせた。半六は、ふたつに折った敷布団の中で軽い鼾を搔いている。

「こうなりゃあ、集まってもらいやしょうか」

真夏は隼とともに、《寅屋》で休んでいた。正次郎は、明日は非番の日であった。

「そうだな」伝次郎が答えた。

夕方になって雨が止み、白い上弦の月が浮かんだ。

五

六月九日。五ツ半（午前九時）。

政五郎が弟子たちに見送られて、海辺大工町を後にした。

伝次郎らは、隼と真夏を先頭に、十分な間合を取って尾行を始めた。

政五郎は西に向かい大川に出ると、万年橋を渡り、紀州徳川家の下屋敷から御籾蔵の前を通り、竪川に架かる一ツ目の橋を越えた。

西に折れれば両国橋だが、政五郎は真っ直ぐ進み、回向院を右に見ながら御竹蔵を迂回して大川沿いの道をひたすら北に、吾妻橋の方に向かって歩いている。

「こいつは妙でございやすね」隼が真夏に言った。

「妙とは？」真夏が訊いた。

「こんな歩き方は、土地の者はしねえってことです」

「そうなのですか」真夏が歩いて来た道筋を顧みた。

「《研ぎ政》から吾妻橋に出るのなら、一ツ目の橋の東に架かっている二ツ目の橋を渡れば、真っ直ぐなんでさあ」

「では、わざわざ遠回りをしたのですね？」

「そうなりやす」

「どうしてでしょう？」

「どうしてって……」

政五郎が、何の訳もなく、わざわざ遠回りをするような男ではないことは、日々の仕事振りを見ていれば分かった。ならば、何か訳があって遠回りをした、と見るべきだ。

《研ぎ政》を出る。西に向かい、大川端を北へと折れた。弟子どもは新大橋に向かったと思うだろう。

行き先を気取られないように、とわざわざ西に向かったのだ。

「真夏様、お使い立てして申し訳ございやせんが……」

「何でしょうか。何でも申し付けてください」

「鼻緒の具合でも調べる振りをして、旦那や親分が追い付くのを待ち、旦那の勘が当たったようだ、とお伝えください」

「分かりました。では」

真夏はひどく真面目な顔をすると、突然その場にしゃがみ込み、雪駄の鼻緒をいじり始めてしまった。一瞬隼は呆気にとられたが、気を取り直して政五郎の跡を尾けた。間もなくして、真夏の代わりに正次郎が隼の後ろに付いた。

政五郎は隼らに気付いた風もなく歩き続け、北本所番場町の路地に切れ込むと、卵と豆腐と青菜を求め、浅草寺の末寺である普賢寺の手前で東に折れた。

この辺りは、古くはクイナの仲間である鷭の猟場であった。そこから番場と名付けられた土地で、万治年間（一六五八〜六一）には家作を禁じられていた。それが許されたのは宝永二年（一七〇五）のことであったが、猟場の御用地問題などがあったため、町方と代官の両支配地となっていた。

（それか……）

「考えましたね」

隼の背中越しに正次郎が言った。

「代官所からは人が来ず、町方も足が遠退くところですからね」

正次郎が手短に番場町について話した。

「そうでやしたか……」

江戸御府内を歩き回っている隼にしても、川向こうである本所や深川のことは、大筋では知っていても、細かなことには疎かった。それは鍋寅や半六にしても同様だった。

「ここからは、間合を十分に空けろ、ということです」

「承知いたしやした。正次郎様は」隼が政五郎の背から目を離さずに訊いた。

「どうして本所について、そのようにお詳しいのですか」

「今の話か」

「はい」隼が、ちら、と正次郎を見た。隼の目の中心が光って見えた。

「たった今先達から聞いたからだ。私が知っていた訳ではない」

「えっ……」と言って、隼の肩が下がった。「……損した」

隼の口が何と動いたのか、正次郎が聞き返そうと思った時には、隼は溜息を一つ残して顔を政五郎に向けていた。

政五郎が角を曲がった。急いで間合を詰めようとする隼に、慌てるな、と正次郎が言った。

「三つ数えるんだ」

無視して、なおも急ごうとする隼の袖を摑み、三つだ、数えるんだ、と正次郎が言った。

「ひとつ、ふたつ……」

隼が三つ目を口にした時、政五郎が通りに戻って来た。尾行の有無を調べているのだ。

正次郎は隼を垣に押し付けるようにして潜んだ。

正次郎の太刀(たち)の柄頭(つかがしら)が、隼の腹部を突いている。

「済まない。堪えてください」

隼が下を向いたまま頷いた。目の前に隼の額があり、その下に眉(まゆ)があった。眉毛の一本一本までがはっきりと見えた。年頃の女子(おなご)と、このように異様に接近したのは初めてのことだった。嬉しさが募(つの)ると同時に息苦しさも募ってきた。

もういいかな、と正次郎が隼の両肩を摑んでいた腕を伸ばして、背を反らした。

「大丈夫ですよ」

正次郎が隼から離れたところに、伝次郎らが追い付いた。

「どうした、気付かれたか」

「そんなどじを踏みますか」

角を曲がる振りをされたのだ、と正次郎が伝次郎に言った。

「よく飛び出さなかったな」

「父上に言われたことがあったんです。気を付けろよ、曲がり角は焦らぬことだ、と。それを思い出したので助かりました」

「新治郎に、か」

「お血筋でございやすね」鍋寅が、凝っと話を聞いている隼の肩を叩いた。「見失っちまったら元も子もねえ。とっとと先に立て」

「あっ、……はい」

隼は目許を拭うと道の端を摺るようにして歩き出した。次第に急ぎ足になっている。正次郎と半六、真夏が続いた。

「あいつァ、若にひとつ教えていただきやしたね」鍋寅が伝次郎に言った。

「競い合って精進する相手がいるんだ。羨ましいじゃねえか」

「まったくで……」

伝次郎と鍋寅は、ゆるりと歩き始めた。


その家は、通りを折れ、灌木の茂った小路を行った突き当たりにあった。南本所番場町と寺領の境目辺りであろうか、雑草を毟っただけの庭が広がり、その奥に百姓家と思われるような粗末な家が建っていた。

庭で、老婆が洗い物を干していた。男柄の浴衣と下帯であった。

政五郎は、手にしていた土産を老婆に手渡すと、何事か尋ねている。老婆は首を横に振りながら、答えている。政五郎は老婆に軽く頭を下げると、母屋の暗い土間の中に消えた。

伝次郎は鍋寅と隼と半六に、まず家がどこの支配地に建てられているか調べて来るように命じた。寺領や御用地であるならば、寺社奉行や代官の支配地であり、町方には手出しが出来なかった。寺領でも御用地でもないならば、地主から誰に貸し出されているのか、あるいは売られたのかを聞き出し、その足でどんな者が住んでいるのか、近所の者に尋ねて来るように、とも言い足した。

「十手を見せても構わねえからな。半刻以内に頼むぜ」

　三人が小走りになって戻って来たのは、ほぼ半刻後のことだった。

「家は寺領に建てられているそうでございやす」鍋寅が口の端に泡を溜めて言った。

「やはり、そうか」

「ところが、旦那」鍋寅が、顔を突き出してきた。「庭の辺りは、どうも寺領の外らしいんでございやす」

「どういうことだ？」

「この辺りは込み入っておりやしてね、御用地は札が立っているので、それだと分かるんでやすが、寺領が分かり辛いんだそうでございやす。土地の者にも、どこからどこまでが寺領だか、はっきりとは分かっていねえんだとか言っておりやした。もう長いこと家を建てる者もいなかったので、それで済んでいたそうでございやすが」

「それで、家の持ち主か借り主は、分かったのか」

「政五郎の名で借りられておりやした」

「いいぞ。住んでいる奴を見た者は？」

「おりやした」と鍋寅が、勢い込んで言った。「年の頃は六十半ばで、ひどく痩せた男だそうでございやす」

二年程前、野良仕事の帰り道に、日に当たっている男を見掛けたらしい。

「住み着いたのは、七年程前。挨拶に来たのは、手伝いの婆さんで、主は胸を患っているということなので、行き来はない、と言っておりやした」

「隼と半六は？」

「同じようなことでした。病が怖いので、近付かなかった、とのことです」

半六が下がり、隼が進み出た。

「政五郎ですが、何人かの者が見ておりやした。月に一度は訪ねて来ているようでございやす」

「ご苦労だったな」伝次郎が言った。「どうやら芳蔵に相違ねえようだ」

「引っ捕えるんでやすか」鍋寅が訊いた。

「でも、家に入ると……」隼が小声で言った。

「庭に引き摺り出せば、文句はあるめえ」

「先達……」正次郎が言った。顔が張り詰めている。

「何だ？」

「ここまで来て何ですが、私が政五郎なら同じことをしたと思います」

「何が言いたい？」

「……手荒なことは」

「どうして、それを芳蔵の名が出た時に言わなかった」

「だって、まさか、患っていようとは思いもしなかったからです。情において忍び難いものがあります」

「お前はそれでも俺の孫か。殺しは殺しだ。何の変わりもねえ」

「あります。止むに止まれぬ殺しもあるはずです」

「たとえそうだとしても、殺しは殺しなんだ。いいか、てめえで裁いちゃならねえんだよ。だから、御定法ってものがあるんだ」

後から来い。伝次郎は正次郎に言い置くと、灌木の小路を抜け、庭に入り込んで行った。

土間の奥の暗がりが動いた。老婆が、知らせに行ったのだろう。

伝次郎の両の手が左右に伸びた。

鍋寅と隼と半六が左右に散り、裏へと回った。真夏が腰のものの鯉口を切った。

「政五郎。いるのは分かっている。出て来い」

出て来ねえのなら、こっちから行くぜ。家の奥で、人の動く気配がした。

伝次郎は、庭を進み、板廊下の向こうの障子に閉ざされた一室を見詰めた。

障子が開き、政五郎が現れた。障子の隙間から、伝次郎は部屋の中を覗いた。

板床に筵が敷き詰められており、その奥に臥せっている者がいた。

「済まねえな。尾けさせてもらったぜ」

「………」

政五郎は庭を見回した。真夏がおり、小路の出入口には正次郎がいた。そして鍋寅らの足音も耳に入ったようだった。

「中の者に尋ねたいことがある。上がらせてもらうぜ」

「承知いたしました……」

政五郎は立ち上がると、障子を大きく開き、一歩下がった。

筵の上に、不似合いな程柔らかそうな敷布団が敷かれており、そこに頬の瘦けた男が横たわっていた。男が、伝次郎に顔を向けた。落ち窪んだ目で、伝次郎を見ようとしている。病み疲れた顔は、土気色をしていた。

「お探しの芳蔵でございます」政五郎が言った。

「いつから、こんなになった？」

「四年になりましょうか……」

「住み着いたのは、七年前からだそうだな？」

「そこまでお調べでしたか……」

九年前、船頭の栄吉を殺した後、一度は江戸を売った芳蔵だったが、一年が経った頃、胸を病んで江戸に舞い戻って来たのだった。

「長年の島暮らしで身体をこわしていたところに、逃げ隠れした疲れが重なったのでしょう。その頃から徐々に悪くなり、今ではもう、食べることすら覚束無くなっております」

部屋の隅に、からからに乾いた桶と砥石があった。身体が動いていた頃は、研ぎ物をしていたのかもしれない。

芳蔵が苦しげに呻いた。老婆が、透かさず背を摩った。

「婆さん、名は？」

「繁と申します」

「いつからここに？」

「六年になります」政五郎が答えた。「芳蔵の世話を頼んだだけで、繁は何も知っちゃおりません。どうかお咎めのないようにお願いいたします」

「お前さん、身寄りは？」繁に訊いた。

「……いいえ」繁が、首を横に小さく振った。

「厚かましいお願いでございますが」と政五郎が言った。「あっしはどんなお咎めでもお受けいたしますので、芳蔵を死ぬまでここに置いてはいただけないものでしょうか」

「人を殺した者を、野放しにしておくことは出来ねえってのは、お前も分かっているだろう」

「そこを何とか、お頼み申し上げます」政五郎は筵に額を押し付けた。

「どうして、そこまで芳蔵に肩入れする？」

「芳蔵は、確かに人を殺めました。でも、それは不運が重なってのこと。あっしは、芳蔵がよい奴だと知っております」

「それだけか」

「あっしどもには、それで十分でございます」

「面白い男だな」

「とんでもないことでございます」

伝次郎は組んでいた腕を解くと、分かった、と言った。

「芳蔵の身柄をお前に預けよう。こちらで引き取っても、手に余るしな」

「旦那」

裏の台所に回っていた鍋寅が、草履を脱ぎ飛ばして奥へと上がって来た。

「よろしいんで？」

「よろしいも、よろしくねえもあるもんか。芳蔵に逃げる力はねえ。だったら、最期は静かに迎えさせてやろうじゃねえか」

「へい」

繁が目頭を押さえた。鍋寅は繁の肩に手を当ててから、黙って表へ出て行った。

「政五郎、お前が借りっ放しにしていた家に、見知らぬ男がいつの間にか住み着いていた。相手が病持ちだったので、追い出すのも気の毒だから、そのまま置いておいた。そういう話にしておくからな。芳蔵改め丈吉の身柄は預けたぞ。亡くなった時には教えてくれ。異存はあるか？」

「……ありがとうございます。異存なんぞ、これっぽっちもございません」

「だからと言って、芳蔵、死に急ぐなよ。俺は気が長いんだからな。二、三年は待てるぞ。分かったな」

芳蔵が、夜具から枯れ枝のような手を出し、わななきながら合わせた。

「その間に」と政五郎に言った。「もし町方が来るようなことがあったら、南町の二ツ森伝次郎に聞いてくれ、と言え。悪いようにはしねえ」

「何と御礼を申し上げたらよいのか……」政五郎が芳蔵の手を握り締めた。

「正次郎の旦那、これでいいか」伝次郎が、廊下近くまで寄り、成り行きを見守っていた正次郎に訊いた。

「はい」正次郎の口から歯が零(こぼ)れた。

「引き上げるぞ」

捕物で歯なんぞ見せやがって。伝次郎は、わざと不機嫌な顔をしてずんずんと歩いた。

六

「どの道筋を取りやしょう?」

鍋寅が、大川端に出たところで伝次郎に訊いた。

刻限は、九ツ半（午後一時）に近い頃合だった。朝餉の後、誰も何も食べていない。軽く何かを口に入れたかった。しかし、飯にしましょう、とは、鍋寅でも言い出しにくかった。そこで、代わりに帰る道筋を尋ねたのだ。ずっと歩いて帰るには、何かを食べなければならない。

「どこか、気の利いたものを食わせるところを知らねえか」

伝次郎が、鍋寅に聞き返した。

「そうでやすね。蕎麦でもよろしいでやすか」

「ありきたりだな。あれを食ったのは、芳蔵って奴の隠れ家を見付けた日だ、といつまでも覚えていられるようなもんだ」

「何かねえかい？」鍋寅が隼と半六に訊いた。

「よろしいでしょうか」真夏が言った。

「どうぞ」鍋寅が答えた。

「父から聞いたのですが、鶏飯というのがあり、それは脳天を木刀でしたたかに打たれたような美味しさであったとか」

「聞いたことがございやす」

隼が答えた。梔子の実で黄色く染めた飯を炊き、それに鶏肉や葱、大根などを煮たものを汁ごと掛け回して食べるのだそうです。

「詳しいじゃねえか。どこだ？」鍋寅が隼に訊いた。隼は飯屋の名までは知らなかった。

「そこまで知っていて、しょうがねえな。真夏様は、ご存じで？」

「はい。必ず食べるよう言われていますので。北新堀町の《下野屋》という料理茶屋だそうです」

「えっ」と半六が叫んだ。

半六が母親と暮らしている長屋も北新堀町にあった。

「それで知らねえのか」鍋寅が言った。

「《下野屋》なら、俺だって知ってるぜ。菜飯や芋飯のような変わり飯で有名じゃねえか」

「あるのは知ってましたが、縁のない店なので、鶏飯までは……」

北新堀町は、東西に長く延びた町であった。半六の長屋は、その西の端にあり、御船手屋敷近くにある《下野屋》とは離れていた。

「言い訳になるか。同じ町内なんだ。いずれは、てめえは北新堀町の親分と言われるようなのになりてえんだろ。だったら、町内の店が何を出すかまで諳じとけ」

「へい……」

半六は隼の後ろに逃げるように隠れた。

鍋寅が伝次郎に頭を下げ、そこでよろしいでしょうか、と尋ねた。

「おう」

伝次郎は答えながら、八十郎がどのような顔をして、真夏に《下野屋》のことを話したのか、と思った。八十郎の知らない一面を見たような気がした。

「だったら、舟を雇おうじゃねえか」

吾妻橋のたもとから大川を下り、永代橋の東詰で舟を下りた。橋を渡り、西詰に出た。九日前に、その前を通った船番所があった。

「旦那」と言って鍋寅が、言葉を切った。鍋寅の目は、船番所の木の柵の外側にある切石に注がれている。男が座っていた。

「また、いるのか」

「間違いございやせん。あれは、天神下の多助でございやす」

「やはり、気になるな」

「へい」

「声を掛けてみるか」

「申し訳ございやせん」

伝次郎は正次郎らに待つように言うと、鍋寅とふたりで男の方へと近付いて行った。男は、ふたりに背を向け、海を見詰めている。

「もし」鍋寅が男に声を掛けた。「お懐かしゅうございやす。神田は鍋町の寅吉でございやす」

男が振り向きながら立ち上がり、鍋寅と伝次郎を見、伝次郎に頭を下げた。

「ちょいと前にもお見掛けし、今日もまたいなさるんで、どうしたのかと思いやして、声を掛けさせてもらいやした」

「それは、気付きやせんで」

「こちらは」と鍋寅は、多助に伝次郎の名を告げた。

「よっく存じておりやす。また戻られたってことも噂で」

「そうかい。何か訳ありに見えたんでな。声を掛けさせてもらったんだが、ここで何をしているんだ?」伝次郎が訊いた。

「待っているんでございやす」

「誰だか、訊いてもいいか」

へい、と答え、多助は海の向こうをちら、と見てから言った。

「長吉と申しやして、三宅島に送られやした」

「ご赦免船が出たって話は、近頃聞かねえが」

「そんなものは出やせん」

「どういうこったい？」

「死なれちまったんでございやすよ、三宅島でね」

「………」

鍋寅の皺が深くなった。伝次郎は多助が口を開くのを待った。

「長吉は何もしちゃおりやせんでした。なのに、あっしは奴を捕まえて、島に流しちまったんでございやす」

「いつ頃の話だ？」

「十二年前になりやす」

伝次郎が定廻りを辞める二年前だった。

「手札は誰にもらったっけな？」

手札とは、御用聞きの身分証明書である。その者の名と身柄を証する文言の後、発行した同心の名が記されており、それを見せれば自身番などで聞き取りが出来た。

多助が名を挙げたのは、疾うに鬼籍に入った定廻りであった。その後は誰に付いて、と言い掛けて、塩谷要助を思い出した。そうだ、あいつだ。

染葉忠右衛門に、永尋に加わりたいと申し出て来た、元定廻り同心である。

「その話、詳しく聞かせちゃくれねえか」

多助が、正次郎と隼らに目を遣った。迷っているらしい。

「あいつは俺の孫だ。出仕して四年、身分は本勤並だ。それと鍋寅の孫に、あの若侍は、一ノ瀬八十郎の娘だ」

「一ノ瀬様の、でございますか……」

戸惑いが顔に広がっている。八十郎の面影を探しているのだろう。

「皆、俺の務めを助けてくれている仲間だ」

「よろしゅうございます。恥を申し上げやしょう」

「よし。付いて来な」

伝次郎は、先に立って湊橋に向かって歩き出した。

新堀川に沿って西に進むと、柳の古木の後ろに檜皮葺の門があった。柱行灯に《しもつけや》と記されている。料理茶屋《下野屋》である。門を潜り、石畳を行くと男衆が、次いで玄関で女将が出迎えた。

辺りに塩問屋と酒問屋が建ち並んでいるためか、客筋はその方面の者か、こっそりと逢瀬を楽しむ道楽者が多いようだった。

話の向きが外聞を憚るものなので、離れを頼んだ。八丁堀と見て、女将は一も二もなく頷いた。

鶏飯が炊けるまでには間がある。後で酒と肴を頼むから、と女将に言って人払いをし、多助に話すよう促した。

「先程も申し上げましたが、事の起こりは十二年前でして」と多助が話し始めた。「ふたり組の強盗が、夜更けに本郷は菊坂町にあった金貸し治兵衛の妾宅を襲い、治兵衛と妾を滅多刺しにして殺した上、床下に隠してあった金子、およそ二百五十両を奪って逃げるという一件がございやした」

その一件の掛りではなかったが、南が月番であったことと、その残忍な手口ゆえ、伝次郎にもはっきりとした覚えがあった。

「治兵衛は即死だったが、妾にはまだ息があった。そうだったな」

「その通りで。妾は死ぬ間際、ふたり組の片割れが弥三郎と呼ばれるのを聞いたそうでございやす。その弥三郎が治兵衛と妾を刺した。もうひとりは見張りをしていた、と言って息を引き取ったんでございます。早速、土地の地回り連中を調べ回って弥三郎を探しやした」

賭場を虱潰しにすると、俄に金遣いが荒くなった男が浮上した。弥三郎だった。妾の今わの際の言葉もある。言い逃れは出来ませんや。自身番に引っ張り、大番屋に送ったところで、治兵衛と妾殺しを白状した。

「分からなかったのは、見張りの男の方でした。弥三郎は、吐こうといたしやせん。そこで責め問いのお許しを取っている間に、弥三郎の出入りしてた賭場の客などを当たりました」

数名の者が浮かび上がった、と多助が言った。その中に長吉がいた。

「長吉ってのは、堅気の職に就いてはいたんですが、ちょくちょく賭場に出入りしていた男でして、後で分かったことですが、長吉の名を聞いた弥三郎は、咄嗟に本当の仲間を庇い、長吉が仲間だ、と偽りを申し立てたのです」

定廻り同心・塩谷要助に率いられ、多助は即刻長吉を捕えに向かった。長吉は、殺しのあった夜、ぐでんぐでんに酔っ払っていて、てめえがどこで飲んだかすら覚えておらず、ために我が身の潔白を証すことが出来なかった。

「それでも、知らぬ、存ぜぬ、と長吉があまりに言い張るので、塩谷の旦那に隠れて調べてみたんでございやす。すると……」

治兵衛らが殺された頃、長吉を神田橋御門近くの三河町（みかわちょう）で見掛けた、という者が見付かったのだ。多助はその男に何度も念を押したのだが、間違いないと言う。そこで塩谷要助に男を引き合わせた。

――其（そ）の方（ほう）、長吉と何か話したのか。

――いいえ。

――見掛けただけか。

――はい。

――夜だぞ。

――でも旦那、六間（約十一メートル）と離れていねえところなんですぜ。

――確かに間違いないと言えるか。

――はい。

――万一にも、見間違えたとあっては、其の方ばかりではなく、その言をよしとした我らもお咎めを受けるは必至。其の方、命に賭けて、間違いないと言えるのか。

――そう仰しゃられると……。

――自信はないか。

――ですが、九分九厘間違いないと思いますが。

――己自身十全の自信のないもので、我らを動かそうと思うてか。其の方、御上をないがしろにする所存か。

「塩谷様は、見間違いだ、信用出来ないとして、結局その者の言葉を退けてしまわれました。そして長吉は拷問に負け、やってもいない罪を認めてしまい、刑が決まりました。弥三郎は死罪。長吉は三宅島に遠島でございました。その長吉が、三宅島にそろそろ着いたか、という頃のことでございやす……」

札付きの悪で通っていた天秤の末吉という者を調べているうちに、治兵衛殺しの片割れが末吉だ、という噂を手下のひとりが嗅ぎ付けてきた。

「そこで末吉を調べてみますと……」

弥三郎と連んで、あちこちで悪さをしていたことが判明した。

弥三郎と末吉の組み合わせは聞くが、弥三郎と長吉の組み合わせは聞いたことがない。間違いない。地回りの者たちの噂だった。多助の御用聞きとしての勘が働いた。奴だ。間違いない。

末吉の尾行を始めて二日目だった。尾行に気付いた末吉が、多助の前に立ちはだかった。

――おれを尾けているようだが、何の用だ？

――お前が一番よく知っていることだ。

――何を言いたいのか、さっぱり分からねえぜ。

――治兵衛殺しの片割れはお前だろう。

――こいつは魂消た。誰に吹き込まれたのか知らねえが、冗談は大概にしてくれねえかな。迷惑だぜ。

――このところ、ずっと羽振りがいいらしいが、その金はどうしたい？

――決まってるだろうが。博打の目がいいんだよ。

――どこの賭場だ？　言ってみろ。

――てめえなんぞに話したら、簀巻きにされちまう。言えるかよ。

――言えねえんだな。

――言えなかったら、どうだって言うんだ。いいか、弥三郎はもう死んじまったんだ。おれは何も言わねえからな。おれに何か言わせたいのなら、てめえがしゃべらせてみろ。

――空元気がいつまで続くか、見ものだな。

――…………。

――首を洗って待っていろ。

「あっしは、その足で塩谷の旦那のところに走りやした。大番屋に引き摺って行けば、必ず吐く、と申し上げに行ったんでやす」

「何と、答えた?」伝次郎はぬるくなった茶を啜りながら訊いた。

「もう決まっちまったことだ。蒸し返すな。捕り違いだとなれば、俺もお前もこのままでは済まない。御役御免になるか、悪ければ腹を切ることになるか、だ。そう仰しゃいやした」

「末吉は、野放しかい」鍋寅が尋ねた。

「あっしと会ったその七日後に、末吉は死にやした。何てことはない、喧嘩でね。家捜しをしたら、四十六両もの小判が出てきやして、検分をしていた旦那が、塩谷の旦那に、あるもんだな、と仰しゃったんですが、塩谷の旦那は、博打だろうよ、の一言で片付けちまいまして……」

多助は洟を拳で拭うと続けた。

「でも、あっしは、末吉が死んでくれて、正直、どこかでほっとしたんでやすよ。もう、これで長吉の一件は終わったんだ。てめえには、どうしようもないんだってね、言い聞かせてきやした」

「辛えな……」鍋寅が深く項垂れた。

「あっしは、島流しの罪人を見送るなんぞ、したことはありやせんでした。ですが、長吉の時は、なぜか捕まえたその時から、ずっと気に掛かっておりやして……」

多助は、一旦言葉を切ってから、続けた。

「どこの島に流されるのか、島割りが長吉に告げられた、と小伝馬町の鎰役の旦那にお聞きし、出帆が明日だ、と知りやした」

咎人に島割りが知らされるのは、出帆の前日というのが決まりだった。

島割りと出帆を教えられた咎人には、二分のお手当銭が渡される。流人には、米は二十俵まで、金は二十両まで、というように、流された先で困らないよう、多少の金品を持参することが許されていたが、そのような用意をしてくれる家族がいない者は、無一文で島に渡らなければならない。それらの者のためのお手当銭であった。出帆前夜には、東口揚り屋の遠島部屋で、尾頭付きとお手当銭の一部で買った酒を飲む者が多かった、と記録にある。

当日、咎人は霊岸島の御船手番所から艀船（はしけぶね）に乗り、鉄砲洲の海に出る。品川沖で待っている島廻船に乗り換え、浦賀、網代（あじろ）、下田（しもだ）と伝って島へ向かうことになる。

「あっしが近付けるのは、霊岸島しかありやせん。御船手番所の旦那に懇願して、ほんの少しだけ長吉と柵越しに言葉を交わさせていただきやした。『親分を恨んじゃおりやせんよ。ですが、おれの名を挙げた弥三郎だけは許せやせん。これじゃ、死んでも死に切れやせん。おれは悪いこともした。人を泣かせもした。善人だなどとは、これっぽっちも思っちゃおりやせんが、まさかこんな憂き目を見ることになろうとは、金輪際思っちゃおりやせんでした』。そう言われた時、あっしは、こいつはやっちゃいねえ、と心底思ったのでございやす。そうして長吉を見送った後、天秤の末吉の名が浮かび上がってきたんでございやす。そこから先は、お話しした通りで……。旦那、あっしの口から、こんなことは言えた義理じゃござんせんが、旦那のお力で、捕り違いなんてものがねえ世の中にしてやっておくんなさいやし」

「そのために、どうだ、手伝っちゃくれねえか。お前さんなら、鍋寅のいい相談相手になってくれるんじゃねえかな」

「……あっしはもう、十手は持てやせん」多助は、首を横に振った。

「そうやって、残り少ない命を、己を責めて生きていくつもりかい」

「旦那、あっしは何もやってねえ長吉を島流しにする片棒を担いじまったんですぜ」

「だったら、償(つぐな)え。二度と、間違いを起こさせない。それがお前さんに出来る、唯一の償いじゃねえのか」

「…………」多助は目を硬く瞑(つむ)り、凝っとしている。

「そういうお前さんだからこそ、もう一度十手を持ってもらいてえんだよ。罪の重さを知っているお前さんにな」

伝次郎は、茶の残りを啜ると、正次郎に訊いた。

「お前はどう思う？　十手を持つべきか、持たざるべきか」

「……私には、分かりません」

「真夏は、どうだ？」

「私にも分かりません」

「そうだな。今は、分からなくて当然だ。だから、毎日、新しい日ってものがやってくるんだ。少しずつ分かるためにな」

「でも、ひとつ分かりました」

真夏が、膝に置いた手で袴を握り締めた。

「私、捕物というものを嘗めていたような気がします。今、少し分かりました」

「……私もです」正次郎が言った。

「そうか」

伝次郎は、再び多助に目を向けた。

「無理には勧めないが、気が向いたら、来てくれ。神田鍋町の《寅屋》が永尋掛りの差し当たりの詰所だ」

多助は手を突いて頭を下げると、ひとり先に帰って行った。

「時化た面をするな。酒と飯だ。切り替えろ」伝次郎が皆に言った。

「しかし、先達、今の話を聞いた後では」正次郎が、目の縁を赤くしている隼を見ながら言った。

「食えねえか」

「私は、食えますが」

「だったら食え。俺たち、町回りはな、何度も涙で飯を流し込まなければ、一丁前にはなれねえんだ」

自分はどうも、生まれるところを間違えたのかもしれない、と正次郎は思った。

だが、そのような思いとは関係なく、鶏飯は美味(うま)かった。

気付いた時には、三杯も食べてしまっていた。

最初は気落ちしていた隼も真夏も、正次郎に煽(あお)られたのか、言葉も出るようになり、食べ終える頃には、晴れやかな顔になっていた。

「腹ごなしに、一回り歩くぞ」

戻り舟の名が知られるようになり、《寅屋》に投げ文(ぶみ)がされるようになっていた。

何年前、どこそこで何をした誰某(だれそれ)が、今どこそこに隠れている、といった内容のものが多かった。投げ文を見た以上は、真偽の程を確かめるために、一度は足を運ばなければならない。

伝次郎は霊岸島を横切り、中ノ橋を渡った桜(さくら)河岸の長屋に出向いた。大家に尋ねたが、投げ文の内容に合う者は住んでいなかった。長屋違いかもしれないので、近隣の長屋を四軒程調べたが、やはりそれらしい者はいなかった。がせだった。

「向かっ腹、立たねえか」伝次郎が鍋寅に言った。

「無闇に立ちやすねえ」鍋寅が答えた。

「こんな時は、飲むしかねえな」

「まったくで」

「また、飲むのですか」正次郎が訊いた。

「さっきのは、咽喉を湿らせたんだ。飯が入りやすいようにな。今度のが、飲む、だ」

「爺ちゃん」隼が、鍋寅の袖を引いた。

「親分、飲み過ぎだよ」隼が、十七の娘の声で言った。「そうですよ」半六も後ろから言葉を添えた。

「何で旦那が向かっ腹立てていなさるか、てめえたちに分かるか」鍋寅が吠えた。

「がせ、だったからでしょ……」

「違う。多助だ。多助の苦しみを知らずにいたことで、だ……」

正次郎と真夏と半六が、互いに顔を見合わせた。

いいや、ただ飲みたいだけではないか？　俄には信じられなかったが、正次郎は鍋寅の言葉を鵜呑みにすることに決めた。

「飲みましょう」と正次郎が言った。

「私も付き合います」真夏が続いた。

七

伝次郎らは南八丁堀を西に上り、真福寺橋、白魚橋と渡って竹河岸に出た。居酒屋《時雨屋》は竹河岸の東隅にあった。

「混み具合を見てきやす」

町方としての遠慮である。客で一杯のようならば、河岸を変えなければならない。一足先に縄暖簾を潜った半六が、女将の澄と通りに出てきた。澄が伝次郎に駆け寄ってきた。

「座る場所は、あるかい？」

「何を仰しゃいます。旦那のためなら、他の客なんざおっ帰してしまいますよ」

「ありがとよ」

「と言いたいところなんですが、今夜は閑古鳥が鳴いてるんですよ」

「そいつは願ったりじゃねえか」

「まあ、憎らしい」

澄が伝次郎の腕を抱えるようにして店へと誘った。

小女の春が戸口に立って出迎えた。真夏が小さく笑い掛けた。春は慌ててお辞儀をした。

座敷の奥に、車座に座った。

「大川で」と澄が伝次郎に訊いた。「獲れた鱸が入っていますが、何か作りましょうか」

鱸は、この季節だけ川を遡るのである。いつもならば、喜んで頼むのだが、腹は減っていなかった。

「悪いな。酒を飲ませてくれればいいんだ」

「あらま」澄は、叩くような真似をしてから隼に向きを変えた。

「何かお腹に溜まるものをお持ちしましょうね」

「いいえ。今日はおれも酒を少しいただきやす」

「あらま……」澄が、皆を見回した。「何か、あったんですか」

鍋寅に訊いた。

「済まねえ。御用の筋のことなので、訊かねえでおくんなさい」

澄は、もう一度皆の顔を見回すと、分かりました、と言った。

「直ぐにお酒をお持ちいたします」

銚釐と目刺しと茄子の漬物がきた。《時雨屋》には胡瓜(きゅうり)の漬物もあったが、切り口が葵の御紋に似ているからと、多くの武家が胡瓜の漬物を口にしなかった。

伝次郎は気にもしなかったが、二本差しには出さないのが習いだった。

目刺しを齧(かじ)り、漬物を嚙み、酒を飲んだ。それぞれが言葉少なに酒を注ぎ、杯を干した。だが、酔いは遠かった。近付いてこようともしない。

竹河岸の方から、足音とともに笑い声が聞こえてきた。

聞き覚えのある笑い声だった。染葉忠右衛門の、それだった。

鍋寅が伝次郎を見た。伝次郎は手にした杯を宙に浮かべたまま、染葉の相手の声を聞き分けようとしている。

戸口から染葉忠右衛門が顔を覗かせた。

「染葉の旦那……」鍋寅が、染葉の後ろから入って来た男を見て、浮かせ掛けた腰をゆっくりと下ろした。

男は、袖無しの羽織に着流しという気楽な隠居姿をしていた。塩谷要助だった。

染葉に続いて塩谷が、腰の太刀を引き抜き、右手に持って座敷に上がった。

「ここではないかと見当を付けて来たのだ」染葉が言った。「いてくれてよかった。是非とも話したい、と言われてな」

染葉が塩谷を促した。

「お久し振りです」

それには答えず、

「俺にも、話すことがある」と伝次郎が言った。

「そうか」

染葉は塩谷に座るように手で示し、春に酒と肴を頼んだ。

「何か腹の足しになるものを、な」

膝を崩そうともしない塩谷に気付き、染葉が楽にしろ、と言った。

「こんなところで堅苦しいのは、不粋(ぶすい)ってもんだぜ。なあ……」

皆に言おうとした染葉を制して、塩谷が伝次郎に言った。

「仲間に加えていただけませんか。私はまだまだ働けます。きっとお役に立てると思いますが」

「御免だね」言うや伝次郎は、杯の酒を飲み干した。

「どうしたのだ？」染葉が尋ねた。

「塩谷に訊け」

「何だ。何があったのだ？」

塩谷は染葉に首を横に振ってみせた。私にも、分かりません。

「よくも、いけしゃあしゃあと言いやがったな。人は間違えることもある。その時、人は試されるんだ。てめえは頬被りして逃げた。許せねえ」

「何の話です？」塩谷が膝を前に進めて訊いた。

「今日、多助に会った。どこにいたと思う。永代橋のたもとだよ。そう聞けば、分かるだろう。話を聞いた。てめえは、罪もねえ奴を島流しにしちまったんだぞうだな」

塩谷の目が宙を泳いだ。思い出そうとしているらしい。長吉に行き当たったのか、あれは、と語気を強めた。

「当の本人が白状し、爪印（つめいん）を捺（お）したのです」

「責め問いに掛け、無理矢理吐かせたんじゃねえか」

「……では、どうしたらよかった、と仰しゃるのです」

「長吉を見たって奴が出てきた時に、どうしてそいつの話を聞いて調べてやらなかった。てめえは頭から打ち消しただけでなく、その後で、本当の仲間が分かり掛けた時も、捕り違いが露見しないようにと、見て見ぬ振りをしちまったそうじゃねえか」

「…………」

塩谷が俯（うつむ）いた。食い縛った歯の間から、荒い息が吐き出されている。袴に置いた拳が、白くなった。

「俺はおめえとは組まねえし、組みたくもねえ。分かったら帰れ」伝次郎が言い捨てた。

「二ツ森さん、あんたには過（あやま）ちはないのですか。一度も間違って人を捕えたことはないのですか」

塩谷が吠えるようにして言った。伝次郎は注ぎ掛けていた銚釐の酒を途中で止め、ねえ、と言った。

「ただの一度も、ねえ」

「……実（まこと）ですか」

「あったら辞めている」

「……そうですか」

「帰れ。俺が殴る前に帰ってくれ」

「私は、塩谷の家を守っただけです。長吉には済まなかったが、私には家を守る義務があった」

「人の一生を弄んでまでして果す義務なぞ、ありゃしねえよ」

「………」

塩谷は刀を摑んで立ち上がると、逃げるようにして座を離れた。

「塩谷」染葉が呼び止めた。その声を振り切って塩谷が足を進めようとしたところに、春がいた。突き飛ばされた春の手から、銚釐と干し魚を盛った皿が宙を舞った。

塩谷は、春に目もくれず、《時雨屋》から飛び出して行った。

「何だよう、ひどいよう」

春に応えて、鍋寅と半六と隼が片付けを手伝っている。割れた皿を重ねる音が耳に付いた。

「済まなかったな」染葉が伝次郎に言った。

「いや、違う言い方があったかもしれねえ……」

伝次郎が染葉の猪口に、銚釐の酒を注ぎながら言った。

「しかし」と真夏が、ひどく感心したような顔をして言った。「一度もしくじりがなかったとは、流石ですね」

「凄いものです」正次郎も頷いた。

「あれは、嘘だ」と伝次郎は、事も無げに言った。

真夏と正次郎と染葉が、同時に聞き返した。片付けをしている鍋寅らの手も止まった。

「成り行きで言ったまでだ。もっとも、しくじりと言っても殴り過ぎたとか、骨を折っちまったとか、小さなことだがな」

「でも」と正次郎が、皆の声を代弁して訊いた。「あったのですね。その、何と言うか……」

「あったが、その都度反省した。論語にもあるだろう、『吾日に吾が身を三省す』、とな。何度も反省し、乗り越えたんだ。だから、捕り違いなんぞはしたことがねえ」

染葉が溜息を吐いた。鍋寅らの手が再び動き始めた。

「あの……」真夏が伝次郎に言った。

「何だ？」

「先達は、論語も諳じていらっしゃるのですか」

染葉が、ぎくっとして、伝次郎を見た。

「まあ、気に入ったところだけだが」

伝次郎が頭の天辺（てっぺん）を爪の先で掻きながら答えた。

「本当にご立派です。武骨な父に先達の爪の垢（あか）を煎（せん）じて飲ませてやりたいです」

「そうか……」

伝次郎は染葉に笑い掛けたが、染葉はあらぬ方を向いていた。おい、と呼び掛けようとして、伝次郎は酒に噎（む）せてしまった。

その夜、梅雨明けを告げる雷が鳴り響いた。


それから二日目の夕方七ツ半（午後五時）に、元御用聞きの多助が《寅屋》を訪ねてきた。

《寅屋》では、定刻の七ツ（午後四時）に奉行所を退（ひ）けてきた正次郎が、ひとりで留守番をしながら、近くの蕎麦屋《田辺屋（たなべや）》から取り寄せた蕎麦切りを食べていた。

「食べますか」

「……いいえ。腹は塞がっておりやすんで」

「何だ。食べると言ってくれたら、もう一枚食べられたものを」

ここのは汁は濃いが、味は請け合いますよ、どうです？　なおも勧められたが、多助は丁寧に断り、伝次郎はまだ戻らないのか、と訊いた。

「分からないですね。あの人たちは、出掛けた先で何かに出会しますからね」

「若は、今日は？」

出仕日だったのです、と正次郎が答えた。

「覚えることが多くて大変でしょうね」

「ところが、私は頭はよくないのですが、要領がよいので、あまり大変ではないのです」

「こいつは参りました」

多助は思わず声に出して笑った。

「まさか、今日ここに来て笑おうとは思いやせんでした」

旦那にお伝え願えましょうか、と多助が言った。

「一字一句間違えずに伝えましょう」

「では、申し上げます。やはりあっしには十手は持てやせん。ご勘弁を。それで結構でございやす」

「短いですね。聞き逃すまい、と身構えたのに、それだけですか」

「済みません」

「やはり、駄目ですか」

「へい。これはけじめだ、と考えておりやすんで」

「伝えます」

「若は、澄んだ良い目をしていなさる。お祖父様やお父上様のような、立派な同心になってくださいよ」

「はい。滅多に褒められないので、お言葉、忘れません」

多助は、一瞬笑みを見せたが、直ぐに真顔になると、深く頭を下げ、「では」と言った。「御免なすって」

多助の姿が見えなくなって四半刻（約三十分）経った頃、伝次郎らが戻って来た。喧嘩の仲裁をしていたらしい。

正次郎は、多助が来たことを告げ、言付けを伝えた。

「分かった」

伝次郎の返事も短かった。

「明日から、どうするのでしょう?」隼が伝次郎に訊いた。

「船番所の石の上さ。ずっとな……」

その四日後、研ぎ師の政五郎から、芳蔵の死の知らせが入った。

風の凪(な)いだ、蒸し暑い夕刻だった。

第三話　暖簾（のれん）

一

六月十六日。五ツ半（午前九時）。

染葉忠右衛門は、追い掛けている十三年前の大家殺しに新しい動きがあったから、と御用聞き・稲荷橋の角次とともに、半刻（はんとき）（約一時間）前に《寅屋》を飛び出して行った。

伝次郎は出そびれて渋茶を啜（すす）っていたが、いつまでも見回りに出ない訳（わけ）にもいかない。重い腰を上げようとした時、みすぼらしげな男が《寅屋》の前に立ち止まった。男は、垢（あか）の染み付いた半纏（はんてん）の袖（そで）で洟（はな）を拭（ぬぐ）うと、腰を屈（かが）めて《寅屋》の中を覗（のぞ）き込んでいる。年は七十歳くらいか、皺（しわ）が深い。

「何か用かい？」

半六が、通りの様子を窺いながら訊いた。通りには、男と関わりのありそうな者はいなかった。

「こちらに、戻り舟の旦那がいらっしゃると聞いて来たのですが」

「そうだが、お前さんは？」

男の目が右に左に揺れた。伝次郎の姿を探しているらしい。半六が再度尋ねた。

「申し遅れました。手前は、堀江六軒町の《お多福長屋》に住まいいたします吉兵衛という者でございます」

男が慌てて答えた。

半六は鷹揚に頷くと、吉兵衛を中へ通した。

吉兵衛は、伝次郎に真夏、そして鍋寅と隼の顔を順に見てから、頭を下げた。

「どうしたい？」伝次郎が声を掛けた。「何か相談事かい？」

答えようとする吉兵衛に、鍋寅が先ずは座るように、と明樽を指した。

吉兵衛は、腰を落ち着けるとやおら切り出した。

「二年前に浅茅ヶ原で見付かった仏のことなのですが、ご存じでございましょうか」

　浅茅ヶ原は、浅草橋場町の西にあり、更にその西には、謡曲『隅田川』に謡われた梅若丸の母が入水したという鏡ヶ池があった。二年前、八月の彼岸に大風が吹き、浅茅ヶ原の松の古木が何本か倒れ、そのうちの一本の根元から二体の白骨死体が見付かり、大騒ぎになったことがあった。

　当時伝次郎は、町屋の者相手によろず悩み相談の真似事をしており、表沙汰にしたくない揉め事解決のため奔走していたので、二体の白骨が見付かったが、どこの誰とも身性は分からず仕舞だったという噂を聞いただけで、詳しいことは何も知らなかった。

「あの白骨の片方が、手前の娘だと言うのでございます」

「誰が、です?」鍋寅が訊いた。

「娘の富が、でございます……」

「それは、亡くなられた娘さんの妹さんか何かで?」隼が尋ねた。

「いいえ、娘はひとりきりなんです。行方知れずになっておりまして、その富が、夢枕に立って、お父っつぁん、あれは私よ、って言ったんでございます」

「………?」鍋寅が、皆の顔を見回した。

「一緒に埋まっていた白骨のことは、何か言わなかったのかい？」伝次郎が訊いた。

「別に何も……」

「御奉行所へは？」隼が訊いた。

「北の御奉行所に行きましたら、南の月番の時に見付かったのだから南の御奉行所に行け、と言われ、南に行きましても、そのような不確かなことで動けるか、と相手にされず……途方に暮れておりました。そんな折に、戻り舟の旦那なら、と聞いたもので、矢も楯もたまらずお訪ねした、という訳なんでございます」

「…………」鍋寅と隼が顔を見合わせた。

「やはり、信じてはいただけないのですね」吉兵衛の肩が力無く下がった。「無理もございません。手前だって、もし……」

「誰がそんなこと言った」

伝次郎だった。伝次郎は、ぐいと顔を突き出すようにして言った。

「俺を誰だと思ってる。俺は二ツ森伝次郎だ。他の奴らが信じねえってんなら、意地でも信じてやろうじゃねえか」

「では」吉兵衛の顔が、内側から弾けた。

「俺に任せろ。そのための永尋、いやさ、戻り舟だ」

「旦那、よろしいんで」鍋寅が訊いた。「雲を摑むような話でやすが」

「娘が親の夢枕に立った。そうだったな？」

伝次郎が吉兵衛に尋ねた。吉兵衛が頷いた。

「出所を間違える娘がいると思うか」

「そりゃ、そうでやすが」

「娘は、そそっかしかったかい？」

「それどころか、親の手前が言うのも何ですが、しっかり者でございました」

吉兵衛が懸命に首を横に振った。

「それがいなくなって、何年もして、どこかの誰かと一緒に骨になって見付かり、それが私だ、と言うんだ。調べてやろうじゃねえか」

「でも、旦那……」

「俺たちが見放したら、父っつぁんはどこに行けばいいんだ？」

「……分かりました」

鍋寅が隼と半六を見て、いいな、と言った。へい。ふたりが、声を揃えた。

改めて鍋寅は、真夏に目で尋ねた。真夏が頷いた。

「よし」伝次郎が声に出した。「先ず詳しい話を聞こう。お前さんの娘さんだが、白骨死体が自分だと言う以上、随分前に行方知れずになっていたんだろうな？」

「……左様でございます」

吉兵衛の目に涙が溢れた。

「娘さんのことを話してくれ」

富は今を去る二十四年前、諏訪町の墨筆硯問屋《栄古堂》に奉公に上がっておりました。年は十六歳でございました。

「何をしていた？」

通いの女衆として、賄いの手伝いをしておりました。

「通いってことは、お前さんと暮らしていたんだな？」

「はい」

「お袋さんは？」

「富が十歳の時に、風邪が因で亡くなりました」

隼の手が、ぴくりと動いた。隼もまた、十歳の時に父を亡くしていた。

「続けてくれ」伝次郎が、吉兵衛に言った。

手代に佐助というのがおりまして、富はその佐助と掛取りした金子を持ち逃げして行方を晦ました、と言われましてございます。

「二十四年前に、そんなことがあったか」

伝次郎は四十四歳、定廻りになって四年を迎えた年であり、鍋寅は四十八歳。ふたりとも、疲れなど知らずに走り回っていた頃だった。

「何月のことだ？」

「六月の晦日でございました」

「あっしには、覚えがござんせんが……」鍋寅が申し訳なさそうに言った。

「お店の恥になるから、と御奉行所には届けなかったと聞いております」

「道理で」鍋寅が、掌を拳でとん、と叩いてみせた。

「幾らだ？」と伝次郎は、鍋寅を無視して尋ねた。「持ち逃げしたって金子は？」

「詳しいことは教えてもらえませんでしたが」

百二十両はあったらしい。

「手代ひとりに行かせる額じゃねえな。でか過ぎる。番頭は、行かなかったのか」

吉兵衛は、そこまでは聞いていなかった。

「分かった。で、その日のうちに、娘さんも消えたんだな？」

「はい。書き置きひとつなく。そんな娘ではないのです。親思いの、それは心映えのよい娘だったのです。少なくともお店の金子を盗るような男と逃げたとは、とても思えないのでございます。それに……」

「それに、どうした？」

「足を、右足を七つの歳に折りまして、そのためちょっと引き摺(ず)っていて、人に見られるのがいやだと、出歩くのを嫌っていました。それだけではございません。疲れるから、と遠くへ行くこともございませんでした。ですから……」

「もうひとつ。娘さんだが、いなくなったのは、いつ頃だ？　朝からとか、昼からとか、夜になってとか、あるだろう？」

「朝は、いつものように、何の変わりもなく楽しそうに長屋を出まして、お店に参りました。それから台所で働かせていただいておりまして、夕方になった頃、佐助が戻らないと大騒ぎになり、皆で手分けして外に探しに行ったそうです。その頃娘も町に出て行ったらしいのですが、そのまま帰ってこなかったということです」

「その娘さんが白骨となって見付かったって訳だ。もう一体の白骨が、万一佐助だとしたら、佐助も娘さんも、一緒に殺されて、盗みの濡れ衣を着せられたのかもしれねえぞ。誰かとんでもねえ悪い奴にな」

「こりゃあ、調べ甲斐が、ありそうでやすね」鍋寅が意気込んだ。

「何を今更言ってやがる」伝次郎は鍋寅に言うと、吉兵衛に向き直った。「最後にもうひとつ。どうして二年前、白骨が出たと騒動になった時に気付かなかったんだ。高札にも、読売にも載っただろうが」

「まさか、殺されていようなどとは思ってもいなかったのでございます。いいえ、信じたくなかったのかもしれません。富が死んでいるなんて。きっと佐助というのといい仲になって駆け落ちし、そのまま江戸を売り、遠いところで所帯を持っているのだろう、と……」

「無理もねえ、か。訊き忘れていた。娘さんの身の丈は？」伝次郎が問うた。

「四尺五寸（約百三十六センチメートル）くらいだと思います」

「大筋は分かった。この一件、確かに引き受けたぜ」

伝次郎の言葉に倣い、鍋寅らが勇んで立ち上がった。

「ありがとう存じます」

吉兵衛は腰を上げると、土間に膝を突き、手を合わせた。

直ぐさま隼が駆け寄り、吉兵衛の手と腰を支えるようにして立ち上がらせ、「これは」と言った。「おれらの務めなんです。そんなことをなさるもんじゃありやせん」

鍋寅と半六も、隼に続いて吉兵衛に言葉を掛けた。

吉兵衛は、ひとりひとりに丁寧に頭を下げ、《寅屋》を後にした。

「聞いての通りだ」と伝次郎が言った。「俺は奉行所に行って、この一件について例繰方に尋ねてみる。その間に鍋寅は、半六と隼を連れて諏訪町の《栄古堂》が今どうなっているか、また佐助って手代について、それとなく調べておいてくれ。特に身の丈がどれくらいあったか、をな」

「《栄古堂》に行っちまうって手もございやすが」鍋寅が言った。

「早えだろうが。まだ夢枕に立っただけで、仏が富だとは決まってねえんだぜ」

「そうでやした」

「だが、十中八九、富に間違いなさそうだ、と俺は思う。とすれば、外堀を埋めてから攻めてやろうじゃねえか」

「承知いたしやした」

「あの、私は、どういたしましょう?」真夏が訊いた。

「奉行所に入ったことがねえだろ。親父殿がいたところだ。門の中だけだが、見たかねえか」

「是非」真夏が瞳を輝かせた。

「よし、付いてきな」

真夏が刀を手に土間に下りようとしていると、隼と半六が湯飲みを片付け始めた。

「気付きませんでした」

真夏は刀を置くと、己（おのれ）が使った湯飲みに手を伸ばした。

「真夏様、お手が汚れますから」鍋寅が言った。

真夏は思わず手を止め掛けたが、湯飲みを取り、裏の流しへと運んで行った。

鍋寅が伝次郎を見た。裏から戻ってきた真夏が、皆に言った。

「私は、お仲間に加えさせていただいている身です。遠慮なく、何でも申し付けてください。お願いいたします」

「ということだ。鍋寅、お前の負けだ」

「へい」鍋寅が小さな髷（まげ）に手を当てた。

「やはり、留守番を置いた方がよいと思うのですが」隼が言った。「片付けや留守中に訪ねてくる人の相手も頼めるでしょうし」

「でしたら、丁度よい人がおります」真夏が言った。

「折角でやすが」鍋寅が、真夏に言った。「ここは当座の詰所で、御奉行所の中に建てている詰所が出来れば旦那方はお移りになることになっておりやすので」

おめえも分かっていることじゃねえか。鍋寅が隼をたしなめた。

「いつ出来るのでしょうか」真夏が伝次郎に訊いた。

「この先十日かそこいらだろうよ」

「そうですか」真夏が折れた。

「誰なんです。お心当たりがあるってお人は？」隼が訊いた。

「お近さんです」

伝次郎らの力添えにより、見事本懐を遂げた《布目屋》の後家だった。

「腕の具合は？」半六が尋ねた。

「何日か前に行ったのですが、随分よくなっています」

近は、やはり家族の眠る土地にいたいのです、と真夏に漏らしていた。かと言って、江戸にいても何もすることはないし、府中宿に住まう元の奉公人の世話になっている身では、江戸に残りたいなどと勝手も言えない。

「何か賃仕事でもないか、と言っていたのです」

「旦那、仮でなく、本の詰所の留守番に置くってのは無理なんでやすか」

「そりゃあ、無理だろう。奉行所の大門を潜れるのは与力同心に中間で、お前たちだって、遠慮して潜り戸から出入りしている有様なんだぜ」

「飯炊きの婆さんや薪割りの爺さんがいるってことを、お忘れじゃござんせんか」

　奉行所では、徹夜明けの者や出役の者のための飯炊きと、湯の用意や掃除のために、捕物とは関わりのない者も雇われていた。

「そう言われてみれば、そうだな。後で、訊いてみよう」

「よろしくお願いいたします」真夏が伝次郎に言った。

　伝次郎は頷き返しはしたものの、誰に訊けばよいのか、と思いあぐねた。

　年番方与力の百井亀右衛門の顔が浮かんだが、頭を下げ、頼むなどと言いたくはなかった。

　次いで、定廻りの筆頭同心である沢松甚兵衛に思いが至ったが、役不足だった。

　やはり、百井の泥亀か。伝次郎は、重くなる足を蹴り出して、真夏を従えて南町奉行所へ向かった。

二

六月は、南町は非番の月だった。

大門は、町奉行が公式に出掛ける場合や役回りの者が捕物出役で使う場合などを除くと閉じられたままなので、門番は詰所で無聊(ぶりよう)を託(かこ)っていた。

伝次郎は、潜り戸を通ると門番の詰所に顔を出し、町中の腰掛茶屋で焼いてもらった餅(もち)を差し入れた。

「熱くて気が利(き)かねえが、食ってくれ」

餅は二包みあった。もう一包みは永尋の詰所を建てている大工への差し入れだった。

玄関に通じている石畳を左に折れ、普請場へと向かっていると、真夏が、いつも差し入れをするのか、と訊いた。

「思い付いた時だけだ」

「嬉(うれ)しそうでした」

「もらって怒る奴はいねえからな」

「父も、差し入れをしていたのでしょうか」

「見たことねえな。親父殿だけでなく、誰もな」

「先達だけということですか」

「人は上の者にばかり目を向けたがる。だが、俺は逆だと思っている。上には逆らってもいいが、下の者は大切にする。そういった生き方を通してきたつもりだ」

「損ではありませんか」

「損かもしれねえが、得することばかりを考える生き方よりはいい。得をしようとすると、心が汚れる」

真夏の目が輝きを増した。何か褒め言葉を言おうとしているのだろう。先手を打って、伝次郎が言った。

「何も言うな」

「でも、私はもの凄く……」

「俺は、口で言う程出来た野郎じゃねえ。狡もすれば、奉行所の土塀に小便も掛ける。要するに、出鱈目なんだ。だから、この年になっても、まだ捕物をしている」

真夏が目を見開いている。伝次郎は眉を指先で掻くと足を踏み出した。

目の前に、普請半ばの永尋の詰所があった。新しい板の照りが、厚みが、木目が、そんじょそこらの普請場のものとは違った。夏の陽光を受けた瓦が、重々しく黒く光っている。

口を開けて見ている伝次郎に気付いたのだろう、棟梁の松五郎と大工の由吉が、中から出てきた。

「旦那、どうです？」

「奉行所よりも立派でしょう」

奉行所に建てられた一掛りの詰所が、母屋よりも豪華なのである。伝次郎は思わず唾を飲み込んだ。

「二ツ森さんでも頭を抱えますか」

振り向くと、声の主がいた。内与力の小牧壮一郎であった。

内与力は、町奉行に就任した大身旗本が、家臣の中から選んでその職に就ける私設の秘書で、用人の役割を務める。

伝次郎は小牧に真夏を引き合わせた。

「元同心一ノ瀬八十郎が一女、真夏でございます」

「一ノ瀬殿と言われると、剣の達人だったと伺(うかが)っておりますが」

「真夏殿は、その父にも勝るとも劣(おと)らぬ腕の持ち主でして、永尋に加わってもらうことにいたしました」

「いたしました、と言われても……困りましたな」小牧は、真夏に一瞥(いちべつ)をくれた。

「誰を掛りに選ぶかは、私に一任されていたはずですが」

「しかし」と小牧が言った。「元同心の中から選ぶ、ということではありませんでしたか」

確かにそうだった。まさか、八十郎の娘を加えることになろうなどとは思ってもいなかった頃に言われたことだったので、失念してしまっていた。

「元同心のご息女とは言え、同心ではないのですから、私としては、ああ、そうですか、と認める訳には参りません。百井殿も同様と存じますが」

「私は変わり者と言われています」

「聞き及んでいます」

「どうしてそんな私に任されたのですか」

「このような選び方をなさるとは、思わなかったからです」

御奉行に裁定をお願いしましょう。伝次郎は、御奉行が役屋敷におられるか否か、尋ねた。

「これくらいのことは、私に任されておりますゆえ、お取り次ぎはいたしかねます」

「では、どうせよ、と言われるのですか」

「失礼だが、腕前を確かめさせていただいてもよろしいか」小牧が真夏に訊いた。

「立ち合えと？」真夏が、答える代わりに問うた。

「お嫌でなければ」

「私は構いませんが」真夏が伝次郎を見た。「よろしいですか」

「勿論だ。勝って、小牧様にこれなら、と認めさせてやれ」

「承知いたしました」

「小牧様は、剣の方は？」伝次郎が訊いた。

「道場では、師範代をしております」

その矜持が言わせていたのか、と伝次郎は思いながら、小牧の腕を見た。鞣した革のように引き締まっている。腕前の程が偲ばれた。真夏は勝てるのか。ふと、不安がよぎった。

「お願いがあります」真夏が言った。

「この期に及んで、怖気付いたのではないでしょうな」

「そうではございません。もし私が勝ったら、詰所にひとり留守番の者を置いていただきたいのですが、お許し願えましょうか」

「他の者のことを思いやるゆとりがあるとは、驚いたな」

伝次郎も、思いは同じだった。

「申し訳ありません。そのようなつもりで申したのではございません」

「どのような者であろう？」

真夏が近のことを掻い摘んで話した。小牧は、永尋掛りが始末を付けた一件として、近のことを知っていた。伝次郎が例繰方に提出した調書に目を通していたのだ。ちゃんと読んでいやがる。伝次郎は、改めて小牧を見詰めた。

「いいでしょう。私に勝ったら、その者も認めましょう」

「ありがとうございます」

「礼は勝ってからにした方がよろしいのでは」

どこで立ち合いますかな。小牧は辺りを見回して、松五郎と由吉がいるのに気が付いた。

「付いて来られよ」

先に立って歩き始めた。真夏と伝次郎が続いた。


小牧は作事小屋の前を通り、ずんずんと奥へ進んだ。

もう少しで奉行所の敷地が尽き、町奉行の役屋敷の敷地になる。土塀が続いており、門があった。門には警護の番人がいた。

小牧は何も言わずに通り過ぎた。真夏と伝次郎は、軽く会釈(えしゃく)をして門を通った。

奉行所から役屋敷に行くには、この門を通る方法と、内廊下から行く方法があった。伝次郎は内廊下を通ったことはない。内廊下は、主に年番方与力などが奉行に伺いを立てる時に使われることが多かった。

伝次郎が役屋敷の門を潜ったのは、これで二度目になる。初めて潜ったのは、十五年前、寛政(かんせい)二年（一七九〇）であった。盗賊・土蜘蛛(つちぐも)の惣吉(そうきち)一味捕縛の手柄を上げ、町奉行の坂部肥後守に召し出された時だった。坂部は、それから足掛け五年の間町奉行職を務め、今回が二度目のお役目となる。

役屋敷の玄関は、石畳を真っ直ぐ進んだ先にあった。しかし小牧は石畳から外れ、植え込みの間に設けられた露地を土塀に沿って歩き始めてしまった。

三十間（約五十五メートル）程行くと、開けた場所に出た。土塀と建ち並んだ納屋の間には遮るものがない。

「ここで立ち合うのですか」伝次郎が訊いた。

「邪魔が入りませんからね」

答えている小牧に、中間が小走りになって近付いて来た。見回りに来たと思ったのだろう、下命されるのを待っている。

「丁度よいところに来た。竹刀を二本、持って来てくれ」

「竹刀、でございますか」中間が素早く伝次郎と真夏を見た。

「そうだ。早くいたせ」

中間が急ぎ足で離れて行った。

真夏は下げ緒を解いて襷に掛けると、ゆるりと敷地を歩き始めた。どこに盛り上がった草の根があるか、どこに小石があるのか、見て回っているのだ。

「一ノ瀬殿は」と小牧が訊いた。「何流を使われるのか、訊いてもよろしいかな？」

「父は古賀流と申しておりましたが、我流とお思いください」

「失礼だが、古賀流自体、私には聞き覚えのない流派なのだが」

「父の言葉を借りますと、屋内の立ち合い向きであった古流の古賀流を、屋外での立ち合いにも適うよう独自の工夫を凝らしたものだそうでございます」

「いやいや、そこまで話していただいて恐縮ですな」

小牧が、中間が去った方に目を向けてから、

「私の流派は」と言った。「久慈派一刀流。聞いたことはあるかと思うが」

久慈鉄斎が興した一刀流で、今は鉄斎の孫に当たる鉄之助が、浜町堀に面した富沢町で道場を構えていた。大名家の子弟なども多く、門弟の数は三百を超す大道場であった。

「ご高名は聞き及んでおります」

「実を言うと、御奉行もお若い頃、富沢町の道場に通われていたことがおありなのだ」

来たか。小牧は話を打ち切り、中間の方に手を伸ばした。

息を切らした中間の手から、二本の竹刀が小牧の手に渡った。小牧が一本を真

夏に放（ほう）った。

「二ツ森さん、立会人を頼みます」

伝次郎は、素振りをくれ終えたふたりに、始めるように言った。

小牧が正眼（せいがん）に構えた。真夏は右足を引くと、切っ先を背後に回し、腰を落とした。八十郎が得意とする脇（わき）構えであった。

じりと小牧が間合を詰めた。真夏は凝（じ）っと動かない。更に小牧が間合を詰めた。真夏が前に出た。次の瞬間、小牧が飛び込みざま竹刀を振り下ろした。寸で躱（かわ）した真夏の竹刀が、空を裂（さ）いて斜め上方へと跳（は）ねた。真夏の竹刀が小牧の肘（ひじ）を捕える寸前に、小牧の身体（からだ）が宙に躍（おど）り、真夏の竹刀が虚空に流れた。

真夏の腕を狙（ねら）って小牧の竹刀が飛んだ。竹刀で受けて躱した真夏が、大きく踏み込みながら小牧の胴に竹刀を叩き付けた。

小気味よい音が響いた。

「一本。それまで」伝次郎が、真夏の方に手を挙げた。

「参った。いや、参りました」

小牧が竹刀を右手に納め、頭を下げた。

「お強い。まさか……、その、何です……」

「女に負けるとは、と仰しゃりたいのでございましょう?」

「いや、そのようなことは……、申し訳ない」

「よいのです。慣れておりますから」

突然、納屋の陰から石を踏む音がし、着流し姿の武家が現れた。竹刀を持って来た中間が、脇に控えている。

「御奉行……」

町奉行の坂部肥後守だった。

伝次郎が頭を下げた。遅れて真夏が襷を外し、地に片膝を突いた。

「よい、堅苦しい挨拶は抜きにいたせ」

見事であった、と真夏に言ってから、立ち合いに至った仕儀と真夏の素性を小牧に尋ねた。小牧が順を追って話をした。

「一ノ瀬八十郎。覚えがあるぞ」

八十郎が同心株を奉行所に返上して組屋敷を出たのは、伝次郎が土蜘蛛一味を捕えたのと同じ年のことだった。町奉行は坂部であった。

「奉行所始まって以来のことだと聞いたが、面食らったわ」

「ご迷惑をお掛けいたし、何と……」真夏が詫びた。

「それはよい。済んだことだ。今は、一ノ瀬の娘御がまた捕物に加わることの面白さを愛でようではないか。のう、小牧」

「はい」

「儂が許す」

「ありがとう存じます」伝次郎と真夏が言うより先に、小牧が礼を言上した。

「どうだ？」と坂部が小牧に言った。「負けた気分は？」

「たまさかには、よいものです」

小牧の顔が晴れやかに弾けた。

「よく勝ってくれた」坂部が真夏に言った。「小牧は負け知らずでな、それを案じていたところであったのだ」

「またいつか」と小牧が言った。「お手合わせを願えますか」

「喜んで」真夏が答えた。

「それより先に、用心棒として儂の警備を頼もう。時には貸してくれよ」

坂部が伝次郎に言った。

返答に困っている伝次郎に、

「よかったですね」と小牧が言った。「これで百井殿は口出し出来ませんね」

事情を呑み込んでいるのだ、と伝次郎は改めて切れ者と称される男を見た。

屋敷に呼ばれた小牧と別れ、伝次郎と真夏は普請場に戻った。松五郎と由吉が待ち構えていた。

松五郎が首を僅かに突き出した。どうなりやした？　と訊いているのだ。

勝った、と言う代わりに、伝次郎は頷いて見せた。即座に松五郎と由吉が真夏を見た。真夏も頷いた。

「凄え」松五郎と由吉が、豆絞りの鉢巻を空に放り上げた。

「何をいたしておる？」

年番方与力の百井亀右衛門の声であった。

百井は真夏を見て、誰なのか訊きたくてうずうずしているように見受けられた。

「本日は、例繰方にちと用がありまして参りました。この者は、古い友の娘御です」

「そうか。では油を売らずに、用を済ませるがよいぞ」

百井は、もう一度真夏に目を遣ってから、坂部肥後守の役屋敷の方へと歩いて行った。

成程、と伝次郎は合点した。いつもなら内廊下を通って役屋敷に渡る百井が、どうして今日は外から渡ろうとしているのか。ここに伝次郎がいると聞き、嫌みのひとつでも言い、序でに真夏が誰であるのか探ろうとしたのだろう。器の小さな男よ。

「あの、私のことは、まだ言わなくとも？」

「恐らく、役屋敷で小牧様から聞くことになるだろうから、それでよいわ。御奉行からお許しをいただいた話をしていると、長くなっていけねえ」

「まあ」真夏が可笑しそうに笑った。

「では、ちょいと調べて来る。普請場の中に入れてもらって待っていてくれ」

伝次郎は、真夏を松五郎らに預け、玄関から奉行所に上がった。

廊下は、しんと静まり返っていた。一発大声を張り上げたい気分になったが、騒ぎ立てる理由がなかった。仕方なく、例繰方の詰所に黙って向かった。

詰所の中では、染葉の息子の鋭之介が、鋭さのかけらもない顔をして筆の先を嘗めていた。正次郎の姿を探したが、見えない。用でも言い付けられ、席を離れているのだろう。

「済まん、借りるぜ」

例繰方の筆頭同心に言い、伝次郎は鋭之介を詰所の外に連れ出した。鋭之介は親が就いていた定廻りのような外役を嫌い、志願して内役に就いていた。

「私に、何か」

「調べてもらいたいことがあるんだ」

「でしたら、その旨をお申し出くだされば」

「そんなかったるい真似をしている暇はねえんだよ。親父のためだ、直ぐにやってくれ」

「分かりましたが、何をどうすればよいのでしょうか」

「そうこなくっちゃいけねえや」

伝次郎は、二十四年前の一件を話した。届け出は出されてねえって話だが、何か書かれたものがねえか見てくれ。

「ございません」鋭之介が即座に答えた。

「ばかに簡単に言ってくれるじゃねえか」

「ここにあるのは、届け出があり、その調べた結果をまとめたお調書です。届け出がなかったのなら、調べもされていないはず。ございません」

「だったら、二年前に浅茅ヶ原で見付かった白骨のお調書でいい。見せてくれ」

「それはまあ、そういう件なら調べがあったはずですから……」

「嫌そうな声を出すな。親父の仲間の頼みだろうが」

「先程は、父のためだと仰しゃいましたが」

「細かいことに煩い男だな。早いとこ調べねえと、大声出すぞ」

「分かりましたよ」

鋭之介は調書の棚に行き、二年前の綴りを取り出して来た。二冊あった。

そのまま書庫に続く隣室に入り、調書を文机に置きながら、

「あれは確か」と言った。「秋の彼岸の頃でしたね」

凜とした声だった。見直す思いで、伝次郎は鋭之介を見た。

「ありました。これです」

鋭之介が、調書の表書きを指でなぞり、あっ、と言った。

「この一件の掛りは、二ツ森さんです」

二ツ森新治郎の名が記されていた。

三

《寅屋》で鍋寅と落ち合うまでは、まだ随分と間があった。

伝次郎は真夏を連れて、浅草今戸町に行くことにした。二年前見つかった骨を検屍した医師の伴野玄庵に会い、子細を尋ねるためだった。真っ先に新治郎に尋ねたかったが、見回りに出てしまっていた。

鋭之介が見付け出した調書には、白骨がどのように埋められていたかを記した新治郎の図絵と覚書、それに玄庵の検屍録が付いていた。

それによると、二体の白骨は斧で首と胴と足に切り分けられ、布に包まれて浅茅ヶ原まで運ばれたらしい。白骨死体に布片の一部が残っており、また同じところに錆びた斧が埋まっていた。

そのばらばらになっていた骨を丁寧に検屍し、男女ふたりの人骨であると判じたのが玄庵であった。

女の方は十代で、身の丈はほぼ四尺五寸（約百三十六センチメートル）。右足の臑に骨折の痕があり、治癒の具合からして亡くなる十年程前に折ったもので、生前は軽く足を引き摺っていたのではないか、と推測している。男の方は、身の丈はほぼ五尺二寸（約百五十八センチメートル）で、年の頃ははっきりしないが、比較的若いと思われる由のことが綴られていた。そして最後に、埋められたのは十七、八年前ではないか、とあった。埋められていた年数こそ少し違ったが、身の丈その他の特徴から、女の方はまさしく吉兵衛の娘の富だと思われた。

（よくぞ、医者を呼んだものよ）

この頃、検屍に際して医者を呼ぶことが推奨されていたが、医者を呼ぶことを好まぬ同心は、己の経験や先輩同心から教わった遣り方に則って自ら検屍をすることが多かった。特に白骨の場合、何体出ようと医師を呼ぶことはまずなかった。しかし、医術を専らにする者に、遺体なり白骨なりを見せておくことは、益になっても損にはならないはずだった。伝次郎は医師をよく呼んだ。新治郎に、そのことについて話したことはなかった。だが、新治郎は医師を呼んでいた。

（彼奴は分かっておるのだ）

跡を継いだ倅の、手間を惜しまぬ務め振りを知り、伝次郎は誇らしい気持ちで満たされた。

数奇屋橋御門を通り、京橋から江戸橋に抜け、近のいる薬研堀に寄って、明日から留守番に来てくれるよう話し、柳橋を渡った。

まだ真夏は目頭を熱くしている。御蔵前を行くと、墨筆硯問屋《栄古堂》のある諏訪町を通ることになる。もしかすると、鍋寅に会えるかもしれぬ。近のことを話してやるか、と足を急がせた。

《栄古堂》の四囲に、鍋寅らの姿はなかった。

伝次郎と真夏は、《栄古堂》の表構えだけを横目に駒形町、材木町、浅草花川戸町を通り、浅草今戸町へと出た。

土地の者に医師・伴野玄庵の家を訪ねると、歩いて行けば分かると言われたので、そのまま歩いて行くと、成程、診療を待つ人々が門の外にまで溢れていた。その者らを目当てに屋台まで出ているのだから、人気の程が知れた。

「さて、困ったな」

町方の権威を笠に着て、割って入るのは簡単なことだったが、相手は長々と順番を待っている病持ちである。無体な真似はしたくなかった。

「何か食ってから出直すか」

「でしたら、食べたいものがございます」

「考える手間が省けていい。何だ？」

「狸飯（たぬきめし）と書いてありました」

「どこに？」

真夏が振り向いて、今戸橋辺りを指さした。

「そのように幟（のぼり）に書かれておりました」

「狸……か」

「はい。あの狸、でしょうか」

「他に狸があるか」

「ないはずです」

「行くか」

「行きましょう」

真夏が先に立って、道を戻り、今戸橋の南詰を西に折れた。来る時は気が付かなかったが、確かに狸飯と書かれた幟がはためいていた。

幟を立てているのは、縄暖簾（なわのれん）を下げた居酒屋だった。

「御免（ごめん）よ」縄暖簾を割って中に入った。

「へ……い」

客が八丁堀だと気付き、居酒屋の亭主の身体が、一瞬動きを止めた。

「御用の筋じゃねえ。腹が減ったので食わしてもらいてえんだ」

「どうぞ」

先客がいた。入口近くに座り、丼飯を掻っ込んでいる。男は残りを立ち上がりながら食べ終えると、小銭を盆に置き、飛び出して行った。

「狸飯ってのがあるそうだな?」伝次郎が亭主に訊いた。

「へい。ございますが」

「狸って、あの狸を食わすのか」

「まさか」亭主が、顔の前で手を横に振り、使う材料を手に取って見せた。

油揚げと青菜と麩を、醬油と味醂と砂糖で煮付け、卵で綴じ、飯に掛けたものが狸飯の正体だった。

「汁に脂が浮いたところが、狸らしいと言えば言えるのですが、評判は上の上でございます」

「試してみよう。ふたつ、もらおうか」

「へい。出来上がるまでのお口汚しに、摘んでいてください」

小皿に干瓢の煮物が盛られていた。毎日煮直されているのだろう。味が染みていた。

「親父、これを卵で綴じたのも美味いだろうぜ」

「抜かりなくやっております。夕顔飯って言うんです。今度試してください」

干瓢は夕顔の実を細長く、薄く削って干したものである。夕顔飯は、そこから名付けたのだろうが、名付け方が伝次郎の好みに合った。

狸飯が来た。油揚げと麩を摘み、飯ごと口に入れた。濃い煮汁をたっぷり吸った麩が、甘く溶けた。

「いけるな」

「美味しいですね」

「味が濃くねえか」

「いいえ、これくらいの方が私には丁度よいかと」

「偉い。それでこそ、八十郎の娘だ」

「何ですか」真夏が箸を止めて笑った。

伝次郎は箸を動かしながら、倅の嫁の作るものが薄味なのだ、と嘆き、口真似をして見せた。義父上は、もうお年なのですから、味は薄めの方がよろしいのです。

「薄味で力が出るか、と言うのだが、倅も向こうの味方につくので勝ち目がない。だから、外では目一杯濃いものを食うことにしている」

「父が言っていました。先達は、『変な奴だ。だから、信用出来る』と」

「それは、親父殿も変な奴だってことだろうな」

「一ノ瀬の父は、本当の父ではないのですが」

「親父殿から聞いている。が、お前さんはあの親父殿の娘御に間違いない。言うことも、やることも、そっくりだ」

「そうでしょうか」

「縁あって一ノ瀬さんと親子になったのだ。それでよいではないか。お前さんは、今を生きているのだから、今を見て生きていけばよいのだ」

「暫く江戸を見て来い、と父に言われ、一生に一度くらいは、と思って来たのですが、先達にお会い出来てよかった、と思っています」

伝次郎は、箸を握ったままの手で眉を掻きながら、気恥ずかしさから逃れようと、言葉を探した。

「その、何だ」ようやく見付けた話題に飛び付いた。「先達って呼ばなくてもいいんだぜ。そいつはぴよぴよの正次郎用だからな」

「私もぴよぴよです。何も見て来なかったのだ、と思い知らされています」

真夏の目の縁に、光るものがあった。伝次郎は、

「分かった」

頷くと、真夏の丼を覗き込み、早く食え、と言った。飯は炊けているんだ。噛まずに呑み込め。

「はい」真夏が慌てて箸を動かし始めた。


医師・伴野玄庵の家の前に人気はなかった。

どうやら上手い具合に、人の波が去った後らしい。

伝次郎と真夏は、門を潜り、玄関に入り、案内を乞うた。弟子なのだろう、藍で染めた僧の着る筒袖のような着衣を身に付けた若者が現れ、どこか悪いところがあるのか訊いてきた。

伝次郎は、玄庵の在否を確かめてから来意を告げた。

暫く待たされた後、奥の一室に通された。板敷きの四角い部屋で、調度品はなく、道場を思わせる一室であった。

玄関に現れた若者が、茶を運んで来た。

「笹茶でございます」

焼き茶特有の爽(さわ)やかな味わいがあった。若者と入れ替わるようにして、やはり藍染めの着衣を纏(まと)った男が入って来、頭を下げた。

「お待たせしました、伴野玄庵です」

年は五十を過ぎた頃合か、鬢(びん)に白いものがあった。

玄庵は、手に提げて来た土瓶から茶を湯飲みに注ぐと、一口飲み、伝次郎と真夏にお代わりを勧めた。

「炙(あぶ)った笹の葉を煎(せん)じた茶(もの)です。身体によろしいですぞ」

伝次郎は笹茶を注ぎ足してもらいながら改めて来意を玄庵に告げ、新治郎の書いた図絵と検屍録の写しを広げた。

「これに書いている以外に、何か覚えていることがあったら教えてほしいのですが」

玄庵は、写しを手に取って読むと、首を振った。

「他には、特にございませんな。しかし、何ゆえ今頃になって尋ねて来られたのですか」

「女の方の身性が割れたのです。検屍の通りでした。十六歳。九年前に足を折り、軽く足を引き摺っていたそうです。娘の父親が名乗り出て来たのです」

「そうですか」玄庵の表情が和らいだ。

「お尋ねしてもよろしいでしょうか」真夏が、玄庵に言った。

「どうぞ」

「何ゆえ女と、それも若い女と分かったのでしょうか」

「髷ですな。髪の量と長さで、女と直ぐに分かりました。念のため、蘭方の書物で調べたところ、頭骨が六つの骨片から出来ていることからひとりは女、もう片方のは八片から出来ているので男だと分かりました。と言うと、腕のよい蘭方医のように聞こえるかもしれませんが、私は本格的に蘭方を学んだことはありません。ただ書物で知っただけのことです。年の頃は、歯で推し測りました。鉄漿が付いていないので、独り身。摩り減り具合と親不知歯の二本が生えていないので、若いと診たのです」

人の歯は三十二本あってな、一番遅く生えてくるのが上下左右四本の奥歯、すなわち親不知歯なのだ。それがまだ、二本生えていなかった、と言われたのだ、と伝次郎が付け足した。

「流石にお詳しいですな。あの折の定廻りの方も出来たお方でしたが、確か二ツ森という御名であったかと思いますが」

「倅です。出来たなどと、お恥ずかしい。まだまだ駆け出しです」

「あのお方が……。そうでしたか」

玄庵が、親子二代でともにお役に就いていることについて尋ねた。

「普通は、ないことでは？」

伝次郎は、永尋掛りの説明をした。一度退いた者が永尋になった事件を追うために、新たに置かれたところなのだ、と。

「すると扱われるのは、古い……」と言い掛けて、思いが白骨に戻ったらしい。

「埋められたのは」と尋ねた。「いつ頃だか分かりましたか。私は、十七、八年前と読んだのですが」

「二十四前と思われます」

「二十四年……ですか」

誤りましたな。玄庵が悔しそうに唸った。

多分新治郎は、玄庵の診立てに従って、十七、八年前を中心に調べたのだろう、と伝次郎は思った。それで、富に行き当たらなかったに相違ない。

伝次郎は改めて図絵を玄庵の前に寄せた。

図絵には、掘り出された時の白骨の状態が描かれていた。斧で断ち切られたふたり分の首と胴と足がばらばらに混ざっている。

「何ゆえ、首と胴と足に切り分けたのか、そこのところがどうも分かりかねます。玄庵先生のお知恵を拝借したいのですが」

「二年前の時、二ツ森様と考えたのですが、ばらばらにすると、血が大量に出るので始末も面倒になります。にも拘わらず切り分けたのは、やはり運ぶためでしょうな。切断せずに運ぶとすれば、大きな葛籠に入れねばならず、それでは目立つから、と切り分けたのでしょう」

人を斬ればどれだけの血が出るか、伝次郎にははっきりと分かっていた。布団か何かに包んだとしても、ふたり分の血となれば、相当な量の布地が必要だ。遠くへは運べない。

「何か腑に落ちぬことがあったら、今のうちにお訊きするがよいぞ」真夏に言った。

「先程頭骨の話を伺いしましたが、ばらばらになった骨から、生前の身の丈を割り出すのは、簡単に出来ることなのでしょうか」

「なかなかに難しいことです。しかし、この一件では、骨片の数や髪の量や髷の具合で、どうやら男女ふたりと当たりが付きました。更に調べると、骨の長さや大きさが男女で明らかに違った。そういう訳で、それぞれの身の丈を求めることが出来たのです」

「成程、分かりました」

「失礼ですが、あなた様も永尋のお方なのですか」玄庵の顔に、好奇の色が奔っている。女の同心など、ついぞ見たことがないはずである。

「こちらは、剣の達人でな。御奉行直々の御下命で、手助けしていただいておるのです」

「左様でございましたか」

玄庵は、驚いて真夏を見直した。

四

七ツ半（午後五時）。

伝次郎と真夏が《寅屋》に帰り着いた時には、既に鍋寅らと染葉忠右衛門が待っていた。

「遅かったな」染葉が言った。染葉は追っていた一件の先が見えたようだ。ゆとりのある表情を浮かべていた。

　浅草今戸町まで足を延ばしたのだ、と伝次郎が一日の動きを掻い摘んで話した。

「通りがかりに《栄古堂》の辺りを見たんだが、見当たらなかったので、そのまま行っちまったんだ」

「何刻頃でしょう？」

「そうよな。昼八ツ（午後二時）頃じゃねえか」

「でしたら、あちこち聞き回っていた頃でさあ」

　鍋寅の言葉に、隼と半六が頷いて見せた。

「惜しいことをしたな。出会（でくわ）したら、知らせてやりたいことがあったし、狸飯を食わせてやったんだがな」

「何ですか、狸って？」隼が真夏に訊いた。直ぐに真夏が隼に狸飯の話を始めた。半六がそわそわしながら真夏に近寄り、聞き耳を立てている。

　伝次郎は染葉に向き直ると、口調を改めて言った。

「今朝方、ここに爺さんが訪ねて来た。娘が夢枕に立った、と言ってな」

「聞いた。それで、その骨は、娘さんに間違いなかったのか」

鍋寅が隼と半六に声を掛けた。真夏が口を噤んだ。

「検屍した医者の診立てと合っている。年の頃も、身の丈も、右足を折った痕があるところまでな」

「するってえと、一緒に見付かった白骨は、誰かってことになる」

「そうだ。手代の佐助か否かで、調べる方向がまるで変わってきちまうからな」

伝次郎は染葉に答えてから、鍋寅に訊いた。「佐助の身の丈は分かったか？」

「大凡ですが、五尺（約百五十センチメートル）をちょいと超えるくらいだと思われやす」

「男の方の骨は、五尺二寸くらいだって話だ。ほぼ同じだ」

「佐助である見込みは大きいな」染葉が眉を上げた。

「掛取りの金を盗み、手に手を取って逃げたってふたりが、実は殺されていたってえことは、佐助が集めた金を、横から盗んだ奴がいるってことだ」

「富は、どういう訳で一緒に？」鍋寅が訊いた。

「これが行きずりの物取りなら、佐助だけが殺されていたはずだ。が、殺した奴は、己の所業がばれねえように、と細工をした。同じお店で働く富を誘い出して殺すことで、ふたりが示し合わせて逃げた、と見せ掛けたんだ。これが、どういうことか分かるか」

「下手な細工をしたばっかりに」と染葉が言った。「ふたりを殺した奴は、己の居所をさらす羽目になっちまいやがったって訳だ」

「昔《栄古堂》にいた者か、今もいる者の中にいるってことですか」隼が訊いた。

「そうだ。佐助と富のふたりをよく知っている者で、佐助がその日、どこを回って金子を幾ら集めて来るか、分かっていた奴だ。集めた金子が少ないのでは、殺してまで奪う意味がねえからな。かなり前から、その日を狙って、ふたりに目を付けていたんだろうよ」

「誰、なんでございやしょうね？」鍋寅が首を伸ばした。

「責付くねえ。それを、これから探るんじゃねえか」

伝次郎は鍋寅に、調べて来たことを話すように促した。

《栄古堂》は、神社仏閣や大名家などに墨や筆を卸す一方で、指南所に通う子供らに、年に一度筆と墨を無償で与えるなどの心遣いが功を奏して、江戸でも指折りの大店になった評判の店だった、と鍋寅が言った。

「ですが、主の栄三郎が心の臓の病で三十年前に倒れ、それからお店が傾き始め、二十四、五年前は火の車だったそうでございやす。そこに、佐助と富の一件が起こったって訳で。《栄古堂》には一人娘がおりやした。扇問屋《船越屋》の三男の婿入りが決まっていたんでやすが、一件の後直ぐに破談になったそうでございやす。つまりは、見放されたってことのようでやす」

「それで、よくつぶれなかったな」染葉が訊いた。

「実際、多くの者が辞めていったそうでして、もう駄目だろうと、周りでも見ていたんでやす。ところが、それ程身代の傾いたお店を、病に倒れた主に代わって、御内儀と番頭と手代が、あちこちの仕入れ先や卸し先に日参して、土間に額を擦り付けるようにして頭を下げて回った。それで、何とか立て直したという話でございやす。その時の手代が、入り婿になって、代を継いでいるんだそうです」

「美談じゃねえか」伝次郎が、いかにもつまらなそうな声を出した。

「ご不満なんで?」鍋寅が訊いた。

「俺は、美談は嫌えだ」

「臍曲がりな奴よ」

染葉が横を向いている伝次郎を見て笑った。他に何かなかったか。染葉が鍋寅に訊いた。

「辞めた者の行方などを、自身番や周りのお店に古くからいる者に訊いたのですが、古い話なので、これといった話は出てきやせんでした」

「無理もねえが、そうも言ってられねえな」染葉の口調がきつくなった。

「よっく承知いたしておりやす」鍋寅に倣って、隼と半六が姿勢を改めた。

「とにかく」と伝次郎が、鍋寅に言った。「二十四年前に何があったか知ることだ。その頃奉公していた者で、今は隠居しているようなのがいねえか、調べてくれ」

「へい」

今日の昼、《栄古堂》のある諏訪町辺りを縄張りにしていた御用聞きを訪ねたが、出掛けていたのだ、と鍋寅が言った。

「明日、もう一度訪ねてみやす。きっと何か分かるはずで」

「親分……」隼が鍋寅の袖を引いた。鍋寅は隼に頷き返すと、

「そのためにも」と言った。「ここを、六ツ半（午前七時）前に出ちまった方が動き易いんで」

「だったら、朝の集まりを昼にずらすか」

「そうしていただけると助かりやす」

四ツ半（午前十一時）に《寅屋》に集まることになった。

「その親分だが、物覚えはよい方なのか」染葉が訊いた。

「飛び切りいい方だとも思えやせんが、あっしどもは縄張りうちのことは覚えているもんでございやす」

「そうか。上手いこと覚えていてくれてたらよいのだがな」

言い終えた染葉が、伝次郎を見た。伝次郎も何かに思いが至ったらしい。ふたりは顔を見合わせると、同時に叫んだ。

「あいつだ」

あいつとは、元定廻り同心・河野道之助（かわのみちのすけ）のことであった。河野は、十三の年に初出仕して以来、隠居するまで、ひたすら日記を書き続けていた男だった。剣術、洞察力、ともに際立って優れているとは言えなかったが、物覚えは抜群によかった。

「皆、済まねえ。俺と染葉は組屋敷に戻って、人を訪ねなきゃならなくなった」

伝次郎は袖に手を入れ、一朱金を取り出すと鍋寅に渡しながら、真夏に、近のことを話してやるように言った。

「何です？」鍋寅が訊いた。

「真夏の話を聞けば分かる。いいか、真夏、立ち合いに勝ったところから話すんだぞ」

「誰と立ち合ったんだ？」染葉が訊いた。

「走りながら話すから待ってくれ」

染葉に言い、鍋寅や真夏らに振り返って言った。

「何か美味いものを食うんだぜ。詳しいことは明日話すからな」

行くぜ。伝次郎は染葉と《寅屋》を飛び出して行った。


河野道之助の屋敷は、八丁堀組屋敷の南の外れにあった。伝次郎と染葉が着いたのは、丁度道之助が、勤めを終えて奉行所から帰った倅・雄之助と夕餉を摂り、奥の隠居部屋に落ち着いた頃だった。

夜分の訪問を詫びる伝次郎の声が大きかったのか、玄関まで道之助が出てきた。

「相変わらず、お元気でございますね」

道之助は伝次郎らより五つ年下だった。丁寧な物言いは変わらない。

「お互い、老け込むには、まだちと早かろうぜ」

道之助は力無く笑ってから、来意を尋ねた。

「それだ。上がってもよいか」

「構いませんが」

聞くより早く、伝次郎が雪駄を脱いだ。染葉が続いた。

「済まぬ」伝次郎は、式台に手を突いていた道之助の倅の嫁に言った。「酒はいらぬが、茶を頼めるか。急いで歩いてきたので、息が切れた。熱いのは駄目だぞ。適度に微温いのをな」

「承知いたしました……」

気後れしたのか、嫁がか細い声で答えた。道之助が倅の嫁を庇うようにして言った。

「やはり年ではありませんか」

「何を言うか。腹が減れば、まだ三杯飯を食うぞ。道之助は、何杯食べている？」

「一膳で十分ですが」

「染葉は？」

「たまさかに二膳の時もあるが、普段は一膳だな」

「俺は普段が二膳で、時々三膳だ」

「食い過ぎだな」染葉が言った。

「それは、食べ過ぎだと思います」道之助も同調した。

「うるさい。早く歩け」伝次郎が道之助の背に毒突いた。

「ようこそいらっしゃいました」

　廊下の角に、倅の雄之助がいた。雄之助は三十八歳。下馬（げば）廻り同心であった。下馬廻り同心とは、大名の登城日に大手門外などに赴（おもむ）き、供回りの者に無体な振舞いがないか取り締まる役目であった。

「ちと親父殿に相談があってな。暫（しば）し、借りるぞ」

「はい」

　雄之助が穏やかな表情で頷いた。あれで、癖（くせ）の強い渡り中間連中を取り締まれるのかと心配になったが、今は倅を構っている暇はない。

　隠居部屋はきれいに片付けられていた。染葉が部屋を見回している。伝次郎も見回した。

（日記など、ないではないか……）

　染葉の目が、そう言っている。

「道之助、こんな刻限に来たのは……」

　伝次郎が言い掛けた時、廊下を摺り足が伝わってきた。

　茶か。頼むのではなかったわ。しかし、伝次郎は思いを隠して、いや、済まぬ。礼を言って出された茶を一気に飲み干した。

　嫁が下がるのを待って、再び伝次郎が切り出した。

「二十四年前の六月（みなづき）の晦日に……」

《栄古堂》で起きた持ち逃げの一件を話した。

「手代の佐助が、お富という女衆とふたりで、集めた金子を持ち逃げしたとされているんだが、その当時のことがまったく分からねえんだ。お前の日記に何か書いていねえか、見せちゃくれねえか」

「その前に、ひとつお伺いしてもよろしいですか」道之助が目を合わせてきた。

「何でえ？」

「塩谷さんに暴言を吐いた、と聞きましたが」

「早耳じゃねえか。誰から聞いた」

「当人です。二ツ森さんにひどいことを言われた、と悔しがっていたのですが、塩谷さんはそれ以上は何も言わずに酔い潰れてしまったので、私には何が何だか分からないのです。どういうことなのか、教えてください」

「あいつが言わねえのなら、言いたかねえ」

「塩谷さんの不名誉に関わることだからですか」

「言わん。俺は本人には言うが、それ以外の者には言わん」

「……変わりませんね。やはり二ツ森さんは信じられます。協力いたしましょう」

「では、見せてくれるのか、日記を」

「それは困ります」

「俺の悪口でも書いてあるのか」

「…………」道之助が言葉を探している。どうやら図星らしい。

普段ならば、ここからねちこく嫌みを言うところなのだが、頼み事をする以上、我慢が肝心と腹を括った。

「ともかく、探してくれ。恐らく、噂がお前の耳に届くのに何日か掛かっているはずだから、そのつもりでな」

「一日、時をいただけますか」

「構わねえよ」

《寅屋》の場所を教え、明日の四ツ半（午前十一時）に訪ねてくれるよう頼んだ。

河野の組屋敷を辞した時には、宵五ツ（午後八時）近くになっていた。

俄に腹が減ってきた。何も食べずに歩き回っていたのだ。

「どうだ？」と伝次郎が言った。「俺んところで食っていかねえか」

「いや、家で食べよう」

「遠慮するな」

「ひとりでは食い辛いのか」

「馬鹿言え」

笑っているうちに、伝次郎の組屋敷に近付いた。染葉の屋敷がある提灯かけ横町までは、もう少し歩かなければならない。ではな。染葉が片方の手を拝むように上げた。待てよ。伝次郎が呼び止めた。

「言い忘れていた」

「…………」染葉が、伝次郎に顔を向けた。

「お前の倅の、《言い付け魔》だが」

　三月前、伝次郎が刺客に襲われた、とわざわざ新治郎に知らせに来たことがあった。

「どうした？」

「奉行所で調べ物を頼んだんだが、冴えていた。もしかすると、鳶が鷹、かもしれねえぞ」

「そうか」

「そうか、で終いか。親子鷹の間違いだ、ぐらい言え」

「今度からそうしよう」

　染葉が鼻の下を擦ってから、もう一度手を上げた。


　伝次郎は木戸を音高く開けると、隠居部屋には向かわず、母屋の玄関に入り、奥に声を掛けた。

「俺だ。上がるぞ」

　玄関近くの一室から正次郎が飛び出してきた。そこは、来客を迎えるための部屋だった。

「どなたかおいでになっているのか」

「いいえ」

答えてから、どうして問われたのか気が付いたらしい。実は、と言いながら襖を開けた。座敷いっぱいに市中の切り絵図が広げられていた。

「何だ？」

「先達の邪魔にならぬよう、土地勘を養っているのです」

見直した、と言おうとして、どうして己の部屋でせぬのか、疑念が湧いた。尋ねた。

「ちと、散らかしておりまして……」

正次郎は耳たぶを掻きながら首を竦めている。

「褒めてやろうかと思ったが、止めた」

奥に行こうとする伝次郎に、正次郎が訊いた。

「何か御用で？」

「お前ではない」

「父上」

奥の障子が開き、新治郎が廊下に現れた。

「いかがなさいました？」

「済まん。食いっぱぐれた。何か食わせてくれ」

「どうぞ、こちらへ」

伝次郎に言うと、新治郎は座敷に入り、伊都を呼んだ。伊都が台所から急いで出て来た。

「何かあるか」

「ご飯が冷めていますので、味噌粥でもお作りしましょうか」

「熱いだろう。茶漬けの方がよくはないか」

「でしたら、味噌粥を冷まして食べ頃にしたらどうでしょう？」

「それでは、冷飯と同じであろう」

「違います。冷飯を一度温めてから、程よく冷ますのですから、冷飯ではありません」

伝次郎に新治郎が訊いた。

「どういたしましょう？」

「その、程よく冷やした味噌粥を頼もうか」

「はい」

伊都が台所に戻って行った。

「それにしても」と新治郎が、腰を下ろしながら言った。「永尋の詰所は立派ですね。皆が、やっかんでおります」

「それでよいのだ。隠居してからは、あそこに入って二度目のお勤めをしたい、と皆が思えばしめたものよ」

「父上は、本当にこのお勤めがお好きなのですね」新治郎が、今は、と言って言葉を継いだ。「何を追い掛けておられるのです？」

「それよ、それよ」伝次郎が、膝を叩いた。「二年前の浅茅ヶ原の一件を調べている。白骨死体が出てきた奴だ」

「あれを、ですか」

「ふたりの身性が割れた」

二十四年前に掛取りの金を盗んで逃げたと思われていたふたりだった、と佐助と富のこと、《栄古堂》のことを詳しく話した。

「では、殺され、埋められたのは二十四年前ということに？」

「そうなる」

「それ程とは思いませんでした」

「と、玄庵殿も言っておられた」

「玄庵先生に会われたのですか」

　答える前に、伊都が味噌粥を運んできた。出汁で味噌を溶き、飯を入れて煮立つ寸前に溶き卵を掛け回し、ゆるりと混ぜただけのものだったが、こってりとした味わいが伝次郎の好みだった。それを冷ましたものがどんなものなのか、伝次郎にしても楽しみだった。

　一口食べた。薄味好みの伊都が作ったものにしては、珍しく味が濃くて美味かった。それに熱くなく、適度に冷めていて食べ易い。思わず伝次郎の頬が緩んだ。

　そうだ、と箸を使いながら思った。料亭《鮫ノ井》の卵焼きを土産に買ってきてやろう。あそこのは、卵の溶き方と出汁と酒の混ぜ具合、それに焼き加減が絶妙なのだ。

「いかがですか」

「美味い。《水月楼》に教えてやれ。これなら、金が取れるぞ」

《水月楼》は、竈河岸の料亭で、味噌粥が売りもののひとつだった。

「ようございました」伊都が胸の前で手を合わせた。「少し味噌を入れ過ぎてしまったのですが、義父上は濃いのがお好きなので、大丈夫かと思いましたら、やはり」

くすり、と笑って、新治郎と目を合わせている。

気に入らぬ笑いだった。正次郎の母親だけあって、奴とやることが一緒だ。買ってくるなどと、言わなくてよかった。卵焼きは止しにしよう。伝次郎は箸を動かし続けた。

「しかし」と新治郎が、話を浅茅ヶ原の一件に戻した。「二十四年前にそのような一件があったなどという話は聞いたことがございませんが」

「だろうな。二十四年というと、俺にとっては昨日のことだが、お前にとっては、まだ十八歳の頃のことだからな」

「そんなに昔のことを、お調べになっていらっしゃるのですか」

勤めのことには滅多に口を出さない伊都が、盆を手にしたまま訊いた。

「二十四年前に殺されて埋められていた死体が、二年前に見付かってな、その時に掛りとして調べたのが新治郎だったのだ」

「まあ」伊都が新治郎を見た。

「二年前には分からなかった死体の身性が割れてな。今、俺が引き継いで調べている、という訳だ」

「何か、お手伝いさせていただけませんか」新治郎が言った。「あの時は、どうにも調べようがなく、断腸の思いで永尋としてお調書を回してしまったのです」

「取り敢(あ)えずは、大丈夫だ」

「そこを何とか」

「お前には、お前の勤めがあろう。この一件は、俺たちの手に移ってしまったのだ」

「……分かりました」

　暫く膝の上で拳を固めていた新治郎が、不意に顔を上げた。

「しかし、どうして分かったのですか、ふたりの身性が」

「それがな」と言って、伝次郎は残りの飯粒を箸で掻き寄せ、呑み込んだ。新治郎が目を皿のようにして、伝次郎の表情を読み取ろうとしている。伝次郎は湯飲みに手を伸ばしながら言った。

「娘が、立ったんだよ」

「立った？」

「父親(てておや)の夢枕にな」

息を呑んでいる新治郎の横で、伊都が小さな叫び声を上げた。

五

六月十七日。六ツ半（午前七時）を少し回った頃合だった。

鍋寅と手下の隼と半六は、諏訪町の隣町、黒船町にいた。昨日会えなかった元御用聞きの金兵衛から話を聞くためである。金兵衛の家は、黒船町の古刹・榧寺の参道脇にあった。

金兵衛の縄張りは、鳥越橋から浅草の広小路にかけてだった。それをそっくり娘婿の三治に譲って隠居してからも、己を慕って来る者の面倒を見ていた。金兵衛は七十四歳。鍋寅よりふたつ年上だった。まだ矍鑠としたもので、昨日家にいなかったのも、仲裁のために板橋宿に出掛けていたからだった。

金兵衛は、娘と婿の三治に、ちょいと出るぜ、と声を掛けると、鍋寅らを押すようにして家を出た。

「御用の筋で来たんだろう？」

鍋寅が頷いた。

「だったら、家じゃ話せねえんだ」

　顔を見合わせている鍋寅らを無視して、金兵衛は先に立って歩き始めた。参道の外れに茶店があった。戸を開けているところだった。金兵衛は、茶店の縁台に座るよう鍋寅らに言うと、奥に入って行った。

「あらま、親分、ばかに早いじゃないかね」

　茶店の中から老婆の声がした。

「御用の話があるんでな、ちょいと表を借りるぜ」

「まだ湯が沸（わ）かないから、何もお愛想出来ないよ」

「体裁のいいこと言いやがって。湯が沸いたからって、愛想された覚えなんかねえぞ」

「客商売だからね。人を見て愛想するのさ」

　店奥から表に戻って来た金兵衛に、鍋寅が訊いた。

「御用の話は、家では駄目なんで？」

「聞かせたくねえんだよ」

　娘婿の三治に縄張りを譲ったのに、まだあちこちと駆けずり回っているのを、娘か婿に咎（とが）められているのかもしれない。藪（やぶ）を突（つつ）いたことにならないか、と鍋寅が詫びた。

「何、大丈夫だ。そんなことより」済まなかったな、と金兵衛が言った。「二度手間掛けさせちまってよ」

「とんでもねえ、お元気で何よりで」

「元気なのは、どっちでえ。羨ましいぜ。また捕物に戻れた鍋町がよ」

「これも成り行きって奴で」

金兵衛が鍋寅の陰になっている隼に目を留めた。

「お前さんは、手下の衆かい？」

「へい」隼が答えた。

「孫でして」鍋寅が言った。「甘やかしているうちに、女だてらにこんな真似をしちまうようになりやして」

「するってえと、吉三さんの？」

「娘で、隼と申します」隼が言った。

「捕物が好きなのかい？」

「へい」

「そうかい。この道は苦労も多いが、人様のためになる。精々爺さんを助けてやってくんな」

「勿論でございやす」

「それで、俺に用というのは何でえ？」

鍋寅は、二十四年前の《栄古堂》について覚えていることがないか、訊いた。

「あの一件かい？」

金兵衛は、佐助と富をはっきりと覚えていた。

「お店を立て直すために、御内儀さんと番頭、それに当代が、それはもうあちこちに頭を下げて回ってな。よく頑張ったものだと思うよ。偉えって、皆感心してたもんだ」

金兵衛が、二度、三度と頷いて見せた。

「その頃の《栄古堂》の内情に詳しい者を誰か知りやせんか」

「辞めたのに訊いたらどうだ？」

「それが分からないんでございやす」

「俺だって、そこまでは覚えちゃいねえが」金兵衛は口許に手を当て、暫し考えていたが、思い当たる者がいたのか、確か、と言った。「先代と喧嘩して辞めたのがいたはずだ。一件の二、三年前に辞めた者だが、構わねえか」

「大助かりで」

「名は、何と言ったっけな。善……」

善右衛門だ。善松、善之助と名を替えて、番頭になって善右衛門と名乗ったところで、大名家のお品をしくじり、先代と喧嘩して辞めさせられたのだ、と金兵衛が言った。

「その善右衛門は、今どこに？」

「引っ越しもせず、生きていればの話だが、鳥越明神近くの《梅ノ木長屋》にいるはずだ」

鳥越明神は、西南に七町（約七百六十メートル）弱のところにあった。途中で川幅二間半（約四・五メートル）の新堀川を渡ると目と鼻の先だった。

「生きていれば、と仰しゃいやすと、善右衛門さんは相当なお年ということでしょうか」隼が訊いた。

「そうよな。俺らとどっこいどっこい、ってところかな」

金兵衛が鍋寅を見た。

「なら、まだまだお元気でしょう」半六が言った。

「ありがとよ」金兵衛は小さく笑うと、引っ越したとしても、と言った。「近間だろうから、当たってみちくんな」

何かあった時には、また寄せていただきやす。鍋寅が礼を言い、頭を下げた。隼と半六が倣った。

長屋の木戸の上には、住人の名を記した木札を打ち付けるための板と、形ばかりの板屋根が設けられている。《梅ノ木長屋》の木戸の上には、善右衛門の名を記した木札はなかった。

長屋は、一家の働き手が出掛けた後で、指南所に行く子供らが集まっているところだった。指南所というのはいわゆる寺子屋のことである。この子供らが出掛けてから、昼飯を食べに戻って来るまでの間だけ、長屋は静まり返ることになる。

年嵩（としかさ）の子供が、朝五ツ（午前八時）の始業に間に合うように年下の子供を率いて出掛けて行った。

「とにかく訊いてみやしょう」

子供らをやり過ごした半六が、どぶ板を踏まないようにして大家の家に近付き、裏戸を叩いた。鍋寅と隼が辺りを見回した。人の目を気にしているのでも、何かを探しているのでもない。御用に働く者の習い性だった。

「どなたですかな？」

大家の声に応え、半六は腰高障子を開けると、すっ、と身を引いた。鍋寅が滑るようにして戸の内側に入った。

「お忙しいところを相済みやせん。あっしは、神田は鍋町の寅吉と申しやす。ちいとお調べのことで、お尋ねしたいのでございやすが、よろしいでしょうか」

「手前で分かることならば」

鍋寅は早速、善右衛門の名を出し、尋ねた。善右衛門は、本名の善吉で暮らしていたことが判明したが、三年前に病で没したと言う。

「誰かお身内の衆は、いらっしゃらないので？」

独り身を通した、という話だった。

「何をお知りになりたいのですか」大家が訊いた。

鍋寅は一瞬話すか否か、迷ったが、善右衛門がかつて勤めていたお店について訊きたかったのだ、と大家に言った。

「それは《栄古堂》さんのことでしょうか」

「そうですが、何か聞いていなさるんで？」

「いいえ」大家は首を横に振った。「私は何も聞いておりませんが、《栄古堂》のお仲間なら、あるいは聞いているかもしれませんな」

「お仲間とは、誰のことです？」

善右衛門の葬式に来た者だった。精進落としの鉢に箸を付けるよう勧めたのが縁で、男の名や、かつて《栄古堂》に勤めていたことなどを聞いたのだそうだ。

「お店を辞めてからは、手拭(てぬぐい)売りをしているそうです」

「名は、何と？」

「平七(へいしち)さんと仰しゃいましたかね。住まいは」

新堀川を北に遡(さかのぼ)った浅草阿部川町(あべかわちょう)にある《蛸壺(たこつぼ)長屋》だった。長屋名の由来は、長屋が建てられた頃、木戸の上に蛸壺が乗っていたからだ、と言われている。

「しかし、不思議なことに、《蛸壺長屋》の大家ですら、木戸の上に蛸壺があるのを見たことがないんだそうですよ」

「そんなこたァどうでもいいんですがね。ともかく平七の年格好を教えておくんなさい」

七十近くで、風雪を経た枯れ木のようだと言ってから、大家は鍋寅をしげしげすな」
と見、「そう言えば、親分さん」、と言った。「何となく平七さんに似ておられま
なかった。
《蛸壺長屋》は静かだった。
木戸の上の木札を見た。平七の名があった。次いで板屋根を見上げた。蛸壺は
苦笑した鍋寅が奥に目を遣ると、枯れ木のように痩せた男と目が合った。男は
出掛けようとしているところだった。年回りは平七よりももっと若く見えたが、
万一ってこともある。
「もしや平七さんで？」
「いいや。平七の父っつぁんなら奥から二軒目だ」
男は、立ち止まろうともせず、擦れ違いざまにそれだけ言うと、通りに出てし
まった。
男に教えられた戸を叩いた。
返事より先に咳込む声が返ってきた。
「ごめんなさいよ」

鍋寅が障子を開けた。饐えたようなにおいが鼻を突いた。奥の壁際に男が寝ていた。

「平七の父っつぁんかい？」

男の物言いを真似た。

「どちらさんで？」

鍋寅は名乗りながら、借店の中をそっと見回した。縁の欠けた湯飲みと貧乏徳利が転がっていた。《栄古堂》を辞めてからの暮らしぶりが窺えた。

「お前さんのことは、《梅ノ木長屋》の大家に聞いたんだが、以前《栄古堂》に勤めていたそうだな？」

「昔も昔、ざっと数えて二十年になるかって昔のことですが」

「佐助の一件のことを覚えているかい？」

「佐助って、あの？」平七が金を懐に入れる真似をした。

「そいつよ」

「何で今更？」

「ちょいと、あの一件を調べ直しているんだ。何か覚えていることがあったら、教えちゃくれねえか」鍋寅は、どうだい、と言って、杯を持つ仕種をした。「寝起きじゃ、父っつぁんの舌も回らねえだろうから、どこかで湿らせながら聞かせてもらおうじゃねえか」

「そう来られたら、行くしかねえな」

平七が案内したのは、長屋を出て程無いところにある一膳飯屋だった。縄暖簾を手で払うようにして潜ると、店の者に、酒を頼むぜ、と勢いよく言った。

「父っつぁんよお、いくら何でも飲むには早かねえか……」

「待っちくれ。今日のところは、俺に恥をかかせねえでくんな」

平七は店の者を制してから、後に続いていた鍋寅らを奥へ誘った。

「という訳だあな」

店の者に言い置いて、平七が半六の脇に座り、唇を歪めて笑った。黄色い歯が覗いた。

「早速だが、佐助の一件のあった時のお店の様子を聞かせてくんな」

「へい、あの日は……」

目新しい話は何もなかった。

「あの一件が起こったのは二十四年前だ。お前さんは、あの後直ぐに辞めたのではなく、何年かはいたような口振りだったが」

「確か三年半くらいはいたか、と」

「お店が危ないから、と直ぐに辞めた者がかなりいたようだが、お前さんは居続けた。それがお店が持ちこたえ、三年半も経ってから辞めたってのは、何か訳でもあったのかい？」

平七が答えようとしたところに、酒が来た。舌なめずりをしている。半六が銚釐(ちろり)の酒を杯に注いだ。平七は、酒を水のように飲み干すと、

「向かっ腹が立っちまって」と言った。「我慢が出来なくなっちまったって訳で」

「誰のことを言ってるのか分からねえんだが」半六が酒を注いでやりながら訊いた。

「当代ですよ。手代の時の名は尚助(なおすけ)。それと、番頭の国右衛門(くにえもん)。あいつらは、要領だけがいい、狡賢(ずるがしこ)い野郎どもなんでさあ」

「その尚助と国右衛門ってのは、御内儀と一緒に頭を下げて回ったっていうふたりかい？」

「その通りで」

「おかしいな。狡賢いなんて、そんな風には誰も言ってなかったぜ」鍋寅が、酒

を嘗めるようにして口に含んだ。

「みんな、騙されてるんですよ。あん時ゃあ、どういう風の吹き回しか、あのふたりがやたらに張り切りやしてね。あっちこっちで土下座して回り、それで傾いたお店は盛り返しちまった。あれよあれよ、っていう間にですよ。気付いた時には、尚助は先代に気に入られて、ちゃっかり婿に収まり、栄三郎を名乗っている。国右衛門は大番頭として収まり返っている。こんなことなら、俺たちだって必死で頭を下げて回ったものを、と皆で悔しがったもんでございますよ」

「その国右衛門ってのは、いつ頃から番頭だったんだ？」

「かれこれ三十年にはなろうかと」

「ってことは、二十四年前は尚助よりも格上だったのが、尚助が婿に入った後は、立場がひっくり返ったってことじゃねえか。遣り辛くねえのかなあ？」

「どうなんでしょうねえ」平七には興味のないことのようだった。

「で、お前さんが辞めたのは、そのふたりが気に入らなかったから、ってことなのかい？」

隼が尋ねた。

「有り体に言えば、そういうことで。奴ら、昔からいる俺らが煙たかったんでやしょう。事あるごとに、気が利かねえの何のと言って、ねちねちと嫌みを言いやがったんですよ」

「それで、居辛くなっちまったのかい」

「へい」

「他の奉公人にも辛く当たっていたって話は」

「どうですかね。結構うまく立ち回った奴は、気に入られて暖簾分けをしてもらった、とか言いますからね。まあ、俺の知ったことじゃありやせんが」

平七は半六が注いだ酒を、また一気に飲み干し、熱い息を吐き出した。

「父っつぁん、誰か他に、あの頃の《栄古堂》について話してくれそうなのを知らねえかな？」鍋寅が訊いた。

「そりゃ、何人かおりますが」

「名前と住まいを教えちゃくれねえかい？」半六が銚釐の酒を勧めながら訊いた。

「お安い御用で」

「そうかい。もう少し飲むか」

「ありがてえ」

平七が、口許を掌で拭いながら、三人の名を挙げた。

昼四ツ（午前十時）の鐘が鳴り終わった。

「急ぐぜ」鍋寅が半六と隼に言った。

約束の刻限までに鍋町の《寅屋》に戻ることは出来るが、今日から近が《寅屋》の留守番に来ているのである。鍋寅としては誰よりも先に戻っていたかったのだ。

鍋寅らは、元鳥越町から通称七曲がりと呼ばれる大名家の上屋敷が立ち並ぶ一画を抜け、新シ橋に出ようと足を急がせていた。

鳥越明神前の通りを甚内橋に向かっている時だった。

先頭を歩いていた半六が俄に歩く速度を落とし、続く鍋寅と隼に物陰に隠れるよう小声で言った。

「どうした？」鍋寅が訊いた。

「掏摸でやす」

鍋寅らが半六の見ている方に目を遣ると、大店の主風体の男の後ろから、懐手をした男が徐々に間合を詰めていた。

あっ、と隼が小さく声を上げた。

「あれは真夏様の懐を狙った掏摸でやすよ」

何だと？　鍋寅が眉間に皺を寄せながら頷いた。

「間違いねえ、あの野郎だ」

言いながら鍋寅は、伝次郎が水売りを呼んで来た礼に、一度は見逃してやると言っていたことを思い出した。確か、名は安吉と言った。

安吉が突然足を速め、男の右半身にぶつかるようにして通り過ぎた。

「御免よ」

安吉は男に詫びの言葉を投げ付け、そのまま大股で離れようとした。三歩進んだところで、安吉の行く手を浪人者が遮った。

浪人は、銜えていた楊枝を吐き捨てると、済まぬな、と安吉に言った。

「今日は、虫の居所が悪いんだ」

浪人は懐から取り出した、何か小さなものを、ひょい、と安吉に放った。小さなものが、ちら、と光った。一分金だった。安吉の利き腕が、思わず伸びた。

その時だった。浪人の剣が唸りを上げ、安吉の右手首を断ち斬った。噴いた血が、辺りを瞬間、朱に染めた。

周りにいた者の何人かが腰を抜かし、何人かが凍り付いた。

安吉が悲鳴を上げて、その場に頽(くずお)れた。

「何てこったい」

鍋寅が飛び出し、隼と半六が続いた。

「半六、血止めだ。隼は医者を呼んで来い」

半六が手拭を裂き、斬り口と腕の付け根をきつく縛(しば)っている。隼は、近くにいた者をつかまえて医者の住まいを聞き、駆け出して行った。

「ご浪人さん、何も斬ることはねえじゃねえですか」鍋寅が浪人に食って掛かった。

「人の金子を掠(かす)め取る。褒められたことではあるまい」

「仰しゃる通りでございますが、そのために御定法(ごじょうほう)ってものがあるんでございやす」

「どのみち四回捕えられれば打ち首だ。これまでに何回捕えられていたのか知らぬが、これで足を洗うことになるだろう。却(かえ)って、礼のひとつも言ってもらいたいくらいだ」

「今日のこの一件、定廻りの旦那に知らせておかねばなりやせん。恐れ入りやすが、ご姓名とおところを教えちゃいただけねえでしょうか」

浪人は、笹間陣九郎と名乗った。

「住まいは、天王町の《大黒長屋》だ。これでよいか」

浪人は斬り落とした手首を拾い上げると、指を押し広げ、一分金を取り出した。

「俺のだからな」

「畜生。覚えていやがれ」

安吉が脂汗に光った顔で、笹間陣九郎を睨み上げた。

「お前のような小者のことなど、覚えていられるか」

笹間は、安吉の手首を地べたに投げ捨てると、背を向けて歩き始めてしまった。

入れ違いに隼が医者を連れてきた。

「自身番で診ましょう」

安吉は、差し出された半六の手を払い除けると、己の手首を拾い、医者と自身番に向かった。

「半六、おめえは済まねえが、自身番に行って手当を見届け、定廻りの旦那に事の次第をお話ししてから《寅屋》に来ちくれ」

「承知いたしやした」半六が小走りになって安吉と医者を追い掛けた。

「行くか」鍋寅が隼を促していると、

「親分さん」

大店の主風体の男が鍋寅を呼び止めた。

「……何か」

「何か、じゃありませんよ。手前の紙入れは、あの掏摸の懐にありましてね」

「そうか。そうだったな。済まねえ。忘れてた。おい」

と隼に、安吉を追って取り返して来い、と言おうとした矢先に、男が言った。

「手前は返してもらおうと思って言ったのではございません。大した額の金子ではありませんが、小商いの元手にはなるはずです。差し上げる、とお伝えくださ い」

「よろしいんで？」

「元はと言えば、手前がぼんやり歩いていたせいですからね」

「失礼ですが、お名と住まいを教えてやっておくんなさい」鍋寅が男に訊いた。

「それは、よしにしておきましょう」

男は、丁寧に頭を下げると、羽織の裾(すそ)を翻(ひるがえ)すようにして行ってしまった。

「隼、聞いたな」

隼が頷いた。

「伝えてやってくれ。俺は先に帰っている」

六

四ツ半（午前十一時）。

鍋寅が《寅屋》の敷居を跨(また)いだ時には、伝次郎と染葉忠右衛門は既に着いており、真夏と麦湯を飲んでいた。

「ご苦労だったな」

伝次郎の声に合わせて、奥から近が冷えた麦湯を持ってきた。

「おっ、今日からだったね。よろしく頼みやすよ」

「こちらこそ。皆様のお手伝いをさせていただけるなんて、御礼の申し上げようもございません」

近が膝に手を当て、深く背を屈めた。

「よしてくんな。こっちだって助かるんだからよ。てめえんちのつもりで、楽にしてくんなせえよ」

「はい」

「腕の方は、どうなんだい？　あまり無理するんじゃねえよ」

「お蔭様で、随分と楽に動くようになりました」

「そいつはよかった」

鍋寅は一気に麦湯を飲み干すと、美味え、と大仰に言った。

「ありがてえな。これからは帰ってくると、こんな美味い麦湯が待っててくれるんだ。出掛ける張りがあるってもんでさあね」

近は口に手を当てて笑うと、盆を手に台所に下がって行った。お勤めの話が始まる前に、場を離れたのである。身の引き方を心得ているのが、気持ちよかった。

「隼と半六は、どうした？」

伝次郎が改めて表を見てから言った。

「それが……」

掏摸の安吉が浪人・笹間陣九郎の刃を受けた一件を、鍋寅は手短に話した。

「そいつは、気の毒したな」

「掏摸の肩を持つのも何でやすが、あの安吉には憎めないところがあったもので」

「確かにな」

「その者は、もしかすると？」真夏が訊いた。

「お前さんの懐に手を出そうとした掏摸だ」

「実ですか……」

真夏が絶句した。その脇で、怪訝そうな顔をしている染葉に、鍋寅がこれまでのあらましを話した。

「掏摸に水売りを探しに行かせるとは、いかにも伝次郎らしいな」

染葉が思わず首を振った。

「何とかならないのですか」真夏が、伝次郎に訊いた。

「掏摸が悪さをしているところを斬られたのだ。奉行所としては、何もしてやれぬな。俺たちにしても、してやれることと言えば見舞い金を包むくらいだが、それとても妙な話ではあるのだからな」

「掏摸の怪我見舞いなど、聞いたことがないぞ」

「だが、これも縁だ。後で包むから渡してやってくれるか」伝次郎が鍋寅に言った。

「承知いたしやした」

それぞれが立ち、座敷に上がり、車座になった。

「話を聞こうか」

伝次郎に応え、鍋寅が今朝の聞き込みで得たことを話そうとした時、

「御免」

鬢（びん）に白いものが混じった着流し姿の侍が、《寅屋》の戸口に立つのが見えた。

「お近さん、頼むぜ」鍋寅が台所に声を掛けた。

「どちら様で？」

近が尋ねるのと同時に、

「おう、来たか」伝次郎が侍を手招きした。「待ってたんだ」

侍を見て、鍋寅が居住まいを正した。元定廻り同心・河野道之助の顔はよく覚えていた。

「お久し振りでございやす」

「おう、其の方も息災のようで何よりだな」

「そんなことはどうでもいい。上がれ」

伝次郎は、近に麦湯を頼むと、河野を呼んだ訳を鍋寅に話した。

近が冷えた麦湯を持ってきた。咽喉を鳴らして飲んでいる河野に伝次郎が訊いた。

「見付かったか」

「勿論です」

河野は懐から古びた冊子を取り出すと、《栄古堂》の手代と下働きの女が失踪してから五日目の日記に最初の記述があった、と言った。

「こう申しては何ですが、我ながらまめな男ですな。一日の抜けもなく、事細かに綴っております。しかし、それがために余計な記述が多くて、いや、探すのに手間取りました」

河野は気持ちよさそうに笑って、皆の顔を見回した。

「どういたしましょう？　全部読みますか」

「掻い摘んで話してくれ」伝次郎が、次いで鍋寅に言った。「後に回して済まねえが、先ず二十四年前のことを聞こうじゃねえか」

「恐れ入りやす」鍋寅が頭を下げた。

「では」

河野が、伝次郎と染葉を交互に見てから日記を開いた。

「七月五日。前月晦日、諏訪町墨筆硯問屋《栄古堂》栄三郎方手代佐助なる者、掛取りに出た後行き方知れずとなりしとかや。同女衆富、同日姿を消す。示し合わせたものであるか、との疑い有りて、定廻り出向く。栄三郎は病床に臥しているとのことで御内儀に問うたが、噂に過ぎぬと言い抜けり……。この日まで噂に上らなかったのは、お店の者に厳重に口止めをしていたためらしいですな。翌日の日記によりますと、《栄古堂》より暖簾に傷が付く恐れがあるので、何分内済に、との申し出があった、とあります。御用繁多のこともあり、これを了承したようです。《栄古堂》は年十五両の付届をしており、これが効いたのでしょう。なお、《栄古堂》は出入りの御用聞きを使って四宿を調べさせたようですが、ふたりの足取りは全く摑めなかった模様です。これは、番頭の国右衛門と手代の尚助の手配によるもので、ふたりとも至極評判のよい者どもであった、と書いてあります」

河野は日記を繰り、再び読み始めた。

「七月の末日の記です。《栄古堂》一件の続き。同店内から漏れたにや、佐助と富のことを知らぬ者市中になし……。《栄古堂》は六年前、貰い火による損失や、掛取りの焦げ付きなどがあり、内証は苦しかったらしいです。そこにこの一件ですから、潰れるのではないか、と噂がしきりでした。しかし、御内儀や番頭らのひたむきな心が周りの者の胸を打ったのか、どうにか店を畳まずに済んだようです。何でも御内儀と番頭・手代が土下座して回ったとか」

「他には何か書いてないか」

「そうですね……感心なり。所用ありて外出した折、《栄古堂》に至り筆を求む。小僧とともに表で水を打つ十五、六の女中にてんなる名の者ありし。実に奇妙な名なり。生国を尋ぬ。江戸は深川の生まれと答う。面白くもなし。冗談にも北越とやら答える機転なきや……」

　余分なところまで読んでしまいました。月代に手を当てた河野に、伝次郎が訊いた。

「《栄古堂》は三十年前に火事に遭ったのか」

「諏訪町の一角を焼いただけの火事でしたが、蔵に火が回ったやに覚えています」

「先代の栄三郎は、いつ死んだんだ？」染葉が尋ねた。

「手代の尚助を婿に取って二年後だったはずです」

「その頃には、傾いた屋台骨も元に戻ったのだな？」

「はい」河野が答えた。

「ありがとよ。様子がちょいと見えてきた気がするぜ」

「何よりです」

河野が冷えた麦湯のお代わりを求めた。近が、鉄瓶を手にして現れ、皆の湯飲みに注ぎ足している。

「待たせたな」伝次郎が鍋寅に言った。「で、どうだった？　あの頃のことを話してくれそうなのは、いたか」

鍋寅は、黒船町の金兵衛から《蛸壺長屋》の平七に辿り着いたことと、平七から三人の名と住まいを聞き出したことを話した。

「ひとり目は、当時の番頭で暖簾分けを許された《四ツ谷栄古堂》の主・正兵衛。ふたり目は、二十年前に手代で《栄古堂》を辞め、今は看板書きをしている惣助。三人目は、男衆として働いていた茂吉。茂吉は八年前に《栄古堂》を辞め、今は寮の番人をしておりやす」

「てんという女中は出てこなかったんだな？」伝次郎が、鍋寅に言った。

「へい。初めて聞いた名でした」

「これから皆で手分けして、二十四年前の《栄古堂》について聞き回る訳だが、てんの行方も訊いてくれねえか。折角、河野の旦那が日記に書き残してくれていたんだからな」

「いや、てんのことはどうですか。ともあれ、日記がお役に立てば言うことはありません」

「俺たちも、そう願っているぜ」

「よろしいでしょうか」近が鉄瓶を手にしたまま伝次郎に話し掛けた。

「ありがとよ。麦湯なら、もういいぜ」

「申し訳ございません。《栄古堂》さんの名が聞こえたので、皆様のお話を聞いてしまいました」

「外に出て話さなければ、別に構わねえよ」

「そうではなく、ちょっと申し上げたいことがございまして。実は、諏訪町の《栄古堂》さんならば、うちの店でも使っていたのです」

近が嫁いだ堀江町の畳表問屋《布目屋》は、十八年前夜盗に襲われ、今はもうない。

「するってえと、二十四年前のことも？」鍋寅が身を乗り出すようにして訊いた。

「そのような不始末のあったことは聞いていましたが、それ以上のことは」

鍋寅が、乗り出した身を持て余すようにして、腰を下ろした。

「あの、私、こんなことを申し上げてもよいのでしょうか」

「何だい、遠慮せずに言ってみな」伝次郎が促した。

「《栄古堂》の番頭さんですが、度々私どものお店に来たものですから、何度か話したことがあるのですが」

「国右衛門だな？」

「はい」

「国右衛門が、どうした？」

「忠義の者と言われていましたが、私には、あまりよい人には見えませんでした。何か、人を値踏みするようなところがございまして」

おっ、と鍋寅が声を上げてから、早口にまくし立てた。

「済(す)いやせん。さっき話した《蛸壺長屋》の平七ですが、お近さんと同じことを言ってやした。皆、騙されているんだ、とね」

「今頃何でえ、肝心なことを言い漏らすなんざ、らしくもねえじゃねえか」

「面目ありやせん」

　鍋寅が首筋を平手で叩く音に合わせて、通りを駆けて来る足音が聞こえた。足音は《寅屋》の前で止まった。隼と半六だった。隼は近に気付くと、今日からでしたね、よろしく、と鍋寅と同じようなことを言った。

「後にしねえか」鍋寅がきつい口調で言った。「安吉の奴はどうなった？」

「血止めをして塒に送り届けておきやした。医者の診立てによりやすと、今夜あたり高い熱が出るかもしれないとのことなので、長屋のかみさん連中に、交替で側に付いていてくれるように頼んできやした」

「それで十分だろう。お近が、冷たい麦湯を作ってくれたから、飲んでこい。済まねえが、飲み終えたら、出掛けるぞ」

「へい」隼が答えた。半六は透かさず、どこに行くのか、と鍋寅に訊いている。

　近が冷たい麦湯を持ってきた。ありがとうございます。隼と半六が揃って咽喉を鳴らした。

「美味え」ふたりが叫んだ。

「半六はいいが、隼、おめえは娘っ子なんだから、もう少し女らしくしねえか」

鍋寅が眉を顰めた。

「おれは男だって、言ったでしょうが」

隼が近に湯飲みを差し出した。

「お代わり。なみなみと、ね」

七

伝次郎らは三組に分かれて、聞き込みに出た。

染葉と半六が四ツ谷の別家を、鍋寅と隼が看板書きの惣助を、そして伝次郎が真夏と男衆の茂吉を訪ねることにした。

皆より一足先に出た染葉と半六は、昌平橋を渡ると、堀に沿って四ツ谷に向かった。

遠くから祭囃子が聞こえてきた。

この夏は、歩けば暑いが、凝っとしていれば、例年の夏よりも過ごし易かった。こんな年は秋も短く、あっという間に冬になるのかもしれない。染葉は空を見上げながら歩を進めていた。

半六とふたりきりになるのは初めてだった。

鍋寅と隼を立て、常に一歩引いているところがある。そんなところが染葉には気持ちよく映った。

こいつは俺か、とふと思うこともあった。

そのようなつもりで、伝次郎と付き合ってきた訳ではない。馬が合うだけの話だった。もしかすると、この男もそうなのかもしれない。そう考えると、何となく納得がいった。

「おいっ」と染葉は半六に言った。驚いて立ち止まった半六に、「捕物は好きか」と訊いた。

「そりゃ、もう」

照れながら半六が答えた。

「俺もだ」

それだけ言って、染葉はさっさと歩くよう促した。

諏訪町の《栄古堂》の別家、《四ツ谷栄古堂》は、四ツ谷御門から内藤新宿に抜ける大通りにあった。

塵ひとつなく掃き清められ、水を打った店先から、ひょい、と暖簾を潜ると墨のにおいがした。近くに武家地に囲まれて多くの寺社があるせいか、墨染め衣の客がちらほらいた。

染葉は丁寧な物言いで、来訪の趣旨を手代に告げた。主の正兵衛は、折よく奥にいた。

半六を店の隅に残し、染葉はひとりで座敷に上がった。

正兵衛の年の頃は、七十過ぎであった。番頭として諏訪町にいた時に、佐助の一件が起こっていた。

「あの時ほど驚いたことはございません。根は真面目な者だったのですが、魔が差したのでしょうか」

「佐助は元々江戸者だったのかな。その辺のところに覚えはないだろうか」

「親は確か、越後かどこぞの百姓でございましたね。貧乏人の子沢山で、幼い頃奉公に出されたようです。経緯は一応知らせてやりましたが、梨のつぶてでした」

「親が生きているかどうか、は?」

「とんと分かりませぬな」

「それでは佐助の生死を確かめようという者もいない訳だな」

浅茅ヶ原で見付かった二体の白骨が、どうやら佐助と富であるらしいと話しても、それがどういうことなのか、即座には呑み込めないでいるようだった。

《栄古堂》の跡を継いだ今の当主・栄三郎や、大番頭の国右衛門についても尋ねたが、今、諏訪町の《栄古堂》があり、別家として《四ツ谷栄古堂》があるのも、ふたりのお蔭だ、と口を極めて褒めそやした。

「国右衛門さんは、諏訪町に骨を埋めます、と言って、手前の別家を勧めてくださったんです。出来ることではありませんよ」

「大した役には立たなかったな」染葉は、店から出ると半六に言った。「帰るぞ」

その頃鍋寅と隼は、元手代の惣助が住む《稲荷長屋》にいた。

《稲荷長屋》は、敷地の外れに小さな稲荷を祀った祠があるところから、そのように呼ばれており、幸橋御門の南に広がる久保町原を横切った芝の兼房町にあった。

惣助の生業である看板書きは、居職ではなく、紙、筆、硯に糊を入れた箱を持って市中を流し歩き、求めに応じて柱行灯や看板障子などを張り替え、文字を書くというものだった。

いねえかもしれねえな、という鍋寅の危惧が当たってしまい、ふたりは暫し途方に暮れた。

「仕方ねえ。待つか」

「労を惜しんじゃいけねえ、と教えてくれたのは、親分ですぜ。ちょいと訊いてきやす」

「訊くって、誰にだ?」

「駄目で元々って言うじゃありやせんか」

隼が借店を一軒一軒回っている。どこら辺りにいなさるか、ご存じないでしょうか。懲りずに尋ねては頭を下げ、隣へと移っている。

隼が小躍りしながら出て来たのは、居職の彫金師の借店だった。

「分かったのかい?」

「今頃は露月町の茶店で張り替えの仕事をしているんじゃねえかって話です」

隼が早口でまくし立てた。

「奴さん、弟子なしでひとりでやってるから、まだやってるはずだ、と言っておりやした」

露月町は、御浜御殿の西にあり、《稲荷長屋》からは直ぐ近くであった。

行き違いになることもあるめえ。行ってみるか。

そうこなくっちゃ。

「埒もねえや、お前に諭されてるようじゃ、俺も焼きが回ったぜ」

彫金師が教えてくれた茶店は直ぐに分かった。茶店の女に惣助がいるかどうかを尋ねると、裏を指さした。裏に回ると茣蓙の上で、張り替えたばかりの掛行灯に屋号を書き込んでいた。

「惣助さんでございやすね？」鍋寅が訊いた。

「へい」

惣助が鍋寅と隼を見て、筆を手にしたまま動きを止めた。

「恐れ入りやすが、諏訪町の《栄古堂》のことで、ちいっと教えてもらいてえことがございやして」

「あっしが知っているのは二十年以上前のことですが」

「だから、お前さんを訪ねて来たんでやすよ」

「何でしょう……？」

惣助は佐助のことを覚えていた。佐助は同じ手代ということで、たまに話すこともあった。手が空くと、仕事を探し出しては働くという生真面目な男で、何でも手を抜くことがない。だから、掛売りの金を盗んで逃げた時には信じられなかった。が、そのうち、止むに止まれぬ事情（わけ）でもあったのだろう、と思うことにした。富のことは、足の悪い娘がいるな、と思っていたぐらいで、話したこともなく、てんについては、まったく覚えていなかった。それらのことを訥々（とつとつ）と語っていたが、話が番頭の国右衛門と手代の尚助に及ぶと、俄に饒舌（じょうぜつ）になった。

「ふたりとも、悪い人じゃありませんでした。ですが、何が何でもお店大事、という忠義者という感じじゃありませんでしたよ。それが急に変わったもので、驚きましたですね。人は追い詰められた時に、その本性が知れるものなのだな、とつくづく思ったものです。尚助が婿に入った時は、よかった、と思いました。先代はちゃんと見ておられたのだな、と感心いたしました」

「それなのに、尚助が代を継いだ後、間もなくして辞めたのはどうしてだ？」

「別に深い意味はございませんよ。まあ、同じ手代だった者を主と敬うのは、どうも。古い話なので、何とも言えませんが、そんなところで」

「邪魔したな」

「お役に立ちませんで」

「いいや、こっちこそ、手を止めさせて済まなかったな」

惣助に嘘を吐いているような素振りはなかった。鍋寅と隼が離れると、掛行灯に向かい、筆を走らせ始めていた。

八年前に《栄古堂》を辞めた男衆の茂吉は、上野寛永寺の北東にある坂本町で寮番をしていた。

寮とは別荘のようなもののことで、大店の主が隠居して住んだり、病気の療養のために建てることが多かった。茂吉が詰めている寮は、和泉橋北詰にある神田佐久間町の紙問屋《越前屋》孫右衛門が老後のために建てたもので、月に何日か宴や囲碁などの気散じに使われる他は、寮番として気ままなひとり暮らしを営むことが出来た。

力があり、骨惜しみしないところを《栄古堂》の栄三郎に見込まれ、寮番を探していた《越前屋》に引き合わされたのだった。だから、栄三郎に対する信頼は絶大で、

「出来たお方でございますよ」

手放しの褒めようであった。

「そうだな。やはり、人は苦労した者じゃねえと駄目だな」

伝次郎は背中がむず痒くなるのを堪えて、茂吉と調子を合わせ、話を二十四年前に持っていった。

「大騒ぎだったろうな」

「そんなような気もいたしますが、済みません、昔のことは、ほとんど覚えちゃいないんでございます」

「いやいや、何が起こったとか、詳しく聞こうってんじゃねえんだ。その頃のお店の様子を知りたいんだ。博打に凝ってる奴がいたとか、何か噂になったことはなかったかい？」

「手前どもは、船着き場とお店を行き来して荷運びするか、お寺さんや御大名家に荷を届ける手伝いをするとか、やることと言えばそんなことばかりでしたから、お店の内っ側のことは、さっぱりで」

「それでも、お前さんの仕事っぷりを見ていてくれる人はいたって訳だろう？」

「ありがたいじゃございませんか。疲れたろう、とお茶や菓子や、握り飯を差し入れてくれるようになったのは、今の旦那様からですよ。前の旦那は……」

「どうしたい？」

「いえ、悪口はちょっと……」

「お前さんも苦労したんだな」

「そりゃもう、十七、八で、人の一生分の涙は流したようなもんで」

「ならば、今のこの暮らしは極楽か」

「まったくその通りで」茂吉は、袖で洟を拭いた。

「よかったな」

俺たちの稼業はな、と伝次郎はゆるりと話し始めた。目にし、耳にすることと言ったら、悲しい話ばかりだ。お前さんのように、今が幸せだってのに会うと、ほっとするんだ。

これはな、と伝次郎は懐に手を入れ、幾ばくかの心付けを取り出し、茂吉の掌に握らせた。

「気持ちだ。何か好きなものでも食ってくれ」

えっ、と茂吉が掌を見た。こんなに、と言って額に押し当てた。

「ありがとうございます。これで、今夜はちょいといい酒が飲めます」

立ち上がろうとして、伝次郎は思い出したように訊いた。

「そうだ。昔、てんという名の女中がいただろう。ほらよ、表で水を打ったりしてた働き者だ」

てん、でございますか。暫く考えていたが、茂吉の顔が急に弾けた。

「おりました。おてんちゃん。あれは、いい娘っ子でした」

「今どこにいるか、知らねえか。深川辺りの出だったが」

「確か、深川の煮売り屋に嫁に行ったはずです。何て言ったかな……」

茂吉は煮売り屋の屋号は思い出さなかったが、店のある横町が片袖横町という名であることを思い出した。

しかし、深川に渡るには刻限が遅かった。取り敢えず、《寅屋》に戻ることにした。

「どうだ、付いているだけでは暇だろう?」伝次郎が真夏に訊いた。

「いいえ。なかなかに面白いものです」

「そうか」

「今の者は、心付けをもらわなければ、てんのことは話さなかったと思います」

「だろうな」

「心を開かせ、金子を与え、話させる。お上手ですね」

「だから、同心はどんどん人が悪くなるんだ。この年で、俺くらい心が清らかなのは珍しいんだぜ」

「知りませんでした」

「普通は、直ぐに気付くもんだぞ」

「はい」真夏が、真顔で頷いた。

《寅屋》から賑(にぎ)やかな笑い声が聞こえてきた。女の笑い声は、近と隼のものと思われた。

「何かあったのでしょうか」真夏が伝次郎に訊いた。

「あのお調子者が来ているのだろうよ」

伝次郎の口調で、誰のことを言っているのか分かった。

「誰に似たのか、困ったものだ」

眉根を寄せて《寅屋》に入ってきた伝次郎を見て、正次郎がぴたり、と話を止めた。

「これは、お帰りなさい」

「何がお帰りなさい、だ。仮の一字が付いても、ここは詰所だ。もっと緊張しておれ」

「心得ました」

「いかがでございやした?」鍋寅が訊いた。「こっちは、からきしでした。栄三郎と国右衛門を褒めそやしておりやして、佐助や富のことはあまり聞き出せませんでした」

「どこも同じらしいな。だが、てんの嫁ぎ先らしいところは分かったぞ」

伝次郎が深川の片袖横町だ、と言った。

「そいつは、どの辺りで?」

どうも本所深川は苦手でございやして。鍋寅が照りのよい額をそっと叩いた。

「仙台堀の北河岸の伊勢崎町ですよ」

正次郎だった。

「切り絵図に『カタソデ横丁ト云フ』と書いてあります。確かめてみてください」

「こりゃ驚いた。若は、切り絵図を諳じていなさるんでございやすか」

鍋寅は言い終えてから、己の口にした言葉の重さに気が付いたらしい。口を丸く開けている。

「よく覚えていたな」伝次郎が声を掛けた。「役に立ったじゃねえか」

「はい」

そこに、染葉と半六が戻って来た。

「半六」鍋寅が手招きをして訊いた。「深川の片袖横町って、知ってるか?」

「どこです?」

しめた、とばかりに、鍋寅は鼻をうごめかした。

「てめえは、それだから駄目なんだ」

「………?」

半六が、隼を見た。隼は小さく溜息を吐くと、首を前に落とした。謝れと言っているのだ、と半六は読み取った。

「済みません……」

「分かったら、切り絵図を見て、少しは覚えとけ」

半六が、しょんぼりと肩をすぼめて、隼の方へ逃げていった。

八

六月十八日。

伝次郎らは、朝五ツ(午前八時)には永代橋を渡り、伊勢崎町へと出向いていた。

煮売り屋は、片袖横町の中程にあった。これといった屋号はなく、亭主の名の《貞八》で通っていた。大皿に蒟蒻や焼き豆腐の煮染めたものや、厚揚げと青菜を炒め煮したものなどが盛られており、器を手にした客が出入りしている。

夫婦とも土地での評判はよかった。特にてんは、働き者で面倒見のいいかみさんとして知られていた。

八丁堀が来た、と噂を立てられないように、伝次郎は鍋寅ひとりを連れて、店の裏に回った。四十絡みのみっしりと肥えた女が、鍋底を洗っていた。

二十四年前に十五、六だとすると、年の頃は合っていた。

「済まねえな。ちと聞きてえんだが、お前さん、おてんさんかい？」

てんは鍋寅とその後ろにいる伝次郎を見て、鍋を放り出して裏戸に逃げ込んでしまった。

家の中から、亭主の名を呼ぶてんの声が聞こえてきた。

「しょうがねえな」

鍋寅が裏戸の前で名乗ってから、中へ入っていった。待つ間もなく、貞八がてんを伴って裏に出てきた。

「驚かして済まなかったな」伝次郎が詫びた。

「何を仰しゃいます。こちらこそ、そそっかしい奴で相済みませんでございます」

お前も謝らねえかい。貞八に促されて、てんがぺこり、と頭を下げた。

「気にしてくれるな。それより、昔のことだが、《栄古堂》のことで訊きたいことがあるんだが」

「どんなことでしょう？」てんが心細げな声を出した。「あたしは、あの、お店の奥のことは何も……」

「お富ってのがいただろう？　手代の佐助と逃げたと言われている」

「はい……」てんの目玉がくるりと動いた。

「お富は、どんな娘だった？」

「島田髷の似合う、大層親思いの優しい人でしたが」

「そうらしいな。そのお富が、お父っつぁんを捨てていったなんて、信じられたかい？」

「とても信じられませんでした。お富ちゃんは、通いで賄いの手伝いを、あたしは住込みで配膳や拭き掃除などをしていました。暇なんて少しもありませんでしたが、それでもたまに話し込んだりしました。裏表のあるような人では決してありませんでした。だから、お富ちゃんがあんなことをするなんて、絶対に違う、と言ったんですが、誰にも信じてもらえなくて」

「お富と佐助の仲はどうだったい？　恋仲だったと思うかい？」

「いいえ。お富ちゃんの口から佐助さんの名が出たことはありませんでした。誰か好いた人がいれば、それと分かるような素振りもあったと思うんですけど、それも全然。お富ちゃんが佐助さんと逃げたって話を聞いて、最初はどうして私に打ち明けてくれなかったのか、と地団駄を踏みましたが、よく考えると、どうも腑に落ちなくて」

てんは一息で話し終えると、鼻から太い息を吐き出した。

「実はな」と伝次郎は、てんの興奮が収まるのを待って言った。「お富と佐助は、駆け落ちして、どこかで水入らずの暮らしをしてたって訳じゃねえんだよ。可哀相に、ふたりとも殺されていたんだ」

「………」てんが貞八の顔を物問いたげに見上げた。

「あの、それは、どういうことなのでございましょう？」貞八が訊いた。

「かみさんがおかしいと思ったように、ふたりは別に好き合った仲でも何でもなかった。とすると、この一件の裏が見えるのよ。佐助と富に罪をなすり付け、殺した上に、佐助が集めてきた金をかすめ取ってのうのうとしている奴がいるってことだ」

わっ、と声を上げて、てんが泣きはじめた。拭おうともせずに、涙と洟を盛大に垂らしながら泣いている。貞八が煮染めたような手拭をてんの手に握らせた。

「旦那、ふたりに罪を着せたってえ、その太え奴を捕まえてやってください。てんの奴、そのお富って娘と気が合っていたらしく、時折思い出したように話していたんですよ」

「分かった。八丁堀の名に懸けて捕まえてくれるから安心しろ」

裏庭を出、表に回る伝次郎の肩が盛り上がっていた。

怒っていなさるのだ。思わず鍋寅も、肩をそびやかして後を追った。

伝次郎は、駆け寄ってきた染葉と正次郎、真夏に隼に半六に、てんの話したことを手短に告げてから、後は、と言った。

「茶でも啜りながら相談しようぜ」

伊勢崎町を東に下り、海辺橋を南に渡ると、正覚寺、恵然寺、増林寺、海福寺など寺が密集している一画がある。寺に詣でた善男善女のためのお休み処も、軒を連ねていた。

伝次郎は、その中の一軒へずかずかと入って行った。

「いらっしゃい……」

出迎えた小女が、伝次郎と染葉を見て、後退りして奥に消えた。

八丁堀の同心であることは、ふたりの姿を見れば分かった。着流しに三つ紋入りの絽の黒羽織を纏い、裏白の黒足袋に雪駄を突っ掛けた姿を、他の者と見間違う者はいない。

慌てて姿を現した女将に、伝次郎が言った。

「騒がせて済まねえな。お役目の相談をぶちてえんだが、座敷はあるかい？」

混雑している時分ではない。しかも、八丁堀である。直ぐに奥へ通された。

「麦湯と餅があったら、ひとり二個ずつほど焼いてくれ」

女将らが下がるのを待って、

「俺は、てんと近の言ったことを信じるが、皆はどうだ？」

てんは佐助と富は恋仲ではなかった、と言い、近は番頭の国右衛門をよい人には見えなかった、と言った。

「それを結び付けると、見えてくるものがあるな」染葉が言った。

「佐助を掛取りに行かせ、富をどこかに使いに出し、ふたりの帰りを待ち伏せて殺したってことですか」隼が勢い込んで言った。

「ひとりでは手が足りねえ。仲間がいる」

「番頭の仲間と言うと、まさか、手代だった……？」隼が伝次郎を見た。

「確かとは言えねえ。しかし、何となくにおわねえか。この世の中には、絵に描いたような美談なんて、そうそうないもんだ」

真夏が、思わず目を見開いた。

「待ってくれ」

言ったのは、染葉だった。

「俺には、当代が噛んでいるとは思えねえんだがな」

「お店は左前だった。染葉だったら、どうやって立て直す？」

「借りるだろうな」

「どこも貸してくれそうになかったら」伝次郎が畳み掛けた。

「まさか、それで佐助と富に罪を着せ、お店に同情を引こうとしたってのか？」

「貸してくれるところがなければ、佐助の一件が止めを刺して、お店はお仕舞いですぜ。その手の話ならごろごろしてまさあ」鍋寅が首を捻った。

「そこなんだ。そんな危ない賭けをするとは、思いにくいんだ」伝次郎が、畜生、と叫んだ。

「何か見えて来そうで、見えて来ねえな」

よろしいでしょうか。女将が小女を従えて、廊下から首を差し込んでいる。ひとつの盆には冷えた麦湯を入れた土瓶と湯飲みが載せられ、もうひとつの盆には黄粉をまぶした安倍川餅と醤油の付け焼きが盛られていた。

「おっ、入ってくんな」

半六が即座に立ち上がり、女将らの通る道を空けた。麦湯が注がれ、それぞれが受け皿に餅を取り分けた。

「食いながらでいい、思い付いたことがあったら聞かせてくれ」伝次郎が付け焼きを指で摘んで、口に放り込んだ。

「あのですね」正次郎が切り出した。「私は、ご存じない方もおられると思いますが、あまり出来がよくない、と思われてきました」

「若、そんなことはござんせんですよ」鍋寅が正次郎を庇おうとして、慌てて言った。

正次郎は、鍋寅に礼を言って制すると、話を続けた。

「ところが、その割に叱られることは少なかったんです。なぜかと言うと、私の意図しない方にですが、上手い具合に事が流れていく場合が多かったからなのです。先だっても、上役から捨てろ、と言われた古い紙片を、面倒だからと捨てずにおいたところ、後でその上役が真っ青になってやって来て、あの紙片はどうした？　と言うので、何やら大切なものに思えたので、一晩お預かりしてから捨てようと思い、ここに持っております、と言いましたら、流石は二ツ森伝次郎の孫、必ずや、父や祖父を超える者になるだろう、などと言われまして……」

「長いぞ。手短に話せ」伝次郎が麦湯を飲み干した。

「で、私、考えたのです。何かの訳があり、番頭の国右衛門と手代の尚助が手を組み、佐助が集めてきた金子を取り上げて、殺した。富もお店の外におびき出し、同じように殺した。夕方になる。佐助と富がいなくなった。逃げた、となって大騒ぎになる。そこでふたりは、どうするか。ふたりの仕業と見抜かれないように、今まで見せたこともない張り切り方で、お店大事と働きだした」

皆の視線が集まるのを感じた。おおお、と正次郎は心の中で呟きながら、皆の顔を見回した。こんなに真剣に私の話に聞き入ってくれるとは。こりゃあ、満更（まんざら）

捨てたものでもないぞ。

麦湯で咽喉を湿らせてから、おもむろに続きを話し始めた。

「お店が潰れたら、そのどさくさに紛れて逃げちまおう、と思っていたので、恥ずかしいも何もない。あちこちを回り、ためらいもなく土下座した。すると、何ということか。同情を買って、あれよあれよと言う間に、お店が立ち直ってしまった。こうなれば、ってんで、ふたりは更にしっかりと手を組み、国右衛門は、お店のお嬢さんと年回りの合う尚助を当代に担ぎ上げ、自身は大番頭になり、ふたりでお店を乗っ取ろうと企んだ。成り行きとしては、そんなところではないか、と思うのですが、どうでしょう」

「若、凄いでございやすよ。ねえ、旦那」鍋寅が湯飲みを振り回し、中の麦湯を零しながら言った。

「馬鹿じゃねえな」伝次郎が答えた。「己に引き寄せてしか考えられねえようだが、それなりに筋は通っている」

「ちっとも褒められている気になれませんが」

正次郎は、真夏と隼に嘆いて見せた。

伝次郎は正次郎を無視して、多分、と言った。

「こいつは、佐助の集めた金だけを狙ってのことではねえような気がするぜ。国右衛門にしろ、尚助にしろ、その頃までに相当な額をてめえの懐に入れていたに違いねえ」伝次郎は、空の湯飲みで染葉を指した。「どうだ、これで国右衛門と当代が組んで仕掛けたことだってのが見えて来たんじゃねえか」

「とは言え、確たる証があ る訳ではないぞ。証をどうやって得るつもりだ？」染葉が、上目遣いに伝次郎を見た。「《栄古堂》に乗り込むのか」

「そいつは、もう少し先だ」

伝次郎は隼の名を呼んだ。

「はい」

「済まねえが、島田髷に結ってくれねえか」

「おれがですか」

「髪の量が足りないのではありませんか」正次郎が隼の頭をしげしげと見た。

「髢を入れれば大丈夫だ。きっと可愛いぜ」

正次郎は危うく頷きそうになり、慌てて止めた。

「皆にも、力を貸してもらうぜ」

伝次郎は、土瓶の茶を湯飲みに注ぐと、咽喉を鳴らして飲んだ。

九

翌十九日。昼四ツ（午前十時）。

墨筆硯問屋《栄古堂》の大番頭・国右衛門は、新堀川に面した然照寺に赴いた帰り道であった。然照寺に先代・栄三郎の墓があるので、注文の品を寺に納める時は自ら足を運び、墓前に詣でるようにしていた。そんな国右衛門を、人は出来たお人だ、とか、忠義の鑑だ、とか、口々に褒めそやした。

嫌な気はしなかった。そう言われる己が、心地よくもあった。

いつの間にか、よい人でいることに、居心地のよさを感じるようになっていた。

「これ」国右衛門は供の小僧を呼ぶと、掌に四文銭を五枚握らせた。「何か好きなものを食べてから、戻りなさい。お店には、用を頼んだ、と言っておくからね。あまり遅くなるのではありませんよ」

小僧の顔に笑みが刻まれた。行きなさい、と追い立てるようにすると、拝むように頭を下げ、小僧は人混みの中に駆け込んでいった。背に喜びが溢れていた。

国右衛門は小僧が見えなくなった辺りを見遣っていたが、程無くお店に足を向けた。

横町をふたつ曲がった時だった。

十間（約十八メートル）程先の小間物屋から女が出て来て、国右衛門の前を歩き始めた。

右の足が不自由なのか、軽く引き摺っている。

国右衛門の心のどこかで、何かが疼（うず）いた。それが何なのか、国右衛門には分からなかった。間合を保ったまま、歩いた。女も歩いている。引き摺っている足に目がいった。その足の運びに、見覚えがあるような気がした。

富、という名が頭をよぎった。途端に足が、地面に張り付いたように動かなくなってしまった。国右衛門は立ち止まり、前を行く女の後ろ姿を見詰めた。年格好といい、髪の結い加減といい、まさに富であった。

まさか。生きているはずがない。

懸命に足を踏み出し、駆け寄ろうとした瞬間、女が角を曲がった。思わず国右衛門は走っていた。裾を乱して角を曲がり、通りを見据えた。女の姿はどこにもなかった。

（消えた……）

消えた、消えた。国右衛門は譫言のように呟くと、大きな明樽の前に佇んでい

る若衆姿の女に尋ねた。たった今、年の頃は十六、七の女が曲がって来ませんでしたか。

「いいや。誰も来なんだが」

礼を言うのも忘れて、肩で息を継ぎながら国右衛門は通りを二度、三度と見回

した。しかし、女の姿はどこにも見えなかった。

やがて、諦めたのか、国右衛門は歩き去って行った。

その姿が小さくなるのを待って、若衆姿の女が樽を横に倒した。

「どうでした？」髪を島田髷に結った隼が、立ち上がりながら訊いた。

「上手く引っ掛かったようです。真っ青でした」

真夏は答えると、通りの向かいで身を潜めていた伝次郎らに手を振って見せ

た。

「どう見た？」伝次郎が染葉に訊いた。

「あの驚きようは、ちいとばかし変だな」

「正確に話せ。てえした変だ、と言うんだ」

「次の一手は、どう指す？」染葉が訊いた。

「使い立てして済まねえが、半六を連れて奉行所に行き、二年前に掘り出された斧と同じ物を手に入れてくれ」

「承知した」

「鍋寅は、隼と真夏を連れて、六ツ半（午後七時）頃まで《栄古堂》を見張ってくれ。国右衛門が動くかもしれねえからな」

「お任せください。で、旦那は？」

「俺か。俺は、《磯辺屋》に行ってくる」

小網町の船宿《磯辺屋》で、近と真夏のための酒宴を開いたのは、ほんの一月前のことであった。

「《磯辺屋》に何の御用があるんです？　まさか、こんな時に、あっしを差し置いて、お登紀さんと会おうって寸法ですかい。そいつは、汚ねえや」

鍋寅が半ば本気で食って掛かっている。

「ちょいと頼みごとがあるんだよ。この一件の片が付いたら、また《磯辺屋》で腰が抜けるまで飲ませてやるから、絡むんじゃねえ」

「約束ですよ、旦那」

「ああ、忘れねえよ」

鍋寅が見張り役の半六と、向かいにいる真夏と隼を手招きしている。

「時が惜しい。先に行くぜ」

伝次郎は、浅草御門に向かって足を急がせた。小網町に着いても、その足でこの辺りまで戻って来ることになるはずだった。

仕方ねえ。歩くのが、俺の商売だ。

伝次郎はこの時、己の年のことなどまったく忘れていた。

《磯辺屋》の玄関で案内を乞うと、奥から仲居の登紀が現れた。

「まあ、戻り舟の旦那、今日はおひとりで？」

一度は退いた同心職に戻ってきたからと、戻り舟の呼び名をもらい受けたが、それを市中で最初に口にしたのは、登紀だった。呼び名のどこが気に入ったのか、以来客として通うようになっても、変えようとしないでいる。

「そうしたいのは山々なんだが、またぞろ御用の筋なんだ」

「では」と言って、登紀が腰を屈(かが)める真似をした。「ですか」

床下に潜るのか、と訊いているのだ。

「そうなるかもしれねえが、取り敢えず……」

「お上がりください」

主の金右衛門だった。算盤（そろばん）を片手に、帳場から声を掛けてきた。

「どうしたい？　金の算段か」

「この節は、客が渋（しぶ）くなりましたもので」

金右衛門は広げていた帳面を隅に片付けると、改めて座り直し、来意を尋ねた。

「ちと遠いが、諏訪町の《栄古堂》という墨筆硯問屋を知っているか」

「名前だけは存じておりますが」

「ということは、番頭の国右衛門はここの客じゃねえな」

「はい。手前どもの座敷をお使いになったことはございません」

「やはり、そうか」

伝次郎は、組んでいた腕を解くと、金右衛門に言った。

「有り体に言おう。《栄古堂》を調べているんだ。諏訪町近くの船宿か料亭で、信用が置けて、よく知っているところがあったら、教えてくれねえか」

「それでしたら、まさに願ったりの船宿がございます。他ならぬ、二ツ森様でございます。喜んでお教えいたしましょう」金右衛門は掌を擦り合わせると、膝を進めながら言った。「女房の実家が三好町にございまして、忙しい時には登紀が助けに行ったりする船宿なんでございます。名も土地の名を付けて《三好屋》。古い船宿でございます」

三好町は御厩河岸の渡し場があるところで、諏訪町とは黒船町を挟んだ隣町であった。

「離れとか、あるのかい？」

「勿論でございます。また床下を？」

「出来たらな」

「何とかなるはずですが、とにかく《栄古堂》さんに使っていただかないと」

「これから行って、客なのかどうか、調べを助けてくれるかどうか訊いてみようと思う。済まねえが、一筆書いてもらえるかな。こんな者が行くがよろしく、とな」

「でしたら、私がお供いたしましょうか」登紀が言った。

「そりゃ助かるが」伝次郎は金右衛門を見た。金右衛門は苦笑いしながら頷いた。

「お役に立てることが嬉しいのですよ。お連れください」

「ありがとよ。助かる」伝次郎が頭を下げた。

「客だったら、どうやって呼び出すんでございます？」金右衛門が訊いた。

「手紙でも書いて誘い出そうか、と思っている。美味しい御膳を用意いたしております、とか書いてな」

「成程、その手がございましたか」

金右衛門が、登紀にお供の仕度をするように言い付けた。

登紀は勢いを付けて立ち上がった。においの袋の香が、仄(ほの)かに伝次郎の鼻に届いた。

伝次郎は、思わず言わずもがなのことを口にした。

「用が済み次第、直ぐに帰すからな」


その夜、《栄古堂》の揚げ戸の柱に斧が打ち込まれた。

気付いたのは、翌朝一番に起きてお店の前を掃き清めようとした小僧だった。

「大変でございます」

騒いでいた手代と小僧を鎮(しず)めたのは、国右衛門だった。

「嫌がらせでしょう。気にすることではありません」

しかし、国右衛門とともに、もうひとり、青ざめた顔をしている者があった。主の栄三郎だった。

打ち込まれていた斧に、見覚えがあるような気がした。それを振るったのは、二十四年前のことになる。

何か言いたそうにしている栄三郎に、国右衛門は首を強く横に振ってみせた。栄三郎は奥の座敷に引き籠もり、国右衛門は何食わぬ顔をして帳場に座っていたが、指先の細かい震えは止まらなかった。

その辺りまでを物陰に隠れて盗み見ていた男が、ひょい、と跳ねるようにして《栄古堂》に背を向けた。斧を打ち付けた半六であった。

そして、一刻（約二時間）が過ぎた。

店先に、女の華やかな声が響いた。

「《三好屋》から参りました」

手代が応対に出ている。女に見覚えはなかったが、屋号を染め抜いた半纏は、確かに何度か使ったことのある《三好屋》のものだった。

「何ですか」国右衛門が手代に訊くより先に、女が丁寧に腰を折った。

「《三好屋》でございます。いつもご贔屓いただきましてありがとう存じます。

本日は日頃お世話になっておりますす御礼を兼ねて、ご挨拶に参上しました。これはほんのおしるしでございます。お納めくださいまし」と菓子折を出し、続けて言った。「料理茶屋に負けぬ酒肴を取り揃えてお待ちしておりますので、またのお運びよろしくお願いいたします。前もってお知らせいただければ、離れをご用意させていただきます」

「あなたは？」

「申し遅れました。仲居頭の登紀と申します。お見知り置きくださいますようお願い申し上げます」

「分かりました。ご苦労様」

国右衛門は菓子折を手にしたまま鷹揚に頷き、栄三郎と話し合う好機かもしれない、と思った。女衆の富らしい女を町で見掛けたのは昨日であり、死体を斬り刻んだ斧が揚げ戸の柱に打ち付けられたのは今朝のことだった。何かが迫ってきているようで、気味が悪かった。

その頃、神田鍋町の《寅屋》を元同心の河野道之助が訪れていた。

「どうした？　何か見付けたのなら、言ってくれれば、こっちから行ったのによ」

「古い話ですので、お役に立つかどうか」

「いつのことだ?」

「二十八年前になります」

「とにかく、聞こうじゃねえか」

「刃傷沙汰があって、賭場に出入りしていた者を捕らえたことがありました。その取り調べをしていた時に、仲間の噂話として聞かされたことです。当時番頭になって程無かった国右衛門という男が、博打に負けて簀巻きにされそうになったのを、泣きを入れて助けてもらった、というのです」

「どこの賭場だか書いてねえのか」

「二ツ森さん、私にそんな抜かりがあるとお思いですか。福禄寿の鶴松の賭場です」

懐かしい名だった。短身、長頭の風貌が七福神のひとり、福禄寿に似ているところから頂戴した二つ名で、欲の塊のような男であった。その鶴松は、やがて賭場のいざこざで壺振りに刺し殺されてしまい、縄張りはそっくり子分の玉造に受け継がれている。

「お蔭ですっかり解けたぜ」

伝次郎は河野にそう言うと、脇に控えて聞いていた鍋寅に声を掛けた。

「野郎、そろそろ脅かすか」

「待ってました」

鍋寅が涎を拭くような真似をした。

十

六月二十日。四ツ半（午前十一時）。

伝次郎は、鍋寅ひとりを連れて《栄古堂》の暖簾を潜った。

手代が掌を揉み合わせながら応対に出てきた。年の頃は、二十を幾つか回った頃と思われた。若い。俺を知っているか、と尋ねた。

「申し訳ございません。八丁堀の旦那、とまでは分かるのですが、どちら様でございましたでしょうか」

「てめえが知らねえのも無理はねえ。俺は戻り舟だからな」

「へい……」手代の咽喉が縦に動いた。

「一度は言うが、二度とは言わねえ。耳の穴、かっぽじってよっく聞け。永尋掛りの二ツ森伝次郎だ。二十四年前の一件を調べに来た、と当代と大番頭の国右衛門に伝えてくれ」

「ただ今」手代が飛び退るようにして、奥に走り込んで行った。

待つ間もなく手代が再び現れ、奥へと通された。

奥の座敷には当代の栄三郎と大番頭の国右衛門、そして年格好と貫禄から見て大御内儀と思われる女が控えていた。大御内儀は先代の内儀のことで、大御新造とも言った。

女が、当代と、年の頃は七十過ぎの大番頭を差し置いて話を起こした。

「佑でございます。当代・栄三郎の姑に当たります。本来ならば、このような場は遠慮申し上げるのでございますが、二十四年前の騒動のことでお出でになられたと聞き、同席させていただきました。当代の内儀は、娘でございますが、心の臓が弱く、今も臥せっておりますゆえ」

「そいつは取り込んでいるところを済まなかったな」伝次郎が上座に座りながら言った。鍋寅は、膝を揃えて廊下に腰を下ろした。

「あれから二十四年です。何で今頃お見えになられたのでございましょう?」佑が言った。

「そう思うのも無理はねえが、忘れちゃいねえよな」

「忘れるはずもございません。手前どもにとって、二度と来てほしくない厄災の年でございましたからね」栄三郎の言葉に、佑と国右衛門が小さく頷いた。

「掛取りの金をそっくり持ち逃げされた、って話だったな」

「左様でございます」国右衛門が答えた。

「正確に言うと、金高は幾らだった？」

「百二十五両だったと覚えております」

「佐助はひとりだったのか。それとも誰か供は付けたのか」

「ひとりでした」国右衛門が言った。

「いつもそうしていたのか」

「いいえ、あの時は、人手が足りなくて」

「よく覚えているな？」

「お尋ねになられたので、必死になって思い出したのでございます」

「ありがとよ」

「…………」

「ところで、二年前に白骨の死体が見付かった。場所は、どこだった？」

伝次郎が鍋寅に訊いた。

「浅茅ヶ原で、ございやす」

「そうだ。浅茅ヶ原だ。俺は大番頭さんと違って、どうも、近頃は物覚えが悪くなってな」伝次郎は苦笑して見せたが、佑も栄三郎も国右衛門も、にこりともしない。「死体はひとつではなく、ふたつだった。そのことは、知ってたかい？」

「はい。噂で聞きました」国右衛門が末席から答えた。

「それが何と、二十四年前にお店の金をくすねて逃げた、ここの手代の佐助と女衆の富の死体だったんだ」

「それは、実(まこと)でございますか」国右衛門が言った。

「驚いただろう」

「はい、驚きました」国右衛門と栄三郎が、声を合わせた。

「俺たちも驚いた。まさか、ふたりが殺されていようとはな。つまり、あのふたりは、金なんぞ盗んでいなかったのかもしれねえんだ。佐助は掛取りに出た後、誰かに殺された。富は佐助がいなくなったことを、本当らしく見せる道具に使われた、とも考えられるってことだ」

「そのような恐ろしいことを、一体誰が」栄三郎が、いかにも分からない、と言いたげに、眉根を寄せた。

「さあ、誰だろうな。二十四年前ってえと、お店の内証はかなり苦しかったそうだな」

「苦しいという程ではありませんでしたが、楽ではございませんでした」佑が答えた。

「そうかい。言い過ぎたら御免よ。だが、当代も大番頭も、お店を立て直した忠義者として聞こえているぜ」

「この《栄古堂》が今日あるのは、ふたりが身を粉にして働いてくれたお蔭であることは、間違いございません」

「だろうな。その恩に報いるために、当代を婿にしたのかな」

「その通りでございます」

伝次郎は、国右衛門に向きを直した。

「佐助に掛取りを命じたのはお前さんかい？」

「佐助に限らず、皆に割り当てました」

「皆、百二十両くらいずつなのか」

「多寡の違いはございます。それは手代としての腕の違いでもございます」

「佐助は？」

「お寺回りでございましたので、お店回りの者よりは多い方でございました」

「その日、佐助がどこを回るかは、お店の者は知っていたのか」

「無論、皆承知しておりました。どこを回るかは、朝、皆が集まったところで言い渡しますので」

「あの一件の後、直ぐ辞めたのは、いるかい？」

「うちのお店の者をお疑いのご様子ですが」栄三郎が言った。

「どう考えても、お店の事情に詳しい者がやったとしか、思えねえからよ」

「手前どものお店に、旦那の仰しゃるようなことをする者がいたとは到底思えません。失礼ですが、お見立て違いでございます」栄三郎が、嚙み付きそうな目をして叫んだ。

「『いた』とは言っちゃいねえ。まだ『いる』かもしれねえじゃねえか」

伝次郎は三人の顔に浮かんだ表情を、順に凝っと見、立ち上がると、邪魔したな、と言った。

「また、何かあったら来るぜ」

伝次郎は鍋寅を促すと、《栄古堂》を後にした。

翌六月二十一日。五ツ半（午前九時）。《栄古堂》の大番頭・国右衛門から船宿《三好屋》に、夕刻訪う旨の知らせが入った。

動くとすれば、この二、三日の間だと言われ、登紀とともに《三好屋》に詰めていた隼が《寅屋》に走った。

「人数は？」鍋寅が訊いた。

「ふたりということでした」

「やはり、栄三郎とでしょうね」鍋寅が伝次郎に言った。

「行ってみれば分かることだ。焦るんじゃねえ」

国右衛門が《三好屋》に告げた刻限は、夕七ツ（午後四時）だった。

染葉は新たな一件の下調べで、稲荷橋の角次を連れて出払っている。

真夏と非番の正次郎の姿が見えないことに、隼はその時になって気が付いた。半六に訊いた。

「裏にいらっしゃったみたいですよ」

《寅屋》には、裏に狭いながらも庭と呼べる程の土地があった。そこで何をしているのか。隼は近にもらった麦湯を片手に、裏手に回った。

空を斬り裂くような音が聞こえてきた。真夏が真剣で素振りをしているのを、正次郎が見詰めていた。隼は麦湯を飲み干すと、戻って近に湯飲みを渡し、正次郎の脇に腰を下ろした。

真夏は中段の構えから左足を踏み出し、剣を天に振り上げた。

「上段の構え。天の構えとも、火の構えとも言います。正次郎殿、火に勝つのは？」

「水です」正次郎が慌てて答えた。

真夏は頷くと、切っ先をするすると下げ、目の高さで止めた。

「これが、中段の構え。水の性を持ち、人の構えとも、水の構えとも言います。でも、火には強いが、何かには弱い。何だと思います、隼さん」

「……壁です」隼が、思い付いたことを口にした。

「壁。いいところを言いましたね。土です。火には強いが、土には弱く、土の性を持つ下段には不利と言われています」

切っ先が膝頭まで下がって止まった。

「下段の構え。地の構えとも、土の構えとも言います。土は木に弱く、木の性を持つ八相（はっそう）の構えには遅れを取ります」

真夏は中段の構えに戻すと、左足を踏み出しつつ、剣を右上方に振り上げた。

「八相の構え。木の構えとも言います。木は金に弱く、金の性を持つ脇構えには負けます」

再び剣を中段に戻すと、右足を引いて半身になりながら剣を下げていき、刀身を身体の陰に隠した。

「脇構え。金の構えとも言います。金は火に弱く、火の性を持つ上段の構えには、やはり負けると言われています」

真夏は姿勢を戻すと、刀身を鞘(さや)に納め、ふっと息を吐いた。

真夏に合わせて、正次郎と隼が、肩で息をした。

「陰陽(いんよう)五行(ごぎょう)による構えの優劣をお話ししましたが、必ずしもこの通りに勝敗が決まるものではありません。日を背にしたとか、風雨の状況や足場の違いなどで、勝敗は分かれます。でも、それぞれの構えの性格を知る目安にはなるでしょう。この一件が片付いたら、もう少し広い場所で、一から指南して差し上げましょう。父から聞いています。剣を習いたいそうですね」

正次郎より一呼吸早く、隼がはい、と答えた。

「私も楽しみにしています」

笑って答えた真夏の姿が、ふたりの目には異様に大きく見えた。

そろそろ夕七ツ（午後四時）の鐘が鳴る頃合だった。

「遅いですね」半六が鍋寅に言った。

「心配するな。もうそこまで来てやがるよ」

鍋寅の言葉に応えるかのように、玄関から人声が聞こえてきた。

「《栄古堂》様がお着きでございます」

玄関脇で控えていた登紀が、帳場にいる《三好屋》の主と女将に声を掛けた。

それは、帳場の隣の小部屋にいる伝次郎らに聞かせるためでもあった。襖の陰から覗くと、国右衛門の後ろに栄三郎がいた。伝次郎が小声で、鍋寅に教えた。

「野郎ども、雁首（がんくび）揃えてやって来て、相談をぶとうって魂胆（はら）ですね」

鍋寅が拳を固めて見せた。少しは涸（か）れろ。と、鍋寅に言いたかったが、伝次郎にしても、思いは同じだった。

「いらっしゃいませ」主夫婦が出迎え、離れにお通しするように、と命じている。

「今日は堪能（たんのう）させてもらいますよ」

国右衛門の声だった。

栄三郎には声を出す余裕がねえのよ。鍋寅がほくそ笑んでいるところへ、登紀が、

「潜ってきます」

と言いに来た。

「頼んだぜ。くれぐれも無理はしねえようにな」

伝次郎の声に送られ、登紀の姿が仲居に混じって消えた。渡り廊下の下を通り、床下に潜るのである。

半刻（約一時間）が過ぎた。登紀が戻って来る気配はまったくない。

「御酒（ごしゅ）をお出しする訳にも参りませんし、手持ち無沙汰でございましょう」

主の新左衛門（しんざえもん）が仲居に、冷茶と饅頭（まんじゅう）を持ってくるように言い付けた。

「気を遣わんでくれ。こちらが商売の邪魔をしているのだからな」

「何を仰しゃいます。商いの仕方をお教えくださり、お客様をお連れくださったのは二ツ森様でございます。冷茶と饅頭の代金は、離れに付けておきますので、どうぞご遠慮なさらずに」

「そういう話なら、呼ばれようか」

伝次郎が手を出すように言うと、瞬く間に饅頭が盆から消えた。

塩味のする白餡が涼しさを感じさせた。その餡を、冷えた渋い茶で流し込む。

「水でゆっくりと淹れた茶です。お味はいかがですか」

「美味え」

「でございましょう。料理茶屋でも、ここまで丁寧にはなかなか出来ません」

言い返す余地はないでもなかったが、立場というものがある。簡単に折れた。

「だろうな。これは江戸で一、二の味だ」

「二ツ森様は舌が肥えていらっしゃいますな」

新左衛門は、女のような細く高い声で笑った。

一刻（約二時間）を回ったところで、仲居が廊下を摺り足でやって来た。

「離れのお客様がお帰りでございます」

遅れて、奥から栄三郎と国右衛門が出て来た。

新左衛門と女将が見送りに出ていると、登紀が裏手から伝次郎らのいる小部屋に戻って来た。

「おう、どうだった？　聞こえたかい」

「あまりに小声だったので、大したことは聞き取れませんでした」

「構わねえよ。小声で相談するってこと自体、怪しいってことだからな」

離れの押入れの床板が外れるようになっているのですが、と登紀が言った。

「板を外すと、音がするといけませんので……」

「それでいいんだ。無理して悟られたら、元も子もねえからな。それで、何か聞き取れたか？」

「はっきり聞こえたのは、ひとりが『こうなれば』と言うと、もうひとりが『頼みましたよ』と答えているところぐらいでした」

「口調からして、『頼みましたよ』は栄三郎だな」

「『こうなれば』何をしようってんでしょう？」隼が訊いた。

「それを探るのよ。正次郎に隼に半六、ふたりの跡を尾けろ。どこかに行かねえとも限らねえからな」

「私も参りましょうか」真夏が言った。

「用心棒を頼もうか。落ち合うところは《寅屋》だ。お近に美味いものを作っておいてもらうからな」

「承知しました」真夏に合わせて、隼と半六と正次郎が立ち上がった。

しかし、その夜は、栄三郎はそのままお店に戻り、国右衛門は諏訪社裏にある家へと、どこにも立ち寄らずに帰って行った。国右衛門に動きがあったのは、翌日だった。

十一

六月二十二日。夕七ツ（午後四時）。

《栄古堂》を出た国右衛門は、大岡兵庫頭の上屋敷の前を通り、桃林寺門前町、通称森下を抜け、新堀川に架かるこし屋橋を渡った。

このままずんずんと西に向かえば、下谷だった。一帯を縄張りにしているのは、福禄寿の鶴松の跡目を継いだ玉造である。国右衛門にとっては、昔からの顔馴染であった。

下谷に向かってるってことは、玉造に何か頼もうってんじゃねえのか。

この日は、伝次郎も真夏もおらず、鍋寅と隼と半六の三人だった。しくじる訳にはいかない。

「親分」半六が鼻の穴を膨らませた。

「おうよ」鍋寅も逸る心を抑えかねるのか、声が上擦っていた。

国右衛門は、一、二度尾行の有無を確かめるような動きを見せた後、辻駕籠を拾い、下谷七軒町を通り、そのまま真っ直ぐ西へ向かった。

「ありがてえ。これで尾け易くなったぜ」鍋寅が洟を啜り上げた。

駕籠は下谷同朋町で止まった。

心付けをたっぷりと貰ったのか、駕籠舁きが何度も頭を下げている。

国右衛門は広小路の雑踏を横切り、上野北大門町へと切れ込んでいった。

上野北大門町には、口入屋《恵比寿屋》がある。そこの主に収まっているのが玉造であった。国右衛門の足は、《恵比寿屋》に向かっていた。道端の縁台で涼を取っていた若い衆が、国右衛門に気付き、立ち上がって挨拶をしている。国右衛門はすかさず袖口に手を入れると、若干かの小遣いを渡した。若い衆の威勢のいい礼の言葉が通りに響いた。国右衛門は、振り向きもせず、手を上げてそれに応え、《恵比寿屋》の開け放たれた戸の中に吸い込まれた。

「半六」鍋寅が物陰に身を寄せながら、いつになく険しい表情で言った。「辰五郎親分の家を知ってるな？」

辰五郎は裏表のない、真っ正直な十手持ちとして評判の男で、隼も何度か鍋寅から名を聞いたことがあった。

「摩利支天横町でございやすね」

上野北大門町の目と鼻の先にある上野町二丁目に、摩利支天横町はあった。横町の奥の徳大寺に摩利支天像が安置されていることから、寺に続く横町に摩利支天の名が冠されていた。

「急いで呼んできてくれ」

「何かあったんで？」

「四の五の言ってねえで、走れ」

半六の後ろ姿を目で追っていた隼が、辰五郎を呼ぶ訳を尋ねた。

「よかぁ分からねえが、ここで国右衛門の用が終わるような気がしねえんだ。もし、谷中の方へ出向くとなると、俺たちだけじゃ駄目だ。あいつの顔が要る」

谷中には、感応寺裏門にある十数軒の《いろは茶屋》を始め、多くの切見世が立ち並んでいたが、寺領に引っ掛かっているところが多く、寺社奉行の管轄域となっており、町方では手出しが出来なかった。それをよいことに、一帯は縄張りを掌握している玉造のような土地の顔役が牛耳っていた。

ちなみに、切見世だが、《一と切》幾らで妓と遊ばせる見世で、《一と切》は半刻（約一時間）であった。

「辰五郎と一緒なら、たとえ谷中に入っても、大手を振って歩けるってもんだからな」

覚えておけよ、と鍋寅が言った。ひとりで探ることも大事だが、人ひとりの顔が利く場所なんぞ、狭えもんなんだ。それを胸に刻んで、他人様に助けてもらうんだ。分かったな。

隼が頷いたのと同時に、《恵比寿屋》から男が出て来た。男は道の左右を見てから、中に向かって腰を折って何事か囁いた。中から男が四人出て来た。ふたり目が国右衛門だった。

「先に出て来たのが玉造だ」鍋寅が言った。

玉造は、腹の回りに肉の付いた脂ぎった男だった。

ひとりが先に立ち、続いて玉造と国右衛門が並んで、忍川に架かる三橋の方へと歩き出した。

見送りの者がいる手前、直ぐに尾け始める訳にもいかなかった。鍋寅と隼は、取り敢えず尻っ端折っていた着物の裾を下ろして皺を伸ばし、尾ける機会を窺った。

「半六の奴は、まだか」

隼が振り向いて、通りを探った。半六らしい姿は見えなかった。

「仕方ねえ。万一の時は、俺ひとりで行くから、お前はここで半六を待て。追っ付け戻って来る頃だ」

「そんな……」

「つべこべ言うな。十年早え」

「へい……」

答えていた隼の背が、人の来る気配を感じ取った。振り向くと、半六が男を連れて足早に近付いて来るところだった。

「親分」と半六が、声を殺して言った。「摩利支天の親分をお連れいたしやした」

「玉造を見張っていなさるそうで」辰五郎が言った。

年の頃は四十半ばか、鋼のような身体から微かに香油の香りがした。

「突然に済まねえな」鍋寅が事情を掻い摘んで話した。

「分かりやした。こちらへ」

辰五郎は身を翻して、裏店に通じる路地に入った。路地から路地を抜け、再び広小路を見通す路地口に出た。

「ぶらぶらと行きやすか」

広小路の人の流れにのり、ゆっくりと斜めに広小路を渡った。

「おりやした」

辰五郎が、二十間（約三十六メートル）程先を行く三人連れを目で指した。国右衛門らに間違いなかった。

「前をゆくのは、目端が利くので、このところ伸(の)してきている武吉(ぶきち)って子分です」

武吉は、辺りにさりげなく目を配っていた。

三人は三橋を渡ると、不忍池に沿って歩き始めた。池の向こうに夕日が沈み掛けている。町が、通りが、人が、赤く染まっていく。

「こいつは、《いろは茶屋》辺りがくさいですね」辰五郎が言った。

「だから、お前さんに来てもらったのよ」

「そいつはよろしゅうございやした。あの辺りにいる者は、鼻が利きやすからね。こっそり町方が調べに入ったと知れたら、何を仕掛けてくるか分かったもんじゃござんせん」

「親分さんは大丈夫なんで？」半六が訊いた。

「殺しでもなければ、あっしが奴どもに手出ししねえのを知っておりやすからね」

　上野山に沿ってぐるりと回り、谷中八軒町に出た。

「この辺りは四六見世ばかりでございやす」

四六見世は、《一と切》の値段が、昼が四百文、夜が六百文の見世を言った。

国右衛門らは四六見世を通り越し、《いろは》の文字が染め抜かれた暖簾の下がっている見世に入っていった。柱行灯に《てふや》と書かれていた。

「《蝶屋》と言いまして、《一と切》二朱の高い見世でございやす」

「遊ぼうってのか」鍋寅が、思わず言い放った。

辰五郎が、ちょいと待っていておくんなさい、と言い残して《蝶屋》の裏に回って行った。

　程無くして戻って来ると、

「連中、浪人者に会っているそうでございやす」

このような時のために、金で動かせる者を何軒かにひとりは作っているのだ、と辰五郎が言った。

「丁度その者のいる見世でようございやした」

「ありがとよ。この礼はさせてもらうぜ」

「何を仰しゃいやす。鍋町の親分には、随分と教えていただきやした。その恩返しでございやすよ」

「照れくせえことを言ってくれるない」

《蝶屋》の入口を見張っていた半六が、国右衛門が出て来やした、と鍋寅に小声で告げた。

　国右衛門と玉造の後ろから、浪人がふたり、姿を現した。

　後ろの浪人を見て、あっ、と鍋寅ら三人が同時に声を上げた。掏摸の安吉の利き腕を手首から斬り落とした笹間陣九郎だった。

「ご存じなんで？」

　鍋寅が安吉の一件を話すと、辰五郎は大きく頷いた。

「おっそろしく腕の立つ浪人でして、一年前くらいから、玉造にくっついて汚い仕事を手伝っておりやす。虎狼（とらおおかみ）のような野郎で、あいつの居合（いあい）に勝てる者なんぞ、江戸中探したっているもんじゃございやせん」

「もうひとりの浪人も、腕が立つのかい？」

「友坂源内（ともさかげんない）と言いまして、腕の方は並でしょうか」

「そうかい」

虎狼は一匹で沢山だった。心のどこかで少しほっとはしたが、くすぶっている思いがあった。鍋寅は辰五郎に訊いた。

「国右衛門が、玉造を介して奴らを訪ねたってことは」

「何かを頼もうとしているんでございましょうね。笹間が断るつもりなら、《蝶屋》から出て来やせん。引き受けたと見るのが筋でしょう。どんな風にやるか相談するために、河岸を替えたってことは、そこらの町屋の者をどうこうするって程度の話じゃありやせん。狙うのは、もっと大物でしょう」

「まさか」隼が鍋寅の袖を引いた。

「その、まさかかもしれねえぜ。旦那を殺させようって話にちげえねえ」

まだ、これといった確かな証は出ていない。それが出ちまったら、お仕舞いだ。そうなる前に、探りを仕切っている伝次郎を殺してしまえば、うまいこと逃げられる。そう踏んだのだ。

鍋寅は、思い詰めた表情で、隼と半六の顔を見た。

国右衛門は、玉造と笹間陣九郎らとともに上野北大門町の《恵比寿屋》に戻ると、五ツ半（午後九時）の鐘が鳴るまで密談を続けていた。

翌六月二十三日は何事もなく過ぎ、二十四日になった。

八丁堀の組屋敷で襲われるとは思わなかったが、護衛のために真夏と隼が離れの隠居部屋に泊まることになった。伝次郎は追い出されるような形で、母屋で寝ている。鍋寅の家に泊めていた真夏が、鍋寅と隼の喧嘩に巻き込まれたので、数日隼とともに預かることにした、と新治郎と伊都には話しておいたが、信じているのかどうかは、伝次郎には分からなかった。しかし、何も尋ねてこないのだから、それ以上のことを話す必要もないだろう。

朝餉を摂り、非番の正次郎を加えて、《寅屋》に向かった。四人で《寅屋》に行くより、鍋寅ひとりに出て来てもらった方が手っ取り早いのだが、それではいつも通りではない。習慣(ならい)は変えない。習慣を変えると、何事か悟ったのではないか、と疑われる懸念がある。襲う側は、こちらがいつも通り動いてくれた方が襲い易いだろう、というのが伝次郎の考え方だった。

「今日はどこに行きやしょうか」鍋寅が訊いた。

「諏訪町から遠くて、物騒なところで、昼日中でも人通りが絶えることがあるようなところだな」

どこだ？　鍋寅が、隼と半六と首を寄せ合っている。

「四ツ谷はどうですか。紀伊(きい)様の中屋敷をぐるりと回った鮫河橋坂(さめがはしざか)辺りは？」正次郎だった。

「駄目だ。この暑いのに、遠過ぎる。そんなに歩きたくねえ」

「贅沢(ぜいたく)だな」正次郎が口の中で呟いた。

「旦那、鉄砲洲はどうです？　波除稲荷でよければ、そんなに歩きませんぜ」

「来た道を引き返せってのか」

組屋敷の前を通って、更に南東(たつみ)の方へと歩かなければならない。

「かもしれやせんが、こっちは海沿いですぜ」

潮風に吹かれる。四ツ谷に行くよりは、遥(はる)かに心地よさそうだった。

「仕方ねえ。それで、手を打つか」

半六を先頭にして正次郎が続き、伝次郎と真夏、鍋寅と隼の順で歩き始めた。

町屋の家並をしごき、組屋敷を通り、亀島町(かめしまちょう)河岸通りへと出た。

白玉売りがいた。半六が思わず振り返って、皆を見た。

「冷やっこいところを食うか」伝次郎が言った。

「ありがてえ」半六が白玉売りを手招きした。

白玉売りが、天秤に吊した黒塗りの桶を揺らしながら、小走りになってやって来た。

寒晒し粉で作った白玉を冷水で冷やし、砂糖をかけて食べるのである。ひやっ、つるっ、甘っ、を楽しむ、夏の食べ物だった。

半六と正次郎は二杯ずつ、伝次郎と鍋寅と隼は一杯ずつ白玉を食べたが、真夏は近が竹筒に入れてくれた麦湯を飲んだだけで、白玉は口にしなかった。

「襲って来そうかい？」伝次郎が、扇子で扇ぎながら真夏に訊いた。

「気配はありませんが、そんな気がします」

「隠れているのかな」伝次郎が通りを見回した。

「見事に気配を絶っています。尾けているとするならば、やはり相当な腕でしょう」

「奴ひとりとは限らねえんだ。仲間がいれば、そのうち気配が漏れてくるだろうよ」

「いたとしても、同じです。気配は呼吸です。乱さぬようにさせれば、気配はしません」

「どうすれば、乱さねえようにさせられるんだ？」

「他の者に見せぬことです。私たちを」

「そんなことでいいのか」

「簡単なことです」

伝次郎は椀の底に溜まっていた砂糖の汁を啜ると、

「居合ってのは」と訊いた。「厄介なのかい？」

「初太刀(しょだち)を躱せば、二の太刀はありませんから」

「勝てるって訳か」

「そのはずです」真夏がふっ、と笑った。

釣られて笑った伝次郎の頬が、固まった。

土煙を上げて駆けて来る浪人の姿があった。浪人は左手で刀の鯉口(こいぐち)を切りながら駆けている。

「来たぞ」

伝次郎が叫んだ。まさか、人通りのある河岸で襲って来るとは思わなかった。

「皆、下がって」

真夏は鋭い声で命じると、右手で脇差(わきざし)を鞘ごと引き抜き、右腰に刃を下に向け、帯の下から差し込んだ。

その間に伝次郎は、それぞれの位置と刺客の位置とを見定めた。

刺客はふたりだった。前に笹間陣九郎、後ろに友坂源内。見届け人らしいのが二十五間（約四十五メートル）程離れた路地の角口にいた。玉造配下の武吉だった。

「正次郎と半六。お前らは角口の男を捕えろ」

「どこです？」正次郎が訊いた。

「おりやした」隼が言った。

「隼、連れて行け」

隼と正次郎らが横に走った。

その間に、笹間と真夏の間合が消えていた。

腰間（ようかん）を滑り出た双方の刃が一閃（いっせん）し、火花を散らした。

飛び退（の）いたふたりの間に、五間（約九メートル）の間合が空いた。

「古流か」

笹間は刀を鞘に納めると、真夏の脇差を見て小さく笑いながら腰を割った。

「今時通用せぬぞ」

真夏は切っ先を膝の高さに下げた。下段の構えである。そのまま、根が生えたようにぴくりとも動かない。

「…………」

じり、と足指で刻むように間合を詰めていた笹間が、飛び込みざまに太刀を抜き、横に払った。と、同時に、大きく踏み込んだ真夏の太刀が、笹間の剣をしっかと受け止めた。

笹間が脇差に手を伸ばした。左手である。左腰に差した脇差を抜くには、腕を捻らなければならない。

笹間の額に脅えが奔るのを、真夏は見逃さなかった。

「覚悟」

左手で右腰の脇差を抜き払うと、慌てて下がろうとする笹間の腹部を、大きく踏み込みながら深々と斬り裂いた。笹間が、ずるずると崩れ落ち、仰向けに倒れた。

友坂源内が、喚き声を上げて背を見せた。しかし、目の前には武吉を捕縛し終えた正次郎がいた。

友坂は一瞬逃げ場を求めて目を泳がせたが、急に向きを変えると、伝次郎に斬り掛かった。

「諦めの悪い男だな」

伝次郎の手から扇子が飛んだ。難なく刀で払い除けた友坂の顔に、遅れて飛んで来た十手が当たった。

「ぐえっ」

友坂の鼻から血が噴き出した。素早く踏み込んだ伝次郎が、友坂の腕を刀の峰で打ち据えた。友坂の手から太刀が落ちた。

「ふん縛っちまえ」

鍋寅に捕縄を渡した。

「これであの野郎どもも、言い逃れは出来やせんね」鍋寅が早縄を打ちながら言った。

「二十四年も大手を振って生きてきやがったんだ。もう逃がさねえ」伝次郎が、鍋寅に言った。

十二

伝次郎は亀島町の自身番に詰めていた大家らに、笹間陣九郎の遺体を岡崎町(おかざきちょう)の玉圓寺(ぎょくえんじ)まで運ばせると、自身番の奥で友坂源内と武吉の取り調べを行った。

一昨日、《栄古堂》の国右衛門が玉造を訪ねてからのことを詳細に述べ立てられては、ふたりに白を切る余裕はなかった。洗いざらい吐き出すまで、幾らも時はかからなかった。

伝次郎は、奉行所から筆頭同心の沢松甚兵衛を呼び寄せ、ふたりの身柄を大番屋に送り届けることと、玉造の捕縛を頼み、自らは鍋寅らを従えて諏訪町に向かった。

大きな荷が動いたらしく、《栄古堂》の店先は活気に溢れていた。

「《栄古堂》さんは、いなさるかい？」鍋寅が、店先で片付けの指図をしていた手代に訊いた。

「出掛けておりますが」

「大番頭は、国右衛門は、どうだ？」伝次郎が問うた。

「主とともに出ております」

「旦那」鍋寅が伝次郎を見た。

まだ、さほどの時は経っていない。笹間のしくじりや、武吉と友坂の捕縛を知られているとは思えなかった。

「ふたりはどこに行っている？」

手代に訊いた。

「お得意様にお品を納めに出ているところですので、追っ付け戻るはずでございますが……」

「仕方ねえな。大御内儀にでも会わせてもらうか」

「まさか、大御内儀までいねえとは言わねえよな？」鍋寅が近くにいた小僧を睨み付けた。

小僧が唾を飲み込みながら、首を縦に振った。

正次郎に真夏、隼と半六をお店の隅に残し、伝次郎はひとり鍋寅を連れ、奥へと上がった。

女中に導かれ、廊下を奥へ向かった。どこからか、香がにおってきた。小さな鉦の音も聞こえてきた。水を打った庭木の緑が濃い。静かな奥座敷だった。

伝次郎は廊下に立って庭を眺めた。鳥の餌台が幾つか立てられていたが、鳥の姿はなかった。襖が開き、絽の着物を涼しげに纏った大御内儀の佑が座敷に入ってきた。紫の風呂敷包みを脇に置き、

「お待たせいたしました」僅かに首を傾げるようにして言った。

「よい庭ですな」

伝次郎は鍋寅を促して、座敷に入った。

「先代が残したままで、一本の立木も増やしてはおりません」

どうぞ、と佑が冷茶を勧めた。

深く掘り抜いた井戸で冷やしていたものだろう。涼しい口当たりだった。

「今日は、何か」佑が訊いた。

「実は」と伝次郎は、主の栄三郎と大番頭の国右衛門を捕えに来たことを告げた。

「…………」佑は目を閉じると、ひとつ息を吐いてから、ゆっくりと瞼(まぶた)を上げた。「これをお尋ねするのは二度目になりますが、どうしてもっと早くに、お調べにいらっしゃらなかったのでございます？　あれからもう、二十四年も経っているではありませんか」

女衆の富が、父親の夢枕に立ったのが始まりだったのだ、と調べに取り掛かった経緯(いきさつ)を話した。

「父親は、世間に顔向け出来ねえから、とこの長い年月、人目を避けるようにして生きてきたらしい」

「そうでしたか」

「栄三郎、昔の名で言えば尚助と国右衛門が、なぜあんな惨いことをしたのか。その訳を、当人の口から聞きてえんだ」

「私が教えて差し上げましょうか」

「ご存じなので？」部屋の隅にいた鍋寅が、思わず佑に尋ねた。

「国右衛門と尚助は、お店の金子をくすねていたのです。国右衛門は博打に使い、尚助はどうせ女か何かに使っていたのでしょう。手代の佐助が、それに気付いたのです。正直に言わなければ先代に告げる、と言われ、国右衛門と尚助は佐助を殺すことにしたのです。国右衛門が妾のために借りていた橋場町の家を空けて、そこで殺したのです」

「お富もか」

「そうです」

「どうやって、ふたりをその家に連れ込んだんだ？」

「佐助には、お得意様の寮だと偽り、そこで掛取りの代金を受け取るように言い付け、お富にも、その家に行くよう国右衛門が使いを出したのです。何も知らないお富は、可哀相に、佐助が女と逃げた、と思わせるためだけに呼び出されたのです。そして、待ち伏せ、ふたりを殺した尚助たちは、床下で亡骸をばらばらにしたのです」

「ばらばらにした訳は？」

「死体を国右衛門が借りている家に置いておく訳には参りません。どこかに運ばなければなりませんでした。橋場町の人通りの中を運び出すには、切り分けないと怪しまれる、と思ったのだそうです」

「どうして、そこまで知ってるんだい。話しちゃくれねえか」

「十六、七年前になりますか、ふたりの立ち話を、ふと聞いてしまったのです。細かなことは、その後ふたりを問い詰めて聞き出しました。あまりのことに愕然といたしました。どうしたらいいのか、暫く考えましたが、結局、私は聞かなかったことにする、とふたりに言い渡しました。その時には、もう尚助は婿になっておりましたし、孫娘も生まれていたのです」

佑は、息を継ぎ、再び話し始めた。

「国右衛門や尚助を許してはならない、という思いがなかった訳ではございません。でも、父が、私の父が築き上げた《栄古堂》に私は執着しました。国右衛門も尚助も、いずれは死にます。次の代は、娘の産んだ子供です。私の孫です。そこまで行き着きさえすれば、国右衛門や尚助には、駄賃を払った、と思えば済むことだ、と割り切ることにしたのです」

　馬鹿なものです、と言って、佑は唇を噛んだ。

「暖簾を守るために、人としての心に、目を瞑ってしまったのです。これが、国右衛門と尚助がお店の金子を私していた証の帳面でございます。私が書き写しました」

　脇に置いてあった風呂敷包みを、手で押し出した。

「この話、娘や孫は、何も知りません。何と話せばよいのか、思い屈します……」

　廊下に足音がした。栄三郎と国右衛門が戻ってきたのだろう。

　佑は膝元を直すと、凜とした姿勢で廊下を見た。栄三郎と国右衛門が、立ったまま廊下から座敷を覗き込んでいた。

「何をしているのです。入って、お座りなさい」佑がふたりに言った。

　その日の夕刻、《寅屋》に伝次郎以下、この一件に関わった者が集まった。

「《栄古堂》さんは、どうなるのです?」近が伝次郎に尋ねた。

「恐らく、お取り潰しは免れねえだろうよ」

「大御内儀が知らなければ、まだ救う余地はあったんだがな」染葉が言った。近の肩が力なく落ちた。伝次郎が、手をぱんぱん、と打ち鳴らした。

「この一件の片が付いたのも、皆が働いてくれたからだ。改めて礼を言うぜ」

鍋寅らの返事の声が《寅屋》に響いた。沈み掛けていた座が、俄に沸き立った。

「私の日記はお役に立ちましたか」河野が訊いた。

「そのことで、言うことがある」どうだ、と伝次郎が染葉に言った。「河野を永尋に加えたいんだが」

「俺に異存はないが、当人はどうなのだ？」

「私に務まるでしょうか」

「大丈夫だ。太鼓判を押すぜ」

「では、よろしくお願いいたします」河野が、深々と頭を下げた。

伝次郎が、染葉忠右衛門、一ノ瀬真夏、河野道之助の名を挙げた。

「これで四人だな」

三日後に、永尋掛りの詰所開きの式が南町奉行所で行われた。町奉行の坂部肥後守も内与力の小牧壮一郎も臨席する賑やかなものだった。

「これからは、ここに集まるんだ」と伝次郎が、詰所にしては立派過ぎる柱を平手で叩きながら鍋寅に言った。

「旦那、あっしどもが詰めても、本当によろしいんでしょうか？」

鍋寅が辺りを憚(はばか)りながら訊いた。御用聞きは、大門裏の控所で待つのが奉行所での習わしだった。

「決まってるだろうが。俺たちは年寄りなんだぜ。あそこでは話が遠くてかなわねえ。俺が許す」

目で尋ねた伝次郎に、坂部が頷いてみせた。隼と半六が飛び跳ねている。

年番方与力の百井亀右衛門が、坂部の脇に駆け寄った。顳顬(こめかみ)に青筋が立っている。

　小牧が真夏の側に来て、脇差を鞘ごと引き抜く真似をした。古流、という言葉が、伝次郎の耳に届いた。

注・本作品は、平成二十年四月、学研パブリッシング（現・学研プラス）より
刊行された、『戻り舟同心　夕凪』を著者が大幅に加筆・修正したものです。

一〇〇字書評

戻り舟同心　夕凪

切り取り線

購買動機（新聞、雑誌名を記入するか、あるいは○をつけてください）

□（　　　　　　　　　　）の広告を見て	
□（　　　　　　　　　　）の書評を見て	
□ 知人のすすめで	□ タイトルに惹かれて
□ カバーが良かったから	□ 内容が面白そうだから
□ 好きな作家だから	□ 好きな分野の本だから

・最近、最も感銘を受けた作品名をお書き下さい

・あなたのお好きな作家名をお書き下さい

・その他、ご要望がありましたらお書き下さい

住所	〒				
氏名		職業		年齢	
Eメール	※携帯には配信できません	新刊情報等のメール配信を 希望する・しない			

この本の感想を、編集部までお寄せいただけたらありがたく存じます。今後の企画の参考にさせていただきます。Eメールでも結構です。

いただいた「一〇〇字書評」は、新聞・雑誌等に紹介させていただくことがあります。その場合はお礼として特製図書カードを差し上げます。

前ページの原稿用紙に書評をお書きの上、切り取り、左記までお送り下さい。宛先の住所は不要です。

なお、ご記入いただいたお名前、ご住所等は、書評紹介の事前了解、謝礼のお届けのためだけに利用し、そのほかの目的のために利用することはありません。

〒一〇一－八七〇一
祥伝社文庫編集長　坂口芳和
電話　〇三（三二六五）二〇八〇

祥伝社ホームページの「ブックレビュー」からも、書き込めます。
http://www.shodensha.co.jp/
bookreview/

祥伝社文庫

戻（もど）り舟同心（ぶねどうしん）　夕凪（ゆうなぎ）

平成28年6月20日　初版第1刷発行

著　者　長谷川（はせがわ）　卓（たく）
発行者　辻　浩明
発行所　祥伝社（しょうでんしゃ）
東京都千代田区神田神保町3-3
〒101-8701
電話　03（3265）2081（販売部）
電話　03（3265）2080（編集部）
電話　03（3265）3622（業務部）
http://www.shodensha.co.jp/

印刷所　堀内印刷
製本所　ナショナル製本
カバーフォーマットデザイン　中原達治

Printed in Japan ©2016, Taku Hasegawa　ISBN978-4-396-34218-0 C0193